김기림

김기림 지음

청소년이
읽 ‥ 는
우리 수필

09

돌베
개

김기림 —청소년이 읽는 우리 수필 09
김기림 지음

2004년 10월 15일 초판 1쇄 발행

펴낸이 한철희 | 펴낸곳 돌베개 | 등록 1979년 8월 25일 제406-2003-018호
주소 (413-832) 경기도 파주시 교하읍 문발리 파주출판도시 532-4
전화 (031)955-5020 | 팩스 (031)955-5050
홈페이지 www.dolbegae.com | 전자우편 book@dolbegae.co.kr

편집장 김혜형
책임편집 이경아 | 편집 김희동·박숙희·윤미향·서민경·김희진 | 교정 최양순
디자인 이은정·박정영 | 인쇄·제본 영신사

ISBN 89-7199-198-4 04810
        89-7199-168-2 04810(세트)

책값은 뒤표지에 있습니다.

이 도서의 국립중앙도서관 출판시도서목록(CIP)은 e-CIP 홈페이지
(http://www.nl.go.kr/cip.php)에서 이용하실 수 있습니다.(CIP제어번호: CIP2004001740)

김기림

청소년이
읽 ‥ 는
우리 수필

09

'청소년이_ 읽는_ 우리_ 수필'을_ 펴내며_

컴퓨터와 인터넷이 우리 삶 속으로 깊숙이 들어온 오늘, 책 읽기는 한 편으로 밀려난 듯합니다. TV나 영화 같은 영상 매체가 우리의 감성을 지배한 지 이미 오래입니다. 또 전자 게임이나 애니메이션, 또는 VTR이나 DVD 영상 매체 등이 특히 청소년의 정서나 감각에 지대한 영향을 미칩니다. 그래서 이른바 영상 세대로 불리는 오늘날의 청소년은 문자보다는 이미지로 자신을 표현하는 데 더 익숙합니다. 그런 만큼 청소년들은 책을 통해 지식이나 정보를 얻는 것보다 영상을 통해 얻는 것이 더 편안하고 쉽다고 생각합니다. 그렇다고 청소년의 독서 능력이나 이해력이 곧바로 떨어진다고는 할 수 없지만, 아무래도 예전보다 책을 덜 읽는다는 사실은 부정하기 어려울 것입니다. 오늘날은 지식과 정보를 받아들이는 경로가 그만큼 다양해졌기 때문입니다.

이러한 상황에서 더욱 중요한 것은 정보의 처리 방식입니다. 어떤 경로를 통해 정보를 얻든, 그 정보를 체계화하고 논리화해야 할 필요가 있습니다. 그런데 정보의 체계화는 기본적으로 다양하고 풍부한 정보의 축

적과 저장이 있어야 가능합니다. 다시 말해, 많이 보고 많이 듣고 많이 생각해야 한다는 것입니다. 이 말은 글쓰기의 3요소라 불리는 다독(多讀), 다작(多作), 다상량(多商量)과 비슷합니다. 그 중에서도 가장 기본은 많이 읽는 것입니다. 그만큼 독서가 중요합니다.

오늘날 청소년들은 입시 제도의 중압으로 고통받고 있습니다. 교과서 밖에 나오는 글이나 생각에 눈을 돌릴 겨를이 없다고 합니다. 입시에 필요한 지식과 정보만을 취할 뿐, 그외의 것에는 관심조차 두지 않는 실정입니다. 그러나 그렇게 얻은 지식은 눈앞의 목표에는 쉽게 이르게 할지 모르나, 광대하고 심오한 인류의 유산이나 새로운 미래의 세계를 이해하는 데는 별로 도움이 되지 않습니다. 그리고 궁극적으로는 자신을 좁은 세계에 가두고 맙니다. 폭넓은 독서를 통해 세상을 더 넓게, 더 깊게 이해하는 눈을 가져야 합니다. 우리는 이런 점에 주의를 기울이면서 청소년이 쉽고 재미있게 책과 친해질 수 있도록, '청소년이 읽는 우리 수필'을 기획했습니다.

많이 읽는 것도 좋지만, 좋은 글을 가려 읽는 일도 중요합니다. 세상에는 청소년들이 알아야 할 것이 너무도 많습니다. 하지만 그 가운데 어떤 것이 좋은가를 알아차리기는 쉽지 않습니다. 그만큼 독서의 방향과 내용(질) 또한 중요합니다. 개인의 취향이나 관심에 따라 읽으려는 자료와 그 내용이 저마다 다를 것입니다. 역사나 경제에 관심이 있는 사람이 있는가 하면, 과학이나 기술에 더 흥미를 느끼는 사람도 있습니다. 그러

'청소년이 읽는 우리 수필'을 펴내며

나 어떤 분야에 관심을 두든, 누구나 즐기고 또 알아 두어야 할 것이 있습니다. 그것을 일컬어 흔히 '교양'이라고 하는데, 거기에는 아름다움, 지혜 또는 진리나 선(善), 정의 등의 가치가 담겨 있습니다. '청소년이 읽는 우리 수필'을 통해 바로 이 같은 가치를 청소년들이 발견하고 느끼고 맛볼 수 있기를 기대합니다.

수필은 여러 문학 장르 가운데 누구나 쉽고 편하게 접근할 수 있는 장르입니다. 시나 소설, 드라마 같은 문학 장르들이 일정한 예술적 장치를 통해 우리 세상의 굽이굽이를 펼쳐 보여 주는 반면, 수필은 특별한 장치나 기교 없이 생활의 숨결과 느낌을 전해 주기 때문입니다.

이 기획은 우리나라 근현대의 수필 작품들 가운데 가장 빼어나고 청소년의 눈높이에 맞는 글들을 가려 뽑아 작가별 선집 형태로 묶어 낸 것입니다. 여기에는 과거 일제 식민지 시대에 아름다운 문장으로 우리말과 글을 지켜 온 지식인 문인들도 있고, 비판적 지성과 실천적 행동으로 굴곡진 우리 현대사의 전개를 바로잡기 위해 애썼던 분들도 있습니다. 이들의 삶과 생각이 진솔하게 드러나 있는 아름다운 글과 문장이 오늘을 사는 청소년들의 가슴과 머릿속에 깊이 아로새겨지기를 희망합니다.

계속 좋은 수필과 좋은 문인들을 만날 수 있는 자리를 마련하도록 애쓰겠습니다.

기획위원

차례

'청소년이 읽는 우리 수필'을 펴내며 05........

제1부 바다와 여행

바다의 환상 13........ 여행 17........

길을 가는 마음 23........ 도망 27........ 봄의 전령 30........

주을 온천행 34........ 여름이 되면 산이 그립다 51........

분원 유기 54........

제2부 앨범에 붙여 둔 노스탤지어

마천령의 눈보라 61........ 망양정 67........

잊어버린 전설의 거리 70........ 나의 항구 73........

앨범에 붙여 둔 노스탤지어 76........ 별들을 잃어버린 사나이 81........

첫 기러기 84........ 진달래 참회 87........

입춘 풍경 94........

제3부 도시 풍경 속의 황금 행진곡

도시 풍경 101........ 밤거리의 우울 107........

청량리 113........ 상형 문자 115........

가을의 나상 118........ 나의 서울 설계도 123........

어머니와 자본 128........ 황금 행진곡 130........

미스코리아여 단발하시오 133........ 가정론 136........ 꽃에 부쳐서 138........

제4부 현대시의 표정

현대시의 표정 147........

정지용 시집을 읽고 151........ 촛불을 켜 놓고 153........

『사슴』을 안고 156........ 『성벽』을 읽고 159........

고 이상의 추억 161........ 이상의 문학의 한 모 167........

문단불참기 173........ 모더니즘의 역사적 위치 176........

용어 사전 187........

김기림 약전 ─미적 근대성을 꿈꾸었던 한국 모더니즘의 기수 254........

일러두기

1. 이 책은 1930~40년대 김기림의 수필과 평론, 서평 등에서 가려 뽑은 글들로 구성하였다.
2. 각 부의 구성과 표제는 편자가 내용과 비율을 고려해 임의로 조정하여 짜고 부친 것이다.
3. 수록된 글의 제목 가운데 일부는 편자가 임의로 다음과 같이 수정, 변경하였다.

   웃지 않는 아폴로, 그리운 판의 오후 → 여름이 되면 산이 그립다
   눈보라에 싸인 마천령 아래의 옛 꿈 → 마천령의 눈보라
   인제는 늙은 망양정 → 망양정
   잊어버리고 싶은 나의 항구 → 나의 항구
   밤거리에서 집은 우울 → 밤거리의 우울

4. 띄어쓰기와 맞춤법은 최대한 현대 표기법에 따랐으며, 글의 개성을 고려하여 필요하다고 인정되는 경우에 한해서만 원문 그대로 표기하였다.
5. 원문의 한자어는 가능한 한 한글로 교체하였으며, 내용의 이해를 돕기 위하여 일부 단어는 한자를 병기하였다. 한글과 한자의 음이 다른 경우는 〔 〕를 사용하여 구분하였다.
6. 문장 부호는 의미가 손상되지 않는 범위 안에서 신축적으로 적용하였다.
7. 내용상 뜻풀이나 보충 설명이 필요한 단어의 경우는 본문에 *를 표시하고 책 뒤에 용어 사전을 달아 이해를 도왔으며, 설명이 짧은 경우는 본문 옆에 작은 글씨로 적어 넣었다.
8. 김기림의 생애와 문학적 의미에 관하여 권말에 약전을 붙여 독자의 이해를 도왔다.

나는 책상 위에 지도를 펴 놓는다. 수없는 산맥, 말할 수 없이 많은 바다, 호수, 낯선 항구, 숲, 어찌 산만을 좋다고
하겠느냐. 어찌 바다만을 좋다고 하겠느냐. 산은 산의 기틀을 감추고 있어서 좋고 바다는 또한 바다대로 호탕해서,
경솔히 그 우열을 가려서 말할 수 없다. 그렇지만 날더러 둘 가운데서 오직 하나만을 가리라고 하면 부득불 바다
를 가질밖에 없다. 산의 웅장과 침묵과 수려함과 초연함도 좋기는 하다. 하지만 저 바다의 방탕한 동요만 하랴. 산
이 아폴로라고 하면 우리들의 디오니소스는 바로 바다겠다.

제1부 바다와 여행

바다의 환상

하숙에서 일터로, 일터에서 다시 거리에까지 잠시도 추격의 걸음을 멈추지 않는 근기* 좋은 그놈의 더위를 잠깐 백화점의 식당의 테이블 가에 피하여 한 잔의 냉차에 순간의 오아시스*를 구하는 것은 도회都會의 월급쟁이에게 있어서는 거의 신성神聖에 가까운 일이 아니고 무엇일까.

"오늘은 좀 빛다른* 것을 해보지."

"글쎄."

회계會計를 치를 것이 그인 이상 나는 무조건하고 동의하였다. 네 개의 시선은 넓은 식당의 네 벽에 붙은 음료 이름을 써 붙인 종잇장들을 둘러보았다.

'아이스 스트로베리 밀크', 그 중에는 동뜨게* 기다란 이런 종잇장이 있었다.

우리는 그 이름이 오만하고 화사한 데 끌려서 밀크라는 성을 가진 '아이스 스트로베리' 양孃을 시식하기로 하고 푸른 잉크 빛 스커트를 입은 귀여운 소녀에게 그것을 명命하였다.

벗은 '아이스 스트로베리 밀크'를 기다리는 동안에 그의 5개년 계획 중의 하나인 금강산 탐승*을 이 여름에는 꼭 필한다*고 말하였다. 그러한 때에 나는 연필로 테이블 위에 동해안의 해안선을 그리고 있었다. 왜 그랬느냐 하면 소녀의 스커트의 잉크 빛은 나의 환상을 역시 잉크 빛을 가진 동해로 실어 간 까닭이었다.

나는 원산元山* 이남과 청진淸津* 이북의 동해안선을 구경한 일이 없다. 그러나 시골에 갔다가도 오후 1시 59분에 농성역*에서 서울 오는 차를 타면 바로 석양夕陽 편便인 오후 6시와 6시 10분 사이에 경포*와 전진* 사이의 아름답고 고요한 바다를 동쪽에 바라보면서 차는 달린다.

바다로 향하여 길게 뻗친 낮은 언덕과, 그리고 그 위에 검은 물감을 쏟아 놓은 것 같은 솔밭.

거친 물결들은 바다의 동요를 피하여 이 언덕 밑에 고요히 가로누웠다.

언덕이 드리우는 검은 볕의 그림자 속에서 사공沙工의 삿갓과 작은 배가 희미하게 흐려 보였다.

수면을 물들이는 붉은 노을빛에 놀라 물새는 바다로 향하여 갑자기 날아가기도 하였다.

여기는 실로 내가 본 중에서는 함경선咸鏡線 연선*의 절승絶勝*이다. 함경선은 실로 경포와 전진 사이의 풍경을 가지고 있는 까닭에 다소간 건방을 부려도 괜찮을 것이다.

나는 몇 번인가 이곳을 지나는 차 중에서 이 아름다운 해안을 종이 위에 그려 둘까 하여 원고지와 연필을 무릎 위에 꺼내 놓았다가도 나의 재주 없는 붓이 오히려 그 고요한 물 위에 조는 갈매기의 꿈을 깨울까 염려하여 붓을 집어넣었다.

검은 물결이 나래날개를 드리운 흰모래 위에서 조약돌을 밟는 그와 나의 두 발자국 소리를 듣기를 나의 귀는 얼마나 바랐는지 모른다.

경포를 조금 지나가면은 거기는 또한 아무 장식도 없는 긴 해안선이 활처럼 돌아간 넓은 백사장에는 작은 모래둑모래 언덕들이 여드름처럼 돋아 있다. 사람들은 무덤들을 함부로 바닷가에 내다 버렸나 보다. 마치 죽은 사람들은 한결같이 바다로 돌아가는 것을 원하는 듯이, 날마다 푸른 바다를 바라보고 밤마다 검은 바다의 우는 소리를 듣는 것은 무덤들에게 있어서는 얼마나 슬픈 일일까.

나는 이러한 생각도 하였다. 거기서 조금 더 가면 박명薄命*의 가인佳人* 송계월* 양을 낳은, 가을이면 금빛 포플러* 잎사귀에 곱게 싸이는 작은 항구 신창*이 있다.

잠자는 전진 바다 위에 쪽배*를 싣고 쪽배 위에 달과 나의 고독과 상상을 싣고 하룻밤 그 바닷가에 머물고자 함은 지금도 역시 내가 그리는 꿈의 하나다.

그러나 소녀는 알루미늄 쟁반 위에 두 개의 '아이스 스트로베리 밀크' 담은 배를 싣고 와서 흰 사기 테이블 위에 부려° 놓았다.

그렇지만 어쩌면 그렇게 빈약한 접시일까. 대여섯 개의 딸기와 역시 두어 조각의 얼음과, 그것을 덮은 흰 우유──그것의 콤비네이션°으로 된 이 음악은 여학교의 음악회에 나오는 대담大膽한 합창대合唱隊보다도 더 조화되지 않는다.

불유쾌한 미각 때문에 바다에의 환상조차 다 부서져 버리고만 우리는 '아이스 스트로베리 밀크'의 갖은 허영심에 경멸과 분노를 느끼면서 승강기에 달려 올라가서 속速히 지상으로 돌아오기를 바랐다.

거리 위에는 역시 90도(아마도 화씨 온도인 것 같다. 섭씨로 바꾸면 32.2°)를 오르내리는 혹서°가 잔학성殘虐性을 마음대로 발휘하고 있다.

전차 운전사의 기울어진 모자 밑에서는 구슬땀이 방울방울 이마 위를 미끄러진다.

나는 나의 하숙의 끝방으로 돌아가기 위하여 동대문행 전차電車의 후끈후끈한 쿠션에 털썩 주저앉았다.

저 동해의 바닷가까지 나를 실어 가지 못하고 오직 제한된 궤도軌道 위를 달릴 수밖에 없는 운명을 가진 전차는 내게 있어서 얼마나 슬픈 존재이냐.

여행

우리는 때때로 일터에서나 혹은 서재에서 골몰한 일에 묻혀 있다가도 저도 모르게 창으로 달려가서 활짝 밖으로 열어젖힌다. 우리가 가끔 길을 떠나고 싶은 충동을 느끼는 것도 별것 없이 어느 편으로 보면 징역살이에 틀림없는 인생에서 잠시 떠나서 푸른 하늘로 바다로 숲으로 향해서 창을 열고 싶은 까닭이다. 우리는 또 아는 사람 하나 있을 리 없는 남행 열차를 전송*하러 문득 역驛으로 나가기도 한다. 백화점 쇼윈도에 벌려 놓은 트렁크와 단장*이 노리개처럼 무척 가지고 싶다. 그럴 적마다 내 심리의 약한 구석을 신통하게도 잘 노리는 장사붙이*의 영리恰悧에 대해서 나는 탄복歎服한다.

여행은 물론 약간의 틈과 또 불소不少한* 현금을 요한다. 신혼여행조차도 필경 일생을 두고두고 연기延期하는 우리 신세다. 그러나 우리처럼 길을 떠나기를 무서워하는 종족도 적을 것이다. 지긋지긋이 고향에 내 집에 달려붙는다_{달라붙는다}. 공자孔子님은 주유천하周遊天下*를 한 희대稀代*의 여행가지만 우리들은 『논어』論語* 속에서도 여행하지 못하도록 된 구절만 가려서 썩 잘 지켜 왔다. 신혼여행을 할 수 없으면 결혼식도 좀 연기해 무방하리라고 나는 생각한다. 결혼이 만약에 연애의 무덤이라는 말이 참말이라면 연애의 장일葬日은 아마도 신혼여행이 끝나는 날일는지도 모른다.

여행 속에 묻혀 있는 끝없는 비밀을 우리에게 일러 준 것은 반드시 얼마 전의 도피逃避의 문학자들이 아니다. 근대인을 위해서 여행의 성서聖書를 처음 기초起草*한 것은 아마 보들레르*일 것이다. 마르코 폴로*는 궁금해서 길을 떠났지만 인생의 절망으로부터 도망하려고 하는 악착*한 일루*의 희망을 가지고, 여행에 구원의 혈로血路를 구한 것은 보들레르에서 시작한 것 같다.

그러나 진짜 여행가는 다만 떠나기 위해서 떠나는 사람이다.

경기구輕氣球*처럼 가벼운 마음, 결코 운명에서 풀려나지 못하면서도 까닭도 없이 그저 '가자' 고만 외치는 사람이다.

이것은 『악의 꽃』* 속의 「길」의 일절이다.

오늘의 말로*나 지드*는 말하자면 보들레르의 자손에 지나지 않는다. 랭보*는 하도 동양이 구경하고 싶어서 시필詩筆*을 내던지고 모피毛皮 장수가 되었다. 이상李箱*은 날개가 가지고 싶다고 했다. '부러진 죽지*' 를 탄식한 것은 살로시니 나이두* 여사였다. 그러나 나는 가을봄으로 만리붕정萬里鵬程을 내왕來往(왕래)하는 계절조季節鳥들의 신세는 그다지 부럽지 않다. 필경 그것은 화전민의 이민 열차 여행移民列車旅行과 비슷할 성싶다. 구라파유럽 사람들은 실연失戀을 하면 서편西便으로 간다고 한다. 하느님을 마음대로 믿게 못해도 서편으로 갔다. 그러니까 르네 클레르®의 유령幽靈도 유행을 따라서 서편으로 갔다. 그러나 그들은 서편으로 가서는 제 손으로 새 질서를 만들었다. 하지만 우리 조상들은 보따리를 꾸려 가지고 강동®(시베리아)이나 북간도로 무척 많이 갔지만 거기서도 러시아 사람이나 토착인들에게 실컷 아첨을 하다가도 마지막에는 괄시®를 받고는 내버린 양복 기저귀®나 집어 가지고 쫓겨났다. 나는 생각을 한다. 이상이 그리워한 것은 반드시 괴로운 꿈 많은 계절조의 날개가 아닌 것 같다. 그는 차라리 천공天空을 마음대로 날아다니는 새 인류의 종족을 꿈꾸었을 것이다.

나는 책상 위에 지도를 펴 놓는다. 수없는 산맥, 말할 수 없이 많은 바다, 호수, 낯선 항구, 숲, 어찌 산만을 좋다고 하겠느냐. 어찌 바다만을 좋다고 하겠느냐. 산은 산의 기틀을 감추고 있어서 좋고 바다는 또한 바다대로 호탕해서, 경솔히 그 우열을 가려서 말할 수 없다. 그렇지만 날더러 둘 가운데서 오직 하나만을 가리라고 하면 부득불 바다를 가질밖에 없다. 산의 웅장과 침묵과 수려®함과 초연함도 좋기는 하다. 하지만 저 바다의 방탕한 동요動搖만 하랴. 산이 아폴로®라고 하면 우리들의 디오니소스®는 바로 바다겠다.

나는 눈을 감고 잠시 그 행복스러울 어족*들의 여행을 머리 속에 그려 본다. 해류를 따라서 오늘은 진주眞珠의 촌락, 내일은 해초의 삼림森林으로 흘러 다니는 그 사치한 어족들, 그들에게는 천기 예보*도 트렁크의 차표도 여행권도 필요치 않다. 때때로 사람의 그물에 걸려서 호텔의 식탁에 진열되는 것은 물론 어족의 여행 실패담失敗譚이지만 그것도 결코 그들의 실수는 아니고, 차라리 카인*의 자손의 악덕 때문이다. 나는 그들이 해저海底에 국경을 만들었다는 정열도 프랑코* 정권을 승인했다는 방송도 들은 일이 없다. 그렇다. 나는 동그란 선창船窓*에 기대서 흘수선吃水線*으로 모여드는 어린 고기들의 청초와 활발을 끝없이 사랑하리라. 남쪽 바닷가 생각지도 못하던 서니룸*에서 씹는 수박 맛은 얼마나 더 청신*하랴. 만약에 제비같이 재잘거리기 좋아하는 이국異國의 소녀를 만날지라도 나는 조금도 두려워하지 않고 서투른 외국 말로 대담하게 대화를 하리라. 그래서 그가 구경한 땅이 나보다 적으면 그때 나는 얼마나 자랑스러우랴. 그렇지 않고 도리어 나보다 훨씬 많은 땅과 풍속을 보고 왔다고 하면 나는 진심으로 그를 경탄할 것이다.

하나 나는 결코 남도 온천장에는 들르지 않겠다. 북도 온천장은 그다지 심하지 않은데 남도 온천장이란 소란해서 우선 잠을 잘 수가 없다. 지난봄엔가 나는 먼 길에 지친 끝에 하룻밤 숙면熟眠을 찾아서 동래온천*에 들른 일이 있다. 처음에는 오래간만에 누워 보는 온돌과 특히 병풍을 두른 방 안이 매우 아담하다고 생각했는데, 웬걸 밤중이 되니까 글쎄 여관집인데 새로 한 시 두 시까지 장구*를 때려 부수며 떠드는 데는 실로 견딜 수 없어 미명未明*을 기다려서 첫차로 도망친 일이 있다. 우리는 일부러 신경쇠약을 찾아서 온천장으로 갈 필요는 없다. 나는 돌아오면서 동래온천 시민 제군의 수면 부족을 위해서 두고두고 걱정했다.

나는 튜리스트 뷔로*로 달려간다. 숱한 여행 안내를 받아 가지고 뒤져 본다. 비록 직업일망정 사무원은 오늘조차 퍽 다정한 친구라고 지녀 본다.

필경 정해지는 길은 말할 수 없이 겸손하게 짧다. 사무원의 책상위나, 설합서랍 속에 엿보이는 제일 먼 차표가 퍽이나 부럽다. 안내서에 붙은 1등 선실 그림을 하염없이 뒤적거린다.

그러나 나는 오늘 그 보스턴백*과 그리고 단장短杖*을 기어이 사고 말겠다. 내일은 그 속에 두어 벌 내복과 잠옷과 세수 기구와 그리고는──『악의 꽃』과 불란서 말 자전을 집어넣자. 동서고금*의 모든 시집 속에서 오직 한 권을 고른다고 하면 물론 나는 이 책을 집을 것이다. 그리고는 짧은 바지에 노타이*로 한 손에는 보스턴백을 드리우고 다른 한 손으로는 단장을 휙휙 내두르면서 차표가 끝나는 데까지 갈 것이다.

모든 걱정은, 번뇌는, 울분은, 의무는 잠시 미정고未定稿*들과 함께 먼지 낀 방 안에 묶어서 두고 될 수만 있으면 모든 괴로운 과거마저 잊어버리고 떠나고 싶다. 행장行裝*은 경輕할수록 더욱 좋다.

나는 충고한다. 될 수만 있으면 제군의 배좁은* 심장을, 사상을, 파쟁派爭*을, 연애를 잠시라도 좋으니 바닷가에 해방해 보면 어떻냐고.

여행——그것밖에 남은 것은 없다. 내가 뽑을 행복의 최후의 제비*다. 그것마저 싱거워지면 그때에는 쉬르레알리스트*의 그 말썽 많던 설문設問을 다시 한번 참말 생각해 보아야지.

집이 배좁았다.

고향이 배좁았다.

나라가 배좁아 간다.

세계마저 배좁아지면 다음에는 어디로 갈까?

길을 가는 마음

"가을은 벙어리같이 슬픈 때다.
그저 성가시게 어디론가 가고 싶어서
길을 떠난다. 당분간 편지 말아라"

벗은 아마도 어느 날 아침 이러한 엽서를 받았을 게다.

사실 나는 잠시 동안이나마 회합會合과 방문訪問과 약속과 출근부出
勤簿의 감시에서 풀려서 길을 떠나고 싶었다.

그래서 호주머니 속에 다만 기차 시간표와 지도와 약간의 현금을
쑤셔 넣고 도망하는 것처럼 기차를 잡아탔다. 나는 차창에 기대서
오래간만에 철교의 근방에 엉클어* 선 백양白楊*나무 숲에 눈을 빼앗
겼다.

그리고 푸른 하늘로 향하여 팔을 벌린 그 나뭇가지들의 방향에서

무한無限에로 타는 나무들의 생명의 의지를 본다. 일찍이 '다다'*의 한 사람은 한 종이 위에 한 방울의 잉크를 떨어뜨리고는 '성모聖母 마리아'라고 화제畵題*를 붙인 일이 있다. 당시의 파리 사람들은 그 그림 앞에서 오직 조소嘲笑와 경멸輕蔑을 감추지 못했다.

어떠한 시대에도 범인凡人*의 눈은 낡은 질서에 대한 새로운 정신의 타오르는 부정의 불길에 대하여 가엾은 환쟁이*임을 면치 못한다.

그 반역反逆의 정신을 설명하는 것은 오직 생명의 말뿐이라는 것을 나는 기차 속에서 우연히 느꼈다.

한동안 서울의 시민들은 권투에 대하여 거의 탈선脫線*적인 열광熱狂을 보인 일이 있다. 그래서 권투 구경이라고만 하면 삽시간*에 회장은 초만원이 되는 것이 으레*였다. 흑인 보비의 이름은 실로 나폴레옹*의 이름에 필적匹敵*했다. 얼마 동안 나는 이 현상의 원인을 몰라서 흥미를 가지고 생각해 본 일이 있는데, 역시 기차 속에서 갑자기 그것을 깨달았다.

즉 권투가 가지고 있는 아름다움은 다른 경기보다도 가장 직접적이고 가장 치열한 육체와 육체의 충돌에서 발산發散되는 생명의 불꽃의 이상한 매력에 틀림없다.

다시 말하면 피로한 도시인의 생명적인 것에 대한 향수가 그들의 권투열에도 숨어 있나 보다.

거기에 환경에게 억압된 투쟁 본능鬪爭本能의 부단不斷한 발효도 그

길을 가는 마음

한 원인일 것은 물론이다.

우리 문단文壇에서는 평론이라는 것은 우선 싸움이 아니면 아니 되는 듯한 인상을 주는 것도 이러한 곳에들 그 원인이 있는 것이나 아닐까.

멀리 마을에서 들로 나가는 중간에 마른 개천이 있고 그 개천에는 비에 젖고 바람에 씻겨 엉성한 나무다리가 엎드려 있다. 그것은 마치 엔진에 끌려가는 소란騷亂한 근대 문명을 조소嘲笑하는 듯한 침묵을 지키고 있다.

그러나 나는 이 오래인 다리의 거만倨慢을 책망責望*할 아무 근거도 그 순간에는 준비하지 못했다.

나는 새삼스럽게 쉴 새 없이 문명에게 쫓겨 다니는 도시인의 생활에서 피로의 빛을 찾은 것 같다.

딴은* 거리를 몰려다니는 그들의 얼굴에는 활기가 흐른다. 그러나 그것은 진정한 의미의 활기인 것 같지는 않다. 차라리 긴장의 가면假面인 것 같다.

달리는 전차나 자동차는 물론 신문 배달도 교통 순사巡警도 아이스크림 장수도 타이피스트의 손가락도 모두 긴장해야만 산다.

그러한 활기는 우거진 풀숲 속에서 식물의 종족들과 벗하여 사는 사람들의 혈관 속을 흐르는 활기와는 다른 것 같다. 하나는 자연 그 속에서 뿌리를 박았고, 다른 하나는 삐뚤어진 문명에게 시달리는 자의 주의의 연속이 꾸며 내는 활기의 추세경향인 것 같다.

여행은 나도 모르는 어느 사이에 나로 하여금 이렇게 한 사람의 생명 찬미론자讚美論者를 만들었다.

그러나 나는 이러한 단상斷想*들에 대하여 다른 때의 글에서와 같이 엄숙하고 싶지는 않다. 왜 그러냐 하면 될 수 있는 대로 가볍기를 바라는 나의 여행에 그처럼 무거운 책임을 지우기는 싫은 까닭이다.

그것은 때때로 예기*하지도 않았던 신기한 감격이나 인상이나 사색의 단서실마리를 공급하기도 할 것이다. 다만 그러한 것을 나는 여행에 대하여 기대한다. 그 이상으로 『자본론』*이나 『논어』*에 대한 것과 같은 일을 여행에 향하여 바라지는 않는다.

길을 가는 마음은 다만 시를 읽는 마음이다.

도망

괴테*는 자주 연애에서 도망했다. 범죄인도 도망하지만 불평가不平家*
도 도망한다. 여행에서 일종의 모반*감謀叛感과 낭만주의*를 즐기는 것
은 전후戰後 불란서의 도망 문학逃亡文學*이었다.

철로의 발달이 일반의 도망욕逃亡慾을 몹시 자극한 것은 사실이다.
수없는 휴대 범행携帶犯行*·인처 유인人妻誘引*·무임승차無賃乘車 등에
대하여 철도 당국도 다소 책임을 느껴야 할 것이다.

구라파에서는 실연 청년失戀青年은 서西편으로 아미리가亞米利加*로
갔다. 유령도 서西로 갔다. 조선서는 이전이면 만주로 갔다. 지상에
미개한 대륙이 점점 더 남아 있지 않게 되었다는 것은 도망주의자에
게 있어서는 치명적이다. 도망을 계획하는 것은 역시 젊은 사람의 특

권인가 보다. 『탈출기』*가 애독된 까닭도 여기 있다.

만연히* 여행을 하는 사람은 그러니까 다소간은 도망자다. 당국이 만연 도항*자를 취체取締*하는 것도 아마 그 까닭이리라. 기왕 도망인 바에는 두 번 갈 것을 줄여서라도 3등차보다는 1등차가 좋다. 신분과 지위와 수입의 고려를 무시하고 잠시 파산破産의 환영幻影*을 즐겨 보는 것도 이런 때다. 차창 밖에 내다보이는 수풀, 시내, 들, 바다 할 것 없이 자연은 언제고 인생보다는 아름다운 것을 가지고 있다.

다만 요즈음 특히 함경선 방면의 2등차를 타면 악골顎骨(턱뼈)과 복부腹部가 부당하게 발육이 좋은 부류의 인사 외에 반드시 한두 사람씩 주장* 산맥山脈이라든지 화물 자동차에 대하여 실로 선풍기를 압도할 소음을 일으키면서 떠드는 것을 참을 각오를 해야 한다. 음성으로 미루어서 그들이 회화를 길들인 곳이 주로 야외野外였던 것을 짐작할 수 있으나, 그렇기로서 마치 그들이 사람들의 안면安眠조차를 방해할 권리가 있다고 자부하는 것은 좀 딱하다. 철도국은 이런 승객을 위해서는 어째서 무개차無蓋車*를 준비하지 않는지 모르겠다. 과잉過剩된 지방질의 출처에 대하여 자주 궁리하게 만드는 승객도 있다. 역시 창밖에 바다나 수풀이나 시내가 나섰다.

도망

찻삯의 고저高低가 아니라 무슨 다른 방법으로 1등차를 타는 권리를 정한다면 훨씬 사람들의 도망은 더 유쾌해질 수가 있으련만.

봄의 전령傳令*
―북행 열차를 타고

피녀彼女(그녀)들의 하이힐이 더한층 가벼움을 느낄 때가 왔다.

육색肉色*의 스타킹.

극단으로 짧은 스커트 등등으로 피녀들은 둔감鈍感한 가두街頭의 기계 문명의 표면에 짙은 에로티시즘*과 발랄한 흥분을 농후하게짙게 칠 것이다.

털 깊은 외투.

솜 놓은* 비단 두루마기.

두터운 방한모防寒帽.

여우털 목도리.

잘 있거라 너희들.

시절時節에 뒤진 폐물*들은 너희들의 벽장 속으로 물러가거나 혹은 XX포(전당포라 판단됨)의 창고로 유형流刑*이 되더라도, 경박한 주인들을 원망하는 일 없이 또다시 학대된 상태에서 온순하게 10월을 기다림이 좋다(노예들은 필요할 때에 기억되고 필요치 않을 때에는 영구히 잊혀진 대로 있는 운명에 있느니라─고대 성서).

그러나 잘 있거라 겨울.

점원店員들은 겨울 물건을 차츰차츰 진열대로부터 창고 구석으로 운반하는 일에 오히려 영광을 느낄 것이고, 파라솔은 또다시 백화점의 주연자主演者가 될 것이다.

시클라멘*은 봄이 던지는 첫 키스를 뺏기 위하여 화상花商*의 쇼윈도 속에서 붉은 입술을 방긋이 벌리고 있고, 피녀들의 푸른 치마폭은 아침의 아스팔트 위에서, 백화점의 층층계 위에서 깃발과 같이 발랄하게 팔락거리지 않는가.

"할로*, 봄." 봄의 전령은 벌써 북행 열차를 타고 와서 오래 잠긴 이 자리의 문을 분주하게 두드린다.

눈물에 어린 듯한 엷은 대기를 어지럽게 흔들면서 영구한 불평가不平家인 전선줄들이 떨린다. 그것은 제비들의 밀회장密會場이다. 이윽고 연미복燕尾服*을 입은 남해의 신사들은 그 줄 위에서 그들의 작은 사랑을 속삭이러 올 터이지. 젊은 애인들은 건넌방 속에 혹은 안방 속에 밀폐해 두었던 연애를 공원에, 가두에 그리고 백화점의 옥상 정원屋上庭園에 노골*하게 해방하리라. 남편들은 한겨울 동안 강요되어 있던 어린애의 구린 냄새와 마나님의 불변성不變性의 표정과 그것들의 칵테일인 미지근한 가정 살림의 감금監禁에서 겨우 풀려서 자못꽤 용감하게 포도鋪道*를 차고 다니면서 "오, 고마운 봄" 하고 그를 놓아준 봄에게 향하여 찬사를 올린다. 그리하여 봄은 모든 남성의 혈관 속에 단 하룻밤 사이에 불량성不良性 캄플*을 주사注射해 버린다.

죄 많은 봄을 벌하여라. 실로 그 봄 때문에 선량한 마담도 물건을 사 가지고 돌아오던 길에 잠깐 일부일처제를 핸드백 속에 집어넣기도 하고 건망중의 영양令孃* 여겨 4년* 동안 닦아 넣은 공부자孔夫子*의 윤리를 승강기의 쿠션 위에 저도 모르게 흘리고 다니기도 한다.

잠깐 차점茶店(다방)의 소파에 깊이 잠겨서 나는 두 눈을 감았다. 그러면 나의 소파는 인도양印度洋을 건너는 정기 항행定期航行의 상선商船*이 된다. 코끝으로 스며드는 강렬한 코코아의 냄새가 나를 그곳으로 이끌어 가는 것이다.

클레오파트라의 유방처럼 부풀어 오른 남해의 우렁찬 물결 소리가 나의 선벽船壁*을 때린다. 나의 배는 카나리아*의 알토*를 들으면서 암컷을 부르는 수원숭이들의 테너*와 베이스*가 유량*하게 울려 오는 야자수 그늘 깊은 섬들 사이를 꿰뚫고 지나간다. 밤이 오면 한 바다 밑에 진주들은 굳은 조개껍질을 열고 나와서 하늘의 별들과 남해의 비밀을 속삭이겠지. 진달래·개나리·오랑캐*·글라디올러스*──온갖 꽃으로 꾸민 찬란한 화환을 목에 걸고서 바람을 타고 오는 봄의 여신의 고향은 아마도 그곳일 것이다.

봄의 전령

그러면 오는 봄이여, 네가 가는 때 나를 버리고 가지 말아라. 진주가 잠자는 그 바닷가로. 늙음을 모르고 근심을 잊어버린 그곳으로 나를 데리고 가거라. 나의 이니스프리*로.

주을 온천*행 朱乙溫泉行

1934년 10월 17일 아침 일곱 시.

양칫물을 뱉고 머리를 들어 보니 흐릿한 안개를 둘러쓴 어두운 바다가 눈앞에 부풀어 오른다.

그 위에서 얼빠진 윤선輪船* 한 채가 흰 연기를 가늘게 올리고 있을 뿐, 아무데도 이 항구를 둘러 안은 주회* 산맥周廻山脈은 보이지 않는다.

그렇도록 청진淸津*은 항구로서는 형승形勝*의 지地가 아닌 것 같다. 그는 도무지 바다를 무서워하지 않는다는 것처럼 그 가슴을 아무 두려움 없이 바다의 복판에 내밀었다.

내가 든 여관은 산 등허리의 겨우 중품*에 있다. 바다와의 사이의 좁은 땅 오라기*에 역시 좁은 외통* 거리가 겨우 몸을 비비고 들어앉은 이 항구에서는 사람들이 들어 사는 집은 될 수 있는 대로 산으로 바라 올라갔고 그 산꼭대기에는 도야지돼지 울울타리들이 삐뚤어져 붙어 있다. 일제히 바다로 향하여 창을 붙인 그러한 산 등허리의 우스운 집들을 바라보면서 있노라니까, 우연히 동행이 된 박형朴兄이 좇아와서 기위旣爲(이미) 이곳까지 왔던 김이니, 주을 온천을 구경하는 것이 어떠냐고 자주 유인한다. 사실 다음날까지 우리는 이 항구에서 별로 할 일을 가지지 않았다. 박형의 말에 의하면 그것이 모두 우리를 위하여 준비된 천재일우千載一遇*의 기회라는 것이다.

한편으로 생각하면 주을 구경은 이번 길의 부산물副産物이라면 그 위에 없는* 부산물일 것임에 틀림없을 것 같아서, 나도 곧 찬동하고 아침밥을 얼른 치르고 나서 9시 25분에 청진역을 떠나는 기차를 타기 위하여 황망*히 여관을 나섰다.

일행은 박형과 그리고 요즈음까지 『중앙일보』* 청진지국淸津支局을 경영하시던 남南씨와 겨우 세 사람의 쓸쓸하나마 그러나 지극히 단란한 행중行中*이었다.

신암동新岩洞 어귀에서 버스를 기다려 탔다. 이곳 버스는 사실 나그네에게 그 위에 없이 정다웁다. 정해 놓은 정류장이라고는 없고, 아무 데서라도 손님이 손만 들면 누런 칠을 한 버스는 반드시 그 손님 앞에 와 서며, 또한 볼일이 있는 곳에서 스톱만 부르면 아무리 급한 스피드로 달리다가도 딱 서서 손님을 내려놓고야 간다. 이 일은 실로 청진 항구가 그를 처음 찾아가는 손님에게 바칠 수 있는 가장 큰 친절

일 것이다.

　버스는 정어리 냄새가 무럭무럭 코를 찌르는 길을 먼지를 차 일으
키면서 천마산天摩山*을 끼고 돌아간다. 거기서는 수많은 인부들이 천
마산을 깨뜨려서 바다를 매우는 공사에 바쁘다. 너무 지나치게 우뚝
바다로 삐져 나온 천마산은 사실 청진의 번영을 가로막는 한 커다란
천연적 장해물*일 것이다. 그렇게 옹색*한 곳에 거리를 경영하고 있는
청진 시민들도 무척 우김새*가 많기는 하다. 강적强敵 나진羅津*이 등덜
미에서 잔뜩 위압하고 있는 오늘날 청진은 역시 천마산을 부수고 수
성평야輸城平野*로 진출을 꾀할밖에 없을 것이다.

　역에 왔더니 뜻밖에 『조선일보』 청진지국장 박씨가 어디로부터 달
려와서 행중에 뛰어들었다. 이에 다소간 사람의 수효로 보아서 적막
하던 행중은 갑자기 화창해졌다.

　우리를 태운 기차는 수성평야의 동쪽 깃*을 주름잡으며 북으로 거
슬러 올라간다. 평야 복판을 가르고 흘러가는 수성천輸城川* 맑은 시냇
물이 서편으로 기울어지는 것을 가로막아서 긴 콘크리트 방천防川*이
바닷가까지 늘어졌다.

　남南씨는 그 물을 차창車窓으로 가리키면서 "청진의 생명수生命水"
라고 일러 준다.

　이 평야는 이윽고 면모겉모습를 일신一新*하고 지도 위에 새로운 중
요점이 되어 나타나리라 한즉, 그 위에 이들의 서편 끝인 나남羅南*이

동으로 팽창하고 청진이 또한 서편으로 발전한다면 수성·나남·청진을 세 정점으로 한 각변各邊* 삼십 리의 삼각형을 이룬 일대의 땅에 누만累萬*의 인구를 포용할 대도시를 그리는 청진 주민의 꿈도 결코 한 조각 몽상이 아닐 것이다.

뿐만 아니라 지리적으로 경제적으로 수성평야는 한 개의 예단豫斷*할 수 없는 가능성을 갖고 있는 것만은 여하간 사실인 것 같다. 북조선北朝鮮 경기의 고기압의 중심이 나진에 있음에도 불구하고 청진 거리에서 만나는 사람들의 얼굴에, 화물 자동차의 고함 소리에, 신암동의 훤소喧騷* 속에 일종의 진정치 못하는 활기가 흐르는 것도 그 까닭이 아닐까.

그러나 그러한 것들이 과연 얼마나 영구적이며 또한 아님을 나는 모른다.

수성에서 기차는 다시 남으로 꺾여져서 이번에는 평야의 서편을 끼고 내려간다.

기차를 피하여 달아나는 송아지는 언덕 위에 올라서서 가볍게 떠 있는 푸른 하늘에 머리를 추켜들고 벌렸다 닫았다 한다. 아마도 겁난 김에 엄마 소를 부르나 보다.

아직 채 걷어들이지'거둬들이지'의 잘못 않은 논두렁에 걸터앉아서 모진 일 뒤의 짧은 쉬임쉼(휴식) 시간을 즐기고 있는 아청* 저고리에 검은 치마 두른 아낙네들이 군데군데 굽어보인다. 햇볕에 그을린 구릿빛 얼굴들이 이쪽을 향하여 노려보기도 한다. 진한 눈썹 아래서 둥근 눈방울이 검게 빛난다. 박형은 두 번 세 번 입맛을 다시며 관북[*] 여성[關北女性]의 건강한 미를 찬탄하여 마지않는다.

작은 사과 밭과, 양철 지붕과 아카시아에 덮인 길이 있는 지극히 조용한 거리의 역에 차는 잠깐 섰다. 경성읍[鏡城邑][*]이다.

읍은 산모롱이[*]에 돌아앉았는지 인가[人家]도 성[城]터도 학교도 잘 볼 수가 없다.

오전 열 시 반 주을역에 도착하였다.

역 앞 넓은 뜰에서는 커다란 버스 한 대가 머리를 서편 산골 쪽으로 두고 서서 손님을 기다린다. 온천은 여기서도 삼십 리를 더 들어간 산골이란다. 그곳까지 자동차 값이 사십 전.

쉬는 날인 까닭인지 버스는 어느덧 만원이고 점심을 둘러멘 사람, 지팡이를 짚은 사람, 아직 십여 명이 버스 밖에 밀려 나와 다음 차편을 물어본다.

술집인 듯한 말쑥한[깨끗한] 집들이 서로 마주 보고 있는 그렇게 짧지 아니한 거리를 아주 빠져나오자, 버스는 숨을 가다듬어 가지고 더욱 기운차게 구르기 시작한다.

운전대 바른편에 시든 단풍나무 가지가 꽂혀서 자동차가 앞뒤로 드놀 때마다 쪼개진 잎사귀들이 젊은 운전사의 얼굴을 때린다. 그래도 그는 도무지 머리를 피하려 하지 않는다. 마치 오래지 않아 떠나

가려는 계절의 가책苛責을 마음껏 몸에 새겨 두려는 듯이……. 몇 구비굽이 산길을 지나는 동안에 길은 어느새 개천가에 나섰다. 좌우에 늘어선 산발*은 푸른 솔밭 사이에 군데군데 붉은 단풍을 입었는데, 그 산과 산 틈에 희디흰 돌멩이가 깔려 있고 그 위를 맑디맑은 시냇물이 비단 폭을 흘리는 듯이 미끄러진다. 평평한 곳에서는 물줄기가 부챗살처럼 퍼져서 햇빛을 거르기도 하고, 여울*이 진 곳에서는 갑자기 굵은 물결이 단묶음이 되어서 용솟음치기도 한다.

그리 높지 않은 바위에서 낚싯대를 여울에 드리우고 하염없이 물 속을 들여다보고 있는 늙은이가 있다. 아마도 오늘 하루만은 그의 뒤를 좇아 다니던 속무俗務*가 그를 놓아준 게다. 한 마리의 날랜 산천어山川魚* 때문에 그는 오늘 하루를 완전히 잊어버릴 수 있을 게다. 새삼스럽게 고르지 못한 인생의 배치配置를 웃어 주고 싶다.

차는 또다시 시내를 끼고 조급히 밭 두던*과 두던 사이의 언덕길을 올라간다.

내 앞에 앉았던 남씨가 갑자기 왼손 편 밭이랑* 속에 뚫린 좁은 오솔길을 손가락질하면서 용연폭포龍淵瀑布로 내려가는 길이라고 가르쳐 준다.

흰 석벽石壁에 그리는 그 상쾌한 모양은 언덕이 가려서 물론 볼 길이 없거니와 용담龍潭을 울리는 장쾌한 그의 울음조차 쉴 새 없는 발동發動 소리에 저해*되어 드디어 들을 수 없다. 용연龍淵아, 다음 기회에는 오늘의 일정日程에서 제외된 너의 설움을 반드시 풀어 주마.

속세의 시끄러운 조음噪音*을 싫어하는 온보溫堡*는 산으로 둘러싸고 또 둘러싼 골짜기 속에 깊이 숨어 있어서 길게 목을 빼들고 이리저리 살펴보는 나의 눈앞에 좀체로좀처럼 그 모양을 나타내려 하지 않는다. 한편 차는 온보가 숨은 곳을 찾아 헤매는 듯 붉고 푸른 산길을 한 겹 두 겹 젖히면서 산맥의 품속을 헤치고 더욱 깊은 데로 들어간다.

이윽고 길게 가로막아 앉은 산을 돌아갔더니 우뚝 솟은 높은 봉우리 발밑 낮은 곳에 긴 방천 저편에 역시 낮은 지붕과 흰 벽들이 가라앉아 보인다. 인제야 그것이 주을 온보朱乙溫堡*란다.

오전 열한 시가 조금 지나서 버스는 오래간만에 나타난 산중의 작은 거리 복판에 손님을 내려놓는다.

우리는 온보 거리에는 발을 멈추지 않고 그 길로 먼 산골짜기로 꼬리를 감춘 탄탄대로를 더듬어 올라갔다. 천험天險* 세 영嶺*을 넘어서 무산茂山*으로 통하는 이등도로*다.

아카시아나무 그림자가 엷게 깔린 길을 거리에서 2리 가량 올라가서 우리는 "사나운 개가 있소. 주인의 허가 없이 들어오지 마오"라고 쓴 게시판이 붙은 돌문 앞에서 멈춰 섰다.

문 안에는 서리 맞은 검푸른 상록수와 잎사귀를 반나마 잃어버린 활엽수와 관목灌木*의 떼로 된 거친 정원이 있고, 그 정원 군데군데 양철 지붕이 햇빛을 이고 떠올라 와 보인다. 이것이 주을 온천에 한 특이한 매력을 주는 백계노인白系露人*'양코스키'별장촌別莊村이다. 그 정원을 굽어보는 북쪽 산등허리 중품에도 역시 여기저기 매우 경쾌해 보이는 간단한 양풍 별장洋風別莊들이 솔밭 속에 흩어져 있다.

여름이면 상해上海 하얼빈哈爾賓* 등지로부터 수백 명의 백계노인 남녀가 이곳에 모여들어서 밤을 새워 강한 보드카*를 기울이면서 사바귀춤*을 추며 혹은 볼가*의 뱃노래를 부르면서 광란狂亂의 한여름을 보낸다고 한다. 정원 한복판에 세운 높은 기죽旗竹* 꼭대기에서는 제정帝政*러시아의 옛 국기를 한구석에 떠 붙인 흰 삼각기가 푸른 하늘을 등지고 펄럭거린다. 무너져 버린 그들의 옛 영화榮華와 꿈에 대한 영구한 향수와 추억의 표상*이다. 그들은 아침마다 레코드로 옛 국가國歌를 들으면서 이 상복喪服 입은 기폭*에 향하여 거수擧手의 예禮를 함으로써 지나간 날에 대한 경의를 표한다고 한다.

지금 그 여름이 다 가고 그들이 또한 짐을 싸 가지고 동양의 구석구석으로 흩어진 뒤라, 정원에는 가을바람조차 얼마 설레지 않고 소리 없는 적막만이 흐른다. 우리는 고무 볼공이 아니고 마른나무 잎사귀가 굴러다니는 쓸쓸한 테니스 코트를 지나서 나무 그루 사이에 비틀어진 오솔길을, 연기가 나는 오직 하나뿐인 지붕 쪽으로 향하여 내려갔다. 거의 울적에 가까운 이 백인 가족의 왕성한 식욕을 기다리는 토종 암탉 두어 마리가 햇볕에 몸뚱어리를 씻으면서 길 양쪽에서 놀고 있는 것이다.

과연 마루 밑에서 낮잠을 자던 험상한 셰퍼드*가 벌꺽 머리를 들고 성낸 눈짓으로 낯선 손님들을 노려본다.

　우리는 개의 시선을 될 수 있는 대로 피하면서 조심스럽게 낮은 널문*을 두드렸더니, 나온 것은 짧은 에이프런을 두른 청년이다.

　그의 말에 의하면, 주인 양코스키는 웅기雄基*로 볼일이 있어 갔고, 마담 양코스키도 역시 그들의 경영에 속하는 용현龍峴 해수욕장*으로 가고 없고, 다른 식솔食率들은 모두 밖에 나갔다는 것이다. 그의 호의好意로 우리는 주인 없는 빈 뜰을 마음대로 구경할 수 있었다.

　우리는 우선 그 사나운 셰퍼드를 처치處置해 주기를 청하였다. 청년은 누워 있는 셰퍼드의 등에 눈웃음을 던지면서 "아무 일 없소. 아주 순한 개요" 하고 대답한다.

　그렇게 듣고 나서 다시 그 개를 굽어보니 어디까지든지 낮잠을 들려고 애쓰고 있을지언정 그 졸리운 듯한 표정이 우리에게 향하여 아무런 악의도 품고 있지 않는 것이 분명하다. 그리고 본즉 역시 대문에 붙인 게시揭示는 외국에 와서 사는 사람들의 비겁한 심리가 시키는 한 시위운동에 지나지 않는 겐가 보다. 우리는 쓴웃음을 웃으면서 돌층계를 돌아서 물소리를 쫓아 내려갔다. 골짜기를 굴러 떨어지는 급한 물은 한데 모여서 이 정원 한가운데 시퍼런 소沼*를 이루었다. 깨끗한 모래가 그 푸른 소를 조심스럽게 담고 있고, 깎아 세운 듯한 바윗돌들이 그것을 다시 에워싸고 있다. 높은 바위와 바위 사이에 걸터

놓은 위태로운 나무다리를 건너서 우리는 하늘을 가리는 깊은 숲 속 오솔길을 헤치고 낮은 골짜기의 모래불˚까지 내려갔다.

우리의 체중을 싣고 추기던˚ 허공다리˚가 아찔하게 머리 위에 쳐다 보인다. 여기서 여름이면 수많은 뜻 잃은 백인 남녀가 어리꾸진˚ 물장 난과 마음 빈 웃음소리와 아우성 속에, 잃어버린 그들의 왕국에 대한 끝이 없는 향수鄕愁를 흩어 버리면서 피부에까지 치밀어 오는 고국으 로 향하는 끊임없는 정열을 한가지로서로 같이 식힌다고 한다.

오심암吾心岩˚

우리는 마치 어느 러시아 작가의 소설 속을 헤매고 난 듯한 막연漠然 한 느낌을 가슴에 받아 가지고 그 센티멘털˚한 뜰을 나와 버렸다.

그리고 보니 작은 골짜기를 사이에 놓고 마주 안고 뻗어 나간 이 장백산맥長白山脈˚의 지맥支脈˚의 그 어느 봉우리고 감상에 젖어 있지 않는 것이 없다. 가을은 저의 슬픔을 감추지 못하는 정직한 계절이다. 오지奧地˚의 재목材木을 나르는 또롱이˚ 철길을 따라서 우리는 더욱 올 라간다. 들어가면 갈수록 붉은 빛이 엉클어져 꾸미는 산발˚이 티 하나 없는 남벽藍碧˚ 하늘의 캔버스˚ 위에 더한층 선명히 떠오른다. 발길이 더듬어 들어가는 곳에 산의 기개는 더욱 더 날카로워져서 검은 바위가 남빛˚ 하늘을 찌르고 있고, 그 산 어깨와 몸뚱어리에는 정묘精妙를 다 한 한 폭 자수刺繡가 둘려졌다. 누구의 발명인지는 모르되 금수강산錦

繡江山*이라는 말이 오늘 비로소 실감을 가지고 나의 마음에 떠오른다.

소를 푸는* 농부더러 그 산의 이름을 물었더니 이름이 없다고 머리를 절레절레 흔들어 보인다. 옳겠다. 그것으로 좋다. 산아, 너는 이름도 아무 전설도 가지지 말아라. 다만 너를 찾는 사람의 흐린 가슴에 너의 맑은 그림자를 드리워 보이면 그만이다. 그 어느 문호文豪*나 묵객墨客*의 서투른 문장文章이나 화폭畵幅 속에 남는 것보다도 너는 해오라기*와 같이 여기에 겸손하게 서 있음이 얼마나 좋을지 모른다. 이 부드러운 풍경 속에 점점 녹아 들어가는 자신을 걷잡지 못하면서, 우리는 단애斷崖*의 낮은 허리를 감돈 길을 돌아간다. 문득 머리 위에, 혹은 손 아래 무리를 떠난 외나무 단풍이 나타난다. 빨간 분수같이 붉은 물이 그대로 스치는 사람의 옷깃을 적실 것만 같다.

두보杜甫*는 봄을 그려서,

강벽조유백江碧鳥愈白
산청화욕연山靑花欲燃*

이라고 하였단다.

그 비유도 아름답지만, 이 산의 단풍이야말로 꽃처럼 불타고 있는 것이 아니냐? 아니다. 탈 대로 타고 또 타다가 드디어 정열의 최고조에서 그 이상 탈 수가 도시都是무지 없어 일순간 불꽃에서 열은 식어 버

주을 온천행

리고 색채만 남은 것이나 아닌가 싶다.

발 아래는 누구의 손으로 다듬었는지 모르는 깨끗한 화강석이 가지각색으로 깎여져서 미끄러운 돌판을 이루었는데, 그 복판의 느린 층층계階段를 점잖은 물이 하늘의 푸른빛을 띠고 그다지 총총*하지 않게 그다지 느리지 않게 흘러간다.

길게 앞을 가린 산을 돌아서 병풍처럼 둘러선 벼랑을 한 구비 끼고 돌아갔더니 갑자기 길가의 바위가 은은히 울기 시작한다.

바라보니 거기도 또한 작은 병풍이 비스듬히 벌어진 곳에 담회색淡灰色*바위가 좌우로 날카롭게 일어섰고, 그 사이를 두터운 폭포가 일만 줄기의 명주실을 늘이면서 드리웠다. 그윽한 물소리가 먼 벼랑에 울리는 음향과 또 여음*에 서로 조화되어 은은한 교향악을 듣는 것 같다. 엉성한 수풀 속을 헤치고 마른 잎사귀를 밟으면서 폭포까지 내려가서 그것을 버티고 있는 바위 위로 기어 올라갔다.

그 바위를 가리켜 어느 건방진 옛사람이 오심암이라고 이름을 지어 주었다 한다. 그보다도 조금 겸손한 누구는 세심암洗心岩*이라고 불렀다 한다.

기운차게 일어선 산발이 이곳에 이르러 오심암의 절경絶景*을 남기기 위하여 한 둥근 골짜기를 이루어 놓고 다시 다물어졌다.

짙은 단풍 빛에 붉게 누렇게 물든 검은 절경의 성장盛粧*, 그것을 선을 두른 동해보다도 더 푸른 하늘빛, 천사가 흘리고 간 헝겊인 듯 봉

우리 위에 가볍게 비낀* 백옥보다도 흰 엷은 구름 조각.

이것은 분명히 자연이 흘려 놓은 예술의 극치다. 그러나 겸손한 자연은 그의 귀한 예술이 홍진紅塵*에 물들 것을 염려하여 그것을 이 깊은 산골짜기에 감추었던 것인가 보다.

어귀까지 버스를 불러오고 이곳까지 이등도로*를 끌어 오는 것은 본래부터 그의 뜻은 아니었을 게다. 오직 사람만이 장하지도 아니한 그들의 예술을 천하에 뽐낼 기회만 엿보나 보다.

둘러보건대 이 골짜기에는 일찍이 먼지를 품은 미친 바람과 같은 것은 지나가 본 일이 아주 없었나 보아서, 아득히 쳐다보이는 높은 하늘 아래 티끌을 품은 듯한 아무것도 없다. 잠깐 내 자신을 굽어보니 허옇게 먼지 낀 의복, 그 밑에 숨은 먼지 낀 내 몸뚱어리, 그리고 또 그 속에 엎드린 먼지 낀 내 마음, 나는 그 티기* 모르는 순결한 자연 속에 쓰레기처럼 동떨어진 내 몸의 더러움을 새삼스럽게 부끄러워하였다.

바위를 소름 짓게 하는 찬 물방울, 그 밑에 굽이치는 사나운 물바퀴*, 그 물에 적시기 전에 내 마음은 골짜기를 채우는 물소리에 벌써 씻겨지기 시작하였던 것이다. 우선 돌아가고 싶은 마음을 씻어 버렸다. 다음에는 행중行中*의 그 누가 모두 일제히 그 물에 빠져 죽자고 한 말이 결코 부자연하지 않도록 벌써 생에 대한 그 꾸준한 애착을 씻어 버렸다.

주을 온천행

차디찬 바위 위에 신발을 벗고 모자를 던지고 외투를 벗어 팽개치고 반듯이 누워서 눈을 감으니, 인생도 예술도 다 어디로 사라지고 오직 끝없는 망각이 내 마음을, 아니 우주를 채우며 온다. 그러나 몸을 식히며 스며드는 찬기_{찬 기운}는 어느새 거리에서 멀리 떨어진 우리들의 위치를 깨닫게 한다. 우리는 채 씻기지 않은 마음을 거두어 가지고 잠시나마 정을 들인 오심암을 두 번 세 번 돌아다보면서 간 길을 다시 내려오기 시작하였다. 좋은 벗 떠나기란 싫은 것처럼, 좋은 자연에도 석별의 정은 마찬가진가 보다. 또한 좋은 음식을 만났을 때 벗을 생각하는 것이 자연스러운 것처럼, 떠나고 싶지 않은 자연을 앞에 두고는 멀리 있는 벗들이 갑자기 그리웁다. 나는 마음속으로 어느새 오심암에게 무언_{無言}의 약속을 주어 버렸다.

"내년에는 벗을 데리고 또 찾아오마"고.

오심암에서 러시아인 별장까지 3리 가량을 내려오는 길은 가던 길보다 훨씬 빨랐다. 마침 별장 문전_{門前}에서 이리로 나오던 러시아 청년 한 사람을 만나서 그 별장에 대한 약간의 삽화*를 들려주기를 청하였다.

청년은 돌아서서 안을 향하여 우렁찬 베이스*로 소리친다.

"오라, 오라."

"다—."

하고 대답하면서 나온 것은 니커보커스*에 담뱃대를 든 젊은 여자였다.

양코스키의 영양° '빅토라'는 스물다섯 나는 처녀다. 청년은 우리들을 여자에게 맡기고 휘파람을 불며 산으로 올라간다. 우리는 여자가 인도하는 대로 식당으로 잠깐 들어갔다. 방 한구석에는 호화로운 꽃병에 국화과의 여러 가지 가을꽃들이 풍만하게 피어 있고, 벽에는 시베리아 풍속인지 액면額面(액자) 대신에 곰의 가죽을 걸어 놓았다.

여자는 여러 권의 두터운 앨범을 들고 와서 식탁 위에 쌓아 놓는다. 그 속에는 지나간 날 그들의 호사스럽던 생활의 면모가 그대로 남아 있다.

양코스키라고 하면 몰라도 '네 눈'이라고 하면 한때 강동° 출입이 잦던 함경도 부로父老°치고 모르는 이가 별로 없을 것이다. '네 눈'이란 하도 사냥을 잘해서 뒤로 돌아서서 총을 놓아도° 영락없이 맞춘다고 해서 조선 사람이 붙여 준 별명이다. 바로 해삼위° 앞바다에는 '네눈이네 섬'이라고 부르는 양코스키 개인 소유의 섬까지 있어서 말이랑 사슴이랑 방목放牧하였다고 한다.

시베리아를 지동地動 치는° 혁명의 눈보라에 휩쓸려서는 그는 온 가족과, 그리고 수많은 말들과 자동차들을 끌고 이곳으로 피난해 온 것이다. 양코스키의 아우는 제정° 러시아 최후의 비행 중위飛行中尉°로서 시베리아에서 혁명을 맞아 체코° 병兵과 함께 싸워서 필경畢竟° 열두 곳의 상처를 몸에 받아 가지고 역시 이곳으로 왔다는 것이다. 혁명은 성공하였고, 오늘 그들은 멀리 쫓겨나서 길이 돌아가지 못하는 신세가 된 것이다.

"고국에 가고 싶지 않소?" 하고 물었더니,

"갈 수나 있다구요" 하고 미스 양코스키는 쓸쓸히 머리를 흔든다.

친절한 이국異國 색시는 잠가 두었던 그 아버지의 서재도 열어서 구경시키고 집에서 기르는 호랑이 새끼까지 끌어내서 보여 준다. 돌이 겨우 지났다는 구스(호랑이의 이름) 군君, 인제는 아주 야산野山의 풍속을 잊어버리고 이 이국 색시에게 강아지처럼 추근해졌다*. 그는 아가씨의 가슴에 안겨서 아가씨의 키스조차 거절하지 않는다. 그는 그 넓은 뜰을 셰퍼드*와 암탉들과 함께 산보하고는 석양이면 울울타리 속으로 돌아와서 토끼 고기로 된 저녁밥을 기다린다고 한다.

이국 색시는 문밖까지 나와서 여러 번 작별의 인사를 되풀이한다.

거리에 돌아오니 겨우 오후 2시, 조선 여관으로서는 집 안에 따로 목욕탕을 가진 오직 한 집이라는 용천관龍泉館에 들었다.

포근한 온돌 기분을 찾아들었지만, 대하는 법이 하나도 조선식이 아니다.

더군다나 젊은 여자 두 사람이 손님을 맞아들이고 밥상에 동무하고 목욕간*에 인도하는 것이 모두 이 얌전한 산중에서 우리가 기대한 것은 아니었다. 북도 아낙네들이 그 손발이 온몸과는 조화되지 않도록 크지만, 오히려 나그네의 찬탄을 받는 까닭은 어디까지든지 굳센 자립의 정신과 분투奮鬪의 기개가 그 건장한 육체에 넘치고 있는 까닭이다. 그들의 자랑은 서울 등지의 하도 많은 기생과 창기＊ 속에서도 좀체로 그들 북도 출신을 찾아볼 수가 없는 곳에 있었다. 지금 그리 고상하다 할 수 없는 이 직업에 종사하는 그들을 앞에 놓고 거기서도 역시 자본의 공세 아래 힘없이 쓰러지는 지나간 날의 탄식을 듣는 것이다.

기어이 붙잡는 세 형을 물리치고 나만은 돌아오지 않아서는 아니 될 일을 청진＊에 너무나 많이 가지고 있었다.

막 버스는 오후 다섯 시. 엷어져 가는 산발의 석양볕을 등지고 온보＊를 떠난다.

마음은 오심암 짙은 단풍 속에 길이 남겨 둔 채 미련한 버스는 나의 빈 몸뚱어리만 싣고 터덜터덜 산길을 돌아온다.

주을 온천행

여름이 되면 산이 그립다

여름이 되면 산이 그립다. 도저히 허락지 않는 사정에 몸이 엉클어*
있을 때에는 산을 그리워하는 생각이 더욱 깊다.

가도街道* 위에서 반사反射하는 태양의 복사열*은 대기 속을 흘러 다
니는 모든 물질을 분해시킨다.

그래서 늘 가깝게 하고 있던 사람들에게서조차 우리들의 코는 뭉
클한 몸 냄새를 느끼며, 연애 그것조차가 여름에만은 로맨스* 옷을 입
을 수 없다. 그러니까 연애로부터 피난하기를 지원하는 사람도 여름
에 많다. 여름은 다만 혼자서 산에 가고 싶은 때다.

바다는 품행 부정品行不正한 디오니소스*다. 그런 까닭에 파파아빠와
오빠들은 어린 아가씨들이 해수욕장으로 가는 것을 마음으로부터 즐
겨 하지는 아니하였을 것이다. 지상에 사는 사람들은 산과 산이 속삭
이는 소리를 들은 일이 없다. 산들은 항상 구름 속에 머리를 감추고

별들과만 이야기하기를 좋아한다.

그러니까 산은 웃을 줄 모르는 아폴로*다.

우리는 수풀 속의 고요한 오후에 그의 사랑하는 양羊을 에리직톤*이 도적질해 가는 줄도 모르고 낮잠을 자는 판*목신(牧神)을 산속에서 발견할는지도 모른다. 골짜기를 굴러 떨어지는 물소리의 음악 소리를 들으면서 말없이 푸른 법의法衣*를 둘러쓰고 머리를 붙잡고 있는 산이 애타게 그립다.

> 검은 얼굴을 가진 검은 바위
> 타는 가슴 때문에 수수된* 얼굴
> 가슴이 막혀 말을 뱉지 못하는
> 네 마음 내 마음

나는 우연히 자하문*에 기대서서 북악산*을 바라보며 이러한 즉흥시卽興詩를 읊은 지난봄 일이 마음에 떠오른다. 더욱이 넓은 평야를 가지지 못한 천생天生의 나무꾼인 우리 조상들은 높은 산봉우리의 틈틈에 사원寺院(절)을 세우고 암자庵子를 닦아서 그곳에 그들의 정신 왕국을 건설하였다.

그러므로 우리가 가진 문명은 산악 문명이다. 산악을 사모하는 그러한 조선祖先*의 피가 수천 년을 지나서 나의 혈관에서도 물결치는 까닭에 나는 산을 그리워하는지.

대체 나는 경원선京元線*을 벌써 수십 차大나 왕복하면서도 동해로 보내는 깊은 한탄만 부질없이* 남기면서 아직도 금강산 한 번 보지 못하고 있다. 그러면서도 나는 산을 말할 자격이 있을까.

원생고려국願生高麗國*하여 일견금강산一見金剛山*이라고 한 것은 참말로 한가한 중국 사람이 한 말인지, 혹은 우리 조선祖先 중에 어느 달팽이만 한 국수주의*자가 위조한 말인지는 몰라도, 해동海東*의 백성이면서 아직도 금강산과 친면親面*이 없다고 하는 것은 분명히 치욕이 아니면 아니 된다.

금년에는 기어이 춘원春園*의 『금강산유기』金剛山遊記*나 포켓호주머니에 넣고 금강산을 찾아가련다. 돌아와서는 그의 『금강산유기』보다 나은 산악 문학山岳文學을 쓰련다. 혹은 지금까지도 내 힘으로는 그러한 일을 할 수 없으니까, 일종의 구실口實(핑계)을 만들기 위해서 일부러 금강산을 구경하지 않은 것이나 아닐까.

그도 모를 일이다.

금년에는 로맹 롤랑*은 새 창작을 계획하면서 뒤볶는* 불란서를 등지고 레만 호반湖畔(호숫가)의 별장으로 갔을 것이다. 마르셀 마르티네*는 그의 알프스 산속의 산장의 노대露臺에 기대어 담배를 피우면서 또 다른 밤을 구상하고 있는지. 나도 올해는 장안사長安寺*의 마루에 걸터앉아서 밤이 아니고 아침이나 한 편 구상해 볼까. 그러나 모두 농담이다. 죄는 나의 공상空想밖에는 없다.

분원* 유기 分院遊記

양수兩水*를 떠나

부풀어 오른 강물 줄기를 타고 미끄러지는 듯 배는 삽시간*에 양수 철교兩水鐵橋를 멀리 뒤에 남겼다. 조심조심 여울* 물소리를 헤치면서 싱싱히* 검은 절벽이 서남으로 가로막힌 그늘에 닿으니 물빛은 갑자기 짙어져 음산한* 요기妖氣*조차 떠돈다. 한 그루 철 놓친 진달래가 절벽에 남아 피어 겨우 살기殺氣 띤 소沼*의 얼굴에 한 줄기 미소를 흘린다. 불러 두멍*소沼라 한다. 미련도 한 이름이다.

바른손오른쪽에 백사장을 끼고 왼손에 남한강南漢江을 맞아들이면서 두 물줄기가 한데 합수合水*되어 강은 예로부터 활짝 폭幅이 펴진다. 남북으로 한강이 흘러 3백 리. 여기 좌우 산세와 들을 한데 끌어 모아 한 폭 담담淡淡한 남화南畵*를 이루었으니, 이 강 수역水域*에서도 절경*이라 한다. 산천이 이렇자 수세水勢*도 뜻을 알아선가 자못편 느리다.

근원近園 화백*이 먼저 화첩*을 던지며 숨겼던 술병을 끄르니, 근엄한 상허尚虛*조차 두어 잔은 구태구태여 사양辭讓치 아니하여, 이리하여 배도 흥興에 겨워 제 절로저절로 출렁거린다. 청정青汀*의 일장一場(한바탕) 분원* 부침사 개설分院浮沈史槪說에 사공조차 노櫓를 놓고 귀를 기울이더라. 먼저 노래를 뽑은 장본인은 아마도 건초建初*였던 것 같다. 여기 약간의 방탕이 인간에게 있은들 어떠랴. 죄가 있다면, 이는 오로지 이 아름다운 자연에게 있으리라.

배알머리*에 배를 대니

흐린 하늘빛을 받아 청동거울처럼 둔하게 음기 나는 수면. 한강은 예여기다가 한 아담한 호수를 감아 놓고 좌우 예봉산禮蓬山*을 돌아 팔당八堂 협곡峽谷*으로 빠져 나타났다. 물은 고인 듯 잠기는 듯 꿈을 꾸는 듯. 이 변하지 않는 것 위에 세월만은 자취 없이 몇 천 년을 늙었느냐. 분원分院 예술가가 때불순물 없이 그 화상畵像*을 자아낸 것도 여기일세 분명타. 바로 분원 자기分院磁器에서 부스러져 떨어진 것 같은 나룻가의 돛대배돛단배 하나 둘. 배알머리 산 벼랑에 다닥다닥 기어 붙은 오막살이 지붕인들 흰 바탕에 아청* 윤곽만 둘렀다면 그대로 분원 자기의 한 모록모롱이이 아니랴.

강 건너 운길산雲吉山* 그늘에 신록新綠에 묻힌 마을이 하나 보이니, 들은즉 이조李朝 실학파의 거유巨儒 정다산丁茶山*이 그 만년을 보낸 곳이라 하며, 묘소도 바로 그 뒷산에 있다 한다. 개화 전야開化前夜의 한 모더니스트인 줄만 알았더니, 그도 또한 노을에 한숨 짓고 달에 운 호반 시인湖畔詩人이었던 것이다. 일대의 풍치*가 과연 좋기는 하나, 다만 한이 되는 것은 움직이지 않는 풍경이어서 이조 문화의 안타까운 일면을 그대로 연상시킨다.

배알머리에 배를 대고 신장군申將軍*의 석호정石虎亭*에 올라 그 규모의 옹졸함에 한번 웃고 내려와 주인 없는 주막집 정자에 짐을 끌렀다. 당일의 병참* 부대兵站部隊 인곡仁谷*·근원 두 분의 세심 주도*함을 연해* 격찬하면서 갓 지은 흰밥을 상추에 싸서 잔뜩 점심을 먹고 나니, 비록 늦게 당도當到하여 강 고기를 먹지 못함이 한이 되기는 하나, 그러나 저마다 도도*하여 말이 많아서 저도 몰래 어느덧 왕년往年의 호반 시인이 되었다.

분원이 예고나

때 한 점도 발리지 않은 말쑥한 마을. 초가지붕마다 금방 벗겨 놓은 것 같다. 집집이 무슨 신기한 재주나 자랑을 간직한 것 같다. 아청 치맛자락처럼 싸리* 울타리 얼싸 휘어싸 안고* 돌아앉은 몸맵시, 분원 3백 호가 요리사* 모조리 깨끗도 하랴, 아담도 하랴, 청초淸楚하랴*.

개울에도 부스러진 사기 조각, 길바닥에도 사기 조각, 울타리 사이사이로 새어 흐른 분원 4백 년의 꿈 조각이리라. 마을 뒷동산 일대의 사기 조각 언덕을 밟고 올라가 옛날 요窯가 있던 자리를 찾았다. 비록 요 같은 자취는 남지 않았을망정, 바로 여기가 동서 도자* 애완가東西陶磁愛翫家의 탐상耽賞*을 받는 분원 자기의 산처産處*였던 것이다. 경사京師(서울, 수도)에 있는 사옹원司饔院* 관원官員(관리, 벼슬아치)들의 곡절이 많은 시하* 살림을 그래도 견디어 가며, 분원 예술가들이 혹은 흙을 빚으며 혹은 한강 산수山水를 본떠 화필畵筆(붓)을 날리며 유약*을 칠하며 남몰래 제 예술에 심혈을 기울이기도 했으며, 또는 스스로 감흥感興에 취하기도 했으리라.

(이 글은 이태준의 수필 「도변야화」와 함께 읽기를 권한다. 분원 순례를 함께 하고 나서, 각자 글을 남긴 것으로 보인다.)

지금 나는 나의 노스탤지어를, 코를 썻은 종이와 함께 하수도에 던져 버립니다. 그리고는 고향의 사진이나 앨범 구석에 붙여 주고 아주 잊어버렸다가는 감기가 들어서 궁금할 때에나 잠깐 펴서 보고는 다시 덮어서 책상 밑에 처넣어 두렵니다.

제2부 앨범에 붙여 둔 노스탤지어

마천령*의 눈보라

픽 픽 픽…… 대공大空*을 채우면서 아낌없이 퍼붓는 주먹덩이와 같은
흰 눈송이를 나는 서울서는 본 일이 없다.

그리고 집과 나무와 울타리와 전신주電信柱(전봇대)와 우물과 게시판
과 실로 땅 위의 모든 것을 뿌리째 빼어 갈 듯이 들 위에서 벼락 치는
그놈의 눈보라도 여기서는 구경한 일이 없다.

어느 날 아침 여관방의 문을 열면 장독들에게 자리를 빼앗기고 남
은 좁은 앞뜰에 부스러져 떨어지는 힘 빠진 눈을 보기는 한다.

그러나 그것은 나의 기억의 퇴적堆積 속에 쌓여 있는 그 풍만豊滿한
눈, 바이런*의 '무적無敵한 정열'에라도 비기고* 싶도록 잠들 줄 모르
고 칠흑*의 밤을 회색빛으로 녹이면서 퍼붓던 그 눈에 비기면 얼마나
빈약한 인상인지 모르겠다.

나의 고향은 장백산맥長白山脈*의 말단이 동해의 남藍빛* 기름물 속

61

에 슬며시 꼬리를 담근 곳——동짓달음력 11월로부터 이듬해 2월까지 1 년의 3분의 1은 눈 속에서 지내는 북쪽이었다.

대개는 동짓달 초승 밤새껏 처마 끝에 애끓는 듯한 낙숫물을 지으면서 창밖에서 시름없이 내리던 비가 갑자기 눈송이로 변하여 퍽 퍽 퍽 땅 위에 박힐 때 우리는 오래 기다리던 나그네 모양으로 그것을 반겼다.

순이와 금옥이와 금순이들은 작은 손뼉을 마주 때리면서 뜨락으로 달려 나가서는 치마폭을 벌리고 뛰어드는 눈송이들을 받았다. 새로 해 준 때때치마를 적셨다고 하여 어머니의 주먹을 등덜미에 몇 개씩 얻어맞으면서도 아기네들은 그 때문에 그들의 뜰을 아름답게 꾸며 주는 다정스러운 눈을 원망하지는 않았다.

그들의 작은 영혼들은 벌써 걸음마를 할 때부터도 눈과 결혼하였던 것이다.

하나씩 둘씩 뽑아 던지는 천사의 날개에 흰 눈을 비겨서 노래한 것은 레이몽 라디게였던가, 막스 자코브이었던가, 장 콕토였던가 나는 잊어버렸다. 그러나 그것을 들으면 몽파르나스에 내리는 눈은 퍽이나 센티멘털한가 보다. 20여 년 동안 나하고 친해 온 눈은 차라리 카추샤와 네플류도프의 이별의 밤을 지키던 『부활』 속에 나타나는 북구北歐(북구라파, 북유럽)의 눈에 가까운 것 같다. 왜 그러냐 하면 나의 고향은 북위北緯 41도에서 백 리 못 되는 지점 안에 있는 까닭이다.

마천령의 눈보라

첫눈이 지나간 뒤 다음 장날에는 벌써 거리에는 발기*들이 나무를 싣고 산길을 넘어서 와서는 늘어서 있었다. 겨울이 되면 북쪽의 산골 사람들은 술기*는 뜯어서 가작*에 감추어 두고 그 대신에 소가 끄는 썰매인 발기를 쓴다. 나무장사가 술집에서 '다문토리'*의 김을 마시면서 황홀해 있는 틈을 타서 우리들 몇 아이들은 빈 발기를 언덕으로 끌고 올라가서 썰매를 놓았다. 눈보라는 대개는 밤이 되면 더욱 우렁차게 소리를 쳤다. 마천령摩天嶺*과 설봉산雪峯山* 사이에 낀 작은 들이 눈보라에 시달려 우그러지는 듯한 비명悲鳴과 신음呻吟 소리와 절규絶叫를 올리는 것을 우리는 잠자리 속에서 어머니의 품에 안겨서 가만히 엿듣기도 하였다. 그럴 때면 눈보라를 피하여 산기슭으로 몰려든 늑대들의 음침한 울음소리도 반드시 마을 가까운 곳에서 눈보라의 사나운 울음소리에 섞여 애처롭게 들려오기도 하였다.

늑대가 아이들을 물어 죽였다는 소문을 신문에서 보면 늑대란 몹시도 사나운 짐승처럼 들리지만, 실상은 그것은 어린아이의 울음소리와 같은 매우 비겁하고 음침한 울음을 우는 동물이다. 나는 자라서 잭런던*의 소설을 읽다가 그 속에 나오는 늑대의 묘사를 대하였을 때 마치 나의 옛 동무의 이야기를 오래간만에 듣는 것처럼 가슴이 뛰는 것을 느꼈다.

이글이글하는 화로에서 감자를 파내서 벗기면서 어른들이 들려주는 '곽장군'郭將軍*의 무용담武勇談이랑 무엇이고 모르는 것이 없다는

'백선생'白先生의 이야기에 취하는 것도 대개는 이러한 눈보라의 밤이었다. 눈보라가 심술心術을 부리기 시작하면 어른들은 아랫방에 모여들어서 수투목*을 펴지 않으면 대개는 『삼국지』三國志를 읽었다. 그들은 들에서야 눈보라가 아우성치거나 말거나 도무지 간섭하려고 하지 않았다. 그들의 이 나치스*에 대하여는 그들은 아주 먼로주의*였다.

검은 두루마기 등덜미에 휘날리는 눈송이를 받으면서 떠나던 그……. 엉클어진 눈발이 멀어져 가는 그 사람의 모양을 그만 씻어 버리고마는 눈 속의 이별은 한적한 부두의 이별보다도 가슴에 남는 것이 더 많은 것 같다.

내리는 눈이 뜻이 있어서 그런 것이 아니라면 사람의 가슴에 잠들었던 기억들이 눈의 차디찬 감촉感觸에 부딪쳐서는 그만 소스라쳐 깨어나나 보다.

시몬아 눈은 네 목덜미같이 희고나
시몬아 눈은 네 무릎같이 희고나
시몬아 네 손은 눈같이 차고나
시몬아 네 마음은 눈같이 차고나
눈을 녹이려면 오직 불의 키스
네 마음을 풀려면 이별의 키스라야만
소나무 가지 위에 설고* 외로운 눈

마천령의 눈보라

밤빛 머리 밑에 설고 외로운 네 이마

시몬아 네 눈은 뜰에서 잠을 자고

시몬아 너는 나의 눈 내 사랑하는 이

　　― 이하윤異河潤° 씨 역시집譯詩集 『실향失香의 화원花園』에서

　이것은 불란서의 시인 르미 드 구르몽°의 「눈」이라는 시詩다. 눈은 시인의 마음속에 애인의 그림자와 같이 투영되어 있다. 그러면 북쪽 나라의 뜰을 파묻으며 내리는 눈은 이들 위에서 깨어진 옛 꿈의 영구한 만가挽歌°인가. 그보다도 잠들어 버린 망각의 광야曠野에 옛 임의 이름을 부르면서 쓰러진 오필리아°의 노래인가.

　들과 산이 눈 속에 싸여 희어지면 희어질수록 마천령의 꼭대기에 퍼지는 하늘빛은 더욱 푸르러졌다. 그리고 흰 산맥의 육체가 그리는 부드러운 곡선이 유리 빛 하늘의 배경을 등지고 더욱 선명히 나타났다. 그래서 6, 70리 밖에 있는 마천령 허리를 끌고 올라가는 말꾼°들의 행렬조차 눈에 들어오는 듯하였다.

　겨울은 그곳에서는 이렇게 원근법°을 무시하는 시절이었다.

　이러한 겨울, 어둠이 떨어지는 마을 밖에서 희미한 초롱불°을 드리우고 먼 곳으로부터 아삭아삭 눈을 까며° 오시는 읍邑에 가신 아버지의 발자국을 기다리던 밤에는 어머니의 무덤을 안고 있는 공동묘지에서는 부엉이의 소리조차 들리더라.

눈보라가 심술을 부리기 시작하면 30리나 10리 밖에 있는 아이들은 집으로 가지 못하고 보통학교* 근방에 있는 우리들의 집에 와서 조밥*을 토장국(된장국)에 말아 먹고는 옛말(옛날 이야기)을 하면서 잤다. 우리들은 때때로 눈보라가 이렇게 우리들의 집에 몰아 보내는 드문 손님들을 매우 좋아하였다.

대양大洋의 중심을 굽이쳐 흐르는 거친 한류寒流를 피하여 S항구에 들어왔다가 그만 해변의 흰 모래밭에 뒹굴어 나온 고래를 구경하느라고 전교의 3백 명 생도生徒가 눈을 맞아 가며 해변으로 가던 날——그날에 나는 처음으로 강 위를 신기하게 쏘다니는* 스케이트를 보았다.

이렇게 나의 가슴에 처음으로 깊게 인상 박힌 스케이트에 대한 동경憧憬은 그동안 여러 가지 사정으로 중지되었다가 15년 만에 금년에야 비로소 실현함을 얻어 한강 얼음판 위에서 모양 좋게 자빠질 수가 있게 되었다.

눈 위에 녹아내리는 달빛은 더욱 차서 벗의 얼굴을 파랗게 물들였다. 그러한 밤 스무 살이 가까운 벗들은 눈길 위에 남는 날카로운 구두 소리를 들으면서 인생에 대하여, 문학에 대하여, 연애에 대하여 이야기하면서 날 밝기를 기다리던 것도 벌써 옛일인가.

벗들은 눈 속에 싸인 그 거리를 중심으로 하고 유성流星*과 같이 사방으로 흩어지고 지금 나의 옛 꿈만 먼 북쪽의 눈 내리는 들로…… 눈보라 속으로 참을 줄이 없이 달리고 있다.

마천령의 눈보라

망양정 望洋亭*
―어린 꿈이 항해하던 저 수평선

요즈음 아무라도 바다를 바라보기 위해서 일부러 산으로 올라가는 그런 한가한 사람은 드물다. 그러니까 망양정 옛터에 정자는 간 데 없고 비만 뿌리는 게 당연한 일이다. 아니 정자는 부활되었다. 아름드리 나무 기둥에 이끼 낀 기와지붕을 한 정자가 무너진 뒤에 시민 유지有志*의 발기發起*로 다시 세운 정자는 철근 콘크리트다. 정자라느니보다 차라리 정사精舍*라는 인상을 주는 이 새 정자의 건축 양식이 건축학상 어느 유파에 속하는지는 몰라도, 여하간에 이 정자에 오를 때마다 나는 시민들의 그리 고상하기를 바라지 않는 취미의 슬픈 바로미터*를 바라보는 것 같아서 안 된다. 인천이라고 하면 월미도月尾島*, 목포라고 하면 유달산儒達山*, 원산이라고 하면 명사십리明沙十里*. 그렇게 각각 배 맞은* 풍경이 있으나 가뜩이나 보잘것없는 항구 성진城津*에 망양정조차 없었으면 실로 말이 아니었을 것이다. 항구 동남으로 뻗친 반도半島와 같이 생긴 망양정 산봉우리는 아찔한 절벽이 되어 동해를 가슴팍으로 내받았다. 절벽 꼭대기를 스쳐서 멀리 꼬부라져 돌아가는 산보로散步路(산책로)를 걸어가노라면 무엇인지를 알아들을 수 없는 바다의 속삭임이 끊임없이 들려온다. 서북으로 바라보이는 측후소測候所*가 마스트돛대에 붉은 깃발이 휘날리는 날은 성낸 파도가 이리 떼처럼 모여 와서 단애斷崖*의 허리까지 기어오르며 짖는다. 그러나 이렇게 조용한 낮에는 얌전해진 물결들이 벼래* 검은 그늘로 더위를 피해 와서 허덕인다.

절벽 돌단突端*에는 언제고 둥근 등대가 말쑥하게 분칠*을 해 가지고 서 있다. 석고石膏와 같이 흰 등대. 그리고 유산동硫酸銅*보다도 더 푸른 동해수. 내 어린 꿈은 자주 사치한 굴뚝을 가진 기선汽船*을 따라서 수평선 저편으로 항해했다.

나는 고향으로 돌아오면 가끔 이리로 찾아온다. 그러면 대체로 등대는 그대로 희고 내 마음처럼 진정하지 못하는 푸른 바다가 그대로 뒹군다. 같은 풍경을 자주 보는 것은 역시 생활처럼 지리한* 일이다. 바다 저편에는 인제 아무 비밀도 없다. 물결처럼 퍼져 가는 희망을 길으려 오르던 벼래를, 인생의 백지白紙를 뒤적거리려 올랐다. 오늘도 필경에는 나는 물새처럼 슬퍼져서 돌아갈까 보다.

10년 전까지도 여름이면 바닷가 백白 모래펄에는 작은 벌거숭이들이 뒹굴며 노는 것이 굽어보였다. 그러더니 근년에는 정어리 공장이

들어앉아 고기 기름에 바닷가는 아주 더러워져서 보잘것없는 우중에* 저수장貯水場이 되면서부터 해안 일대를 완전히 콘크리트로 포장을 했다. 인제는 아이들도 갈매기도 더 모여 오지 않을 것이다. 여기서도 로맨티시즘*은 추방을 당했다.

추방을 당한 것은 로맨티시즘뿐이 아니다. 이 해안 일대는 예전부터 문어文魚의 산지다. 그러던 것이 요즈음은 새로 축항築港*을 하느라고 해저의 바위 구멍을 모두 부서 버려서 문어들은 대대손손代代孫孫* 이 물려 가지고 누려 오던 그 주택들을 철거해야 될 형편이라고 한다. 나는 붉은 고깔*을 뒤집어쓴 이 해저의 이민移民들이 어디로 향할 것을 모른다. 역시 북간도*가 아니면 노령 근해露領近海*일 것이겠지만.

도시가 자라서 차츰 어른이 되어 가자 요람搖籃*과 유모를 부끄러워하듯이 사람들은 점점 더 망양정을 부끄러워한다. 다만 봄철이 되면 어느새 봄을, 뜬* 풍속을 따라서 꽃놀이를 하느라고 남녀노소 할 것 없이 이 산에 모여들어서는 떠들고 마시고 야단법석을 치다가 맥주병과 빈 간스메* 통과, 때때로는 모자나 두루마기까지 흘려 버리고는 돌아가는 것이 시민들이 늙은 망양정에 바치는 최후의 예의禮儀다. 그럴 적이면 진달래꽃은 손님처럼 서글프게 소나무 그늘에 피어서 눈에 선 춤과 장난을 멍하니 바라본다. 회중품懷中品*을 주의하라는 목패*에는 한 구절만 그대들의 혼도 잊어버리지 말고 각각 가지고 돌아가라고 써 붙이는 것이 마땅할 것이다.

잊어버린 전설의 거리

해마다 4월을 잡으면 바다로부터 음분淫奔*한 댄서와 같은 젖빛 안개가 흰 스커트 자락을 바람에 날리면서 들을 건너와서는 싸안는 나의 작은 거리—임명臨溟*에 대하여 아직까지는 어떠한 지리서地理書도 침묵을 지켜 왔다. 그렇게까지 이름 없는 거리.

아침저녁으로 우렁차게 소리치면서 들의 저편을 달음질치는 함경선* 열차가 이 거리의 옛 번영마저 거두어 가버린 후에는, 제법 기운 좋던 뒷골목의 권주가勸酒歌* 소리는 다 어디로 가고, 동전 소리만 절렁거리던* 서방님의 호주머니 밑에는 먼지만 깔리고, 마루턱마루터기 너머 그리스도 교당의 종소리가 일요일마다 목이 터지게 울어도 아무도 그 소리 때문에 예루살렘*을 연상하려는 이 없는 무신론의 거리.

그렇지만 군君은 잠깐 구르몽*의 시집이라도 손에 들고 선택받은 어느 날 오후 그 거리의 뒤 개천으로 나가렴. 빨래와 같이 흰모래 방천* 위에 두 줄로 늘어서서 가지가지에 푸른 연기를 피우면서 무거운 듯이 머리 숙인 버드나무 그늘로 나가렴. 그 사이를 새어 다니는 보이지 않는 바람의 가벼운 발자국 소리가 교향交響*하는 음악을 군은 들을 것이다. 혹은 장마 많은 여름 하늘에 갑자기 흐려서 탄식과 같은 싸늘한 실비가 버들 잎사귀의 푸른 사면斜面*을 소리 없이 미끄러질는지도 모른다. 그러면 나무 밑에서는 풀밭의 즉흥 시인인 참새가 비에 젖은 목을 기울이고 째째째 하고 아주 센티멘털*한 독창을 연주할 것이다.

이윽고 산발*을 넘어서 황혼이 고요히 거리 위에 회색의 날개를 드리우면 유난하게도 귀에 맑아 오는 먼 나루의 물결 소리.

오— 신은 그를 구원하기를 단념했는지 모르지만, 아직도 자연의 총아*인 나의 거리의 그윽한 뉘앙스*를 나는 사랑한다.

그러나 고면古眠*과 같이 낡은 이 거리의 호주머니 속에 불룩하게 차 있는 옛이야기들을 회상할 때, 나는 더한층 이 거리를 사랑하게 된다. 마치 모든 젊은 희망을 가로막는 잔인한 아르네*와 같이 거리의 남쪽에 구름을 뚫고 우뚝 솟은 마천령*을, 일찍이 금산* 싸움에서 칠백 의사*와 함께 거꾸러진 조헌趙憲* 선생이 당나귀를 타고 넘어서 이 지방에 귀양을 오셨다(그의 사당이 아직 거리의 북쪽에 있다). 때는 3백 년 전, 조수처럼 밀려 들어오는 적병을 관關* 너머 물리쳐 병화兵禍*와 외모外侮*에서 관북*을 건진 이붕수李鵬壽* 등 칠七 의사의 승전비가 또한 거리의 복판에 서 있었다. 그러나 비碑는 지금 도쿄東京 구단九段*으로 옮겨 갔고, 텅 빈 비각*마저 헐려졌다. 잊어버려진 거리에 어지러운 흙밭이 너의 아름다운 전설을 아낌없이 짓밟을 때, 너는 왜 말이 없느냐. 왜 말이 없느냐.

잊어버린 전설의 거리

나의 항구

강가에 개나리 피고 골짜기에 진달래 피기로니, 대체 나는 어느 것을 생각하여야 하노. 꽃이 피는 까닭에 생각나고 눈이 내리는 까닭에 그리워지는 곳을 가진 사람은 얼마나 행복하오.

리라*의 꽃 피는 레카나티*의 거리와, 그리고 그 검은 바닷가의 긴 모래둑 위에서 만난 쾌활한 소녀의 옛 기억을 가지고 있던 자코모 레오파르디*는 그의 전기傳記 기록자들이 아무리 그의 일생을 비탄과 불행의 계속이었다고만 기록할지라도 그 끝날 줄 모르는 우울 속에서도 오히려 빛나는 작은 행복이 있었소.

꽃이 피면 될 수만 있으면 나는 그곳과 그 사람을 잊어버리고 싶건만. 망각의 바다에 영구히 띄워 보내려고 물 위에 던졌으나 물은 오히려 곱게 씻어서 더욱 선명하게 해 주기만 하는 그 기억.

나는 그렇게 잊어버리고 싶은 곳 중의 그 하나에 대하여 말하려고 하오. 망양정望洋亭* 높은 벼랑 위에 젖빛 하늘이 높게 흐르는 때가 되면 바다는 눈물에 어린 비너스의 눈동자처럼 흐리오. 그 반투명의 액체를 통하여 바다 밑에 해초들은 붉은 혈조血潮*에 벌겋게 물드오. 망양정의 봉우리 위에도 진달래가 붉게 피오. 바위 위로 날아드는 갈매기들은 흰 가슴을 푸른 물결에 씻느라고 물결 속에 잠겼다가는 다시 뜨오. 열두 살 때 봄에 나는 낯선 항구의 농학교農學校*의 생도生徒였소. 모래 위에 박히는 나의 작은 발자국을 씻어 버리는 잔물결의 잔잔한 노랫소리를 들으면서 나는 그 바닷가를 거닐었소. 4년 전 그 항구에 와서 공부하던 누이를 생각하면서. 그 항구에는 서양 사람들의 붉은 벽돌집 병원과 여학교가 있었소. 여름방학이 되면 누이는 기숙사에서 풀려서 영嶺*을 넘어 30리나 되는 집으로 오래간만에 돌아왔소. 지붕 위에서 까치가 울면 어머니는 누이가 오는가 보다 하고 나를 등에 올려놓고는 대문 밖으로 달려 나갔소. 그러면 검은 두루마기 입은 누이가 책보*를 끼고 "어머니" 하고 달려 들어왔소.

누이가 불러 주는 노래와 찬미讚美를 나는 무척 즐겨 했소. 누이가 오면 어머니는 계란을 구워 주었소. 그럴 때면 반드시 내게도 한 개를 주었소.

그러던 어머니는 이듬해에는 누이가 서울 간다고 좋아라고 뛰놀고 내가 보통학교*에 처음 들어간 그해 가을에 세상을 떠났소. 사람들은 어머니가 미쳐서 먼 데로 달아났다고 나로 하여금 그를 잊어버리라고 말하였소.

아버지는 집일을 보아 줄 사람이 없다고 해서 계모를 얻으신다고 하였더니, 누이는 보름 동안이나 어머니의 무덤에 가서 울다가 그만 병이 들었소.

마을 사람들은 어머니의 무덤 가까이 작고 아담한 누이 무덤을 만들었소. 나는 누이는 아마도 그가 늘 노래하던 천당으로 간 것이라고 생각하였소. 그래서 누이가 공부하던 그 항구의 바닷가에서 망양정 위에 높이 흐르는 젖빛 하늘을 쳐다보면서 행여나 흰 구름을 헤치고 누이의 얼굴이 떠올라 오지나 않는가 하고 기다렸소. 어머니와 누이는 어린 시절의 나의 기쁨의 전부를 그 관 속에 넣어 가지고 가버렸소. 지나가 버린 것은 모조리 아름답고 그립소. 가버린 까닭에 이다지도 아름답게 보이고 그리운가. 아름답고 그리운 까닭에 가버렸누.

앨범에 붙여 둔 노스탤지어*

고향이라고 하는 것은 그 사진이나 앨범에 붙여 두었고, 감기에 걸려서 여관방에 홀로 누워서 뒹굴 때에나 잠깐 펴 보고는 그만 닫아 둘 그런 성질의 것이라고 생각합니다.

고향에 대하여 실연失戀하지 않는 사나이의 이야기를 나는 얼마 들은 일이 없습니다.

고향이여, 너처럼 잔인한 애인이 어디 있을까. 천 리 밖에 두고 생각하면 애타게 그립다가도 정작 만나고 보면 익지 않은 수박처럼 심심하기 짝이 없고 하루바삐 앨범 속에 붙여 두고 싶은 너임을 어찌하랴.

블란케트*모포(毛布)처럼 부드러운 금잔디가 산꼭대기로부터 개천가까지 곱게 깔려 있고 앞동산의 치맛자락을 적시면서 맑은 시냇물이 진주眞珠와 같은 소리로 알 수 없는 자장가를 굴리며 모래 방천防川* 위

에서는 수양버들들이 긴 머리카락을 바람에 맡겨서 흐느끼는 곳──
그곳이 나의 고향──어린 시절의 푸른 꿈이 잠들고 있던 나의 요람˚
이었답니다.

　안데르센˚의 동화童話 속의 거리와 같이 말할 수 없이 작은 그 거리
에는 성냥이나 자주 댕기나 색깔 허리따나 파는, 역시 성냥개비만씩
한 가게들이 몸뚱어리를 쭈그리고 있었습니다. 때때로 갑산甲山˚으로
가는 말꾼˚들의 둔탁한 말굽 소리가 새벽의 거리 바닥을 울려오기도
하였습니다.

　　　애기씨 배기씨˚ **꼬꼬대** 꼬꼬댁

　　　길주吉州˚ 명천明川˚ 호롱대˚

　　　가마청천˚ 들고보니

　　　옥지옥지˚ 얽었더라

　　　낸들낸들 내탓인가

　　　호기대감˚ 탓이지

　다홍 저고리, 파랑 치마 위로 자주 댕기 드리운 그 거리의 아가씨
들은 단오˚나 추석 같은 명절이면 그네터나 널 뛰는 터에 모여서는 이
러한 노래도 불렀습니다.

　짙어 가는 봄날 밤, 나그네의 베갯머리를 어지럽게 하는 것은 옆집

의 레코드가 푸는° 슈베르트°의 애처로운 노래가 아니고 실로 사투리 섞인 어색한 그 노래였습니다.

그러나 대부분 객지客地에서 뼈가 굵고 마음이 엉뚱해져서 돌아다니다가 얼마 동안 궁둥이를 붙이고 살 작정으로 고향이라고 돌아갔더니.

어쩐 일일까.

그 아름답던 네거리에—시냇물은 말라서 메마른 개천 바닥에서 대머리 돌멩이들만 돌봐 주는 이 없이 뒹굴고 있고, 늠름凜凜하던 수양버들에는 솔개와 까마귀의 똥과 찌°가 가득히 말라붙었더랍니다.

애기씨 배기씨를 부르던 처자들도 인제는 각시가 되고 다시 어머니가 되어서, 혹은 갑산으로 혹은 간도°로 갔다고도 하고 길에서 만나는 이라야 얼굴을 돌이킵니다. 팔을 부르걷고° 눈을 부릅뜨면서 뿔이 부러져라 하고 싸우다가도 돌아서면 픽 웃고 공을 차던 소학교초등학교 때의 싸움 동무들도 인제는 면 서기面書記가 되고 칼 찬 나으리가 되어서 턱으로 사람을 훑어보며, 혹은 훌륭한 신사가 되어서 소학교 졸업식에서는 떼어맡고° 자력갱생自力更生°의 점잖은 연설도 하신답니다.

그러면 나 혼자 자라는 줄을 모르는 어린애였던가. 모함과 시기猜忌와 밀탐°과 욕설과 야유와 고리대금쟁이°로 가득 찬 그 거리.

나는 분화구噴火口 어귀에나 너를 던져 버릴까.

앨범에 붙여 둔 노스탤지어

노래를 잊어버린 시냇물이여
노래를 잊어버린 시냇물이여

개천가를 거닐면서 아무리 불러 보았으나 벙어리 된 개천은 말이 없습니다. 푸른 버들가지들이 짜는 장막帳幕 속으로 기어들던 비둘기들과 꾀꼬리들은 다들 어디 갔을까. 예전에 그렇게 친근하던 벗들도 나의 눈앞에서는 목을 쥐고 흔드나, 돌아서면 벌써 쓸쓸한 조소嘲笑와 경멸을 나의 머리 뒤에 퍼붓습니다.

"고향으로 가지 말아라" 하고 슬픈 노래를 부른 어떤 시인을 나는 압니다.

"아듀 마이 네티브랜드"adieu, my nativeland(잘있거라 내 고향아)를 읊으면서 도버해협＊을 건너오고 만 바이런＊의 마음을 나는 알 것 같습니다.

쓰레기통과 같은 더러운 거리. 이브의 발꿈치를 물은 뱀이 온 것같이 차다찬 거리. 천하의 젊은이의 그것은 그대들의 고향이 아닐까.

"어디 가시우?" "멀리 떠나시나 보오?" "어째 행장＊을 단단히 꾸렸소?" 하고 미심＊해 하는 그들에게마다 "네, 또 떠납니다. 또 떠나는 길이오" 하고 아이러니＊ 섞인 구조口調로 나는 이렇게 대답하고는 가슴속의 울분이 어느 정도까지 식는 것을 느꼈다.

이윽고 시골의 작은 정거장을 떠나는 경성행京城行 급행 열차가

'뛰' 하고 우렁찬 기적 소리로 연鉛 물과 같이 무겁고 잠잠하던 좁은 들의 공기를 뒤흔들어 놓았습니다. 올딩턴*과 콕토* 같은 나의 짐은 트렁크와 나와, 그리고 불타오르는 나의 야심野心을 싣고.

궤도는 꿈틀거립니다. 기차는 뜁니다. 무한한 희망의 지평선으로.

지금 나는 나의 노스탤지어향수(鄕愁)를, 코를 씻은 종이와 함께 하수도에 던져 버립니다.

그리고는 고향의 사진이나 앨범 구석에 붙여 주고 아주 잊어버렸다가는 감기가 들어서 궁금할 때에나 잠깐 펴서 보고는 다시 덮어서 책상 밑에 처넣어 두럽니다.

앨범에 붙여 둔 노스탤지어

별들을 잃어버린 사나이

시월 고개가 절반을 넘어갈 때가 되면 과수원을 생업으로 하는 이 작은 동리_{마을}는 갑자기 분주해진다.

사나이들은 헌 옷을 털어 입고 괭이*를 둘러메고 과일 밭으로 나간다. 아낙네들은 그들의 남편들과 오라버니들이 따 주는 과일 광주리를 머리 위에 올려놓고 바쁘게 달음질친다.

금년에 겨우 다섯 살을 먹은 금순이까지 대야에 그 골_{머리}보다도 더 큰 명월明月(배 이름)을 네 개나 담아 이고서* 어머니 뒤를 따라가는 것을 보는, 배나무에 걸터앉은 할아버지의 입술에는 미소가 떠오른다.

무르녹게* 익은 과일들이 발산하는 강렬한 향기가 사람들의 코를 찌른다.

이윽고 열 간間이 넘는 지하실 움* 속에는 가지각색 과일들이 구석구석마다 산더미같이 쌓인다.

이윽고 우리들은 아낙들이 끓여 주는 뜨거운 국물로 종일토록 얼어붙은 뱃속을 녹인 후 우리들의 충실한 동무인 황소 목덜미에 과일 궤*를 담뿍 실은 수레를 메워 가지고 이곳에서 십 리 밖에 있는 정거장으로 밤차 시간에 맞도록 바쁘게 수레를 몬다.

"또 왔소."

역에서는 낯익은 역부*가 얼굴을 벙글거리며 아크등*을 내저으면서 다음 화물차가 와 닿을 플랫폼을 가리킨다.

마지막 짐짝마저 부려 놓고 황소 머리를 돌이켜 놓으면 소는 벌판의 한 줄기 큰길을 내 집을 향하여 바쁘게 발을 옮겨 놓는 것이다.

우리들의 마음은 처음으로 오늘 하루의 의무에서 풀려서 갈앉는다 가라앉는다. 우리들은 빈 수레 위에 가로 자빠진다. 한 가락 시절가가 누구의 입술에선가 흘러나오기도 한다.

어느덧 벌판 위에는 어둠이 두텁게 잠긴다. 바다로부터 불어오는 축축한 바람이 얼굴 위를 씻고 달아난다.

침묵한 산들은 어둠의 저쪽에서 커다란 몸뚱이를 웅크리고 주저앉아서 별들의 숨은 노래를 도적질해 듣고 있나 보다. 그 어느 시절에는 황혼이 되면 나는 언덕 위로 뛰어 올라가기도 했다. 날아오는 별들과 더 가까이 가서 이야기나 하려는 것처럼. 그렇지만 지금 수없는 작은 별들은 은하수를 건너서 더 멀리멀리 날아가지 않는가. 우주의 비밀을 감춘 별들의 노래는 지극히 먼 어둠의 저쪽에서 아마도 작은 천사들의 귀를 즐겁게 하고 있나 보다. 그것들은 지금의 내게서는 아주 먼 곳에 있다.

덜그렁— 덜그렁— 덜그렁.

수레바퀴가 첫 얼음을 맞은 굳은 땅을 깨물 적마다 금속성의 지친 벽*소리가 땅에서 인다.

지금 수레는 넓은 들을 꿰뚫고 굴러간다. 그 위에서 나의 눈은 별들을 하나씩 둘씩 잃어버리면서 내게서 멀어져 가는 그들의 긴 꼬리를 따라간다.

일찍이 청춘이라고 하는 특권이 나에게 아름다운 저 별들을 좇아가는 환상의 날개를 주었다. 그렇지만 지금 그 날개는 시들어졌다. 나는 지금 나의 젊은 하늘을 찬란하게 꾸미던 뭇 별들을 잃어버린 대신에 대지 위에 무슨 발판을 찾고 있다──긴 불행과 고난 뒤에 돌아오는 '열매를 거두는 기쁨'. 봄이 오면 우리들은 들에 씨를 뿌릴 것이다. 그리고 가을이 되면 우리는 우리들의 땀과 기름으로 기른 열매를 거둘 것이다. 어둠의 저쪽에 잠기는 긴 기적 소리──국경행國境行 최종 열차가 아마 저편 역을 떠나나 보다.

더 높은 데로 더 높은 데로 날아만 가는 별들──나는 그것들과는 반대의 방향으로 가슴에 밤을 안고 굴러가는 수레에 몸을 맡긴다.

첫 기러기

해마다 동짓달로부터 이듬해 2월까지는 가끔 사나운 눈보라의 방문을 받는 이 북쪽 나라가 지난겨울에는 어쩐 까닭인지 동짓달 그믐날 새벽 참참한* 어둠을 새어 도적처럼 철 아닌 비가 내렸고, 이전 같으면 대지의 뚜껑을 굳게 잠그고 있을 얼음과 눈이, 혹은 지붕 위에서 낙숫물*이 되어 시름없이* 멀어지기도 하고 혹은 길가의 작은 홈을 실날 같은 시내를 이루며 흐르기도 하였다.

　이곳에 사는 백성들은 "아마도 이것은 태양이 북쪽으로 더 가까이 걸어오는 까닭이나 아닌가?" 하기도 하고, 혹은 원래 따뜻한 나라에서 살던 '저 사람'들이 건너온 뒤부터 이 북쪽의 겨울도 차츰 성질이 온순해지는 것을 보면 '저 사람'들의 신겐부구로* 속에는 나막신만이 들어 있는 게 아니라 더위가 슬그머니 그 속에 숨어서 이 땅으로 밀항密航* 해 들어온 것인가 보다 하고 말하기도 한다. 그 겨울 섣달* 보름께 어느 날 하늘 위에서 뜻밖에 기럭기럭 하는 연연하고도* 가련한 소리가 들려왔다.

구름 없는 하늘 아득한 푸른 천정天井*에 매달려 Y자 모양으로 진을 치고 날아가는 것은 분명 한 떼의 기러기다. "세월이 어쩌자고 이렇게 빠르냐. 아직도 석 달이나 있어야 기러기가 들어갈 텐데" 하는 것은 아버지의 걱정이다. "글쎄요" 하고 대답하면서 나는 그들의 그 용감한 모험의 길이 부디 무사하기를 속으로 빌었다. 봉수산烽燧山* 높은 봉우리를 넘어가는 그들의 뒤를 바라보면서.

그날 밤 갑자기 나는 깊은 잠에서 소스라쳐 깨어났다. 밖에서 바람이 진동 치는 소리와 개천가 백양白楊*나무가 머리채를 휘두르며 우는 소리가 으앙으앙 신산*하게 귀를 때리는 때문이었다. 문을 열어 보니 어슴푸레한 어둠 속을 거센 눈보라가 흰 팔을 휘두르며 땅판땅바닥에서 미쳐서 날뛴다. 나는 베개에 턱을 고이고 그 전날 지나간 기러기들의 안부가 걱정이 되어서 도무지 마음을 놓지 못하였다.

눈보라가 지난 뒤에 혹은 강으로 얼음 끄러* 나갔던 사람들이 눈 속에 파묻힌 기러기들의 시체를 얻어 볼 것이나 아닐까. 날쌘 눈보라가 온 지면에서 물바퀴* 치며 모든 나뭇가지가 어지럽게 춤을 출 때 발붙일 곳을 찾지 못하고 하늘 위에서 광란하는 대지를 굽어보는 오― 영광스러운 선발대先發隊의 슬픔이여. 눈보라의 제단祭壇에 바쳐진 이 용감한 탐험대를 위하여 그 어느 누가 기념비의 건립이라도 발기發起*할 것인가.

　그러나 전설에 의하면 기러기는 계절을 가장 정확하게 그리고 먼저 눈치 채는 천생天生의 기상학자라고 한다. 그렇다고 하면 나의 걱정은 부질없는* 것이나 아니었을까. 그렇지만 우수리 강* 속에서도 맘모스*의 동사체凍死體*가 발견되었다는데 암만해도* 나로서는 기러기의 기상학이 잘 믿어지지 않는다. 지난겨울에 들어간 첫 기러기 떼의 안부는 역시 오늘까지도 걱정이다.

진달래 참회

어느 날 아침 곤한 잠을 깨어난 나는 무엇인지 얼굴 위에 간지러운 것을 느끼고 아마도 벌레인가 보다 하고 팔뚝으로 씻어 버렸다. 그러나 베개 밑에 흩어지는 것은 벌레가 아니고 빛을 잃은 진달래꽃 잎새들이다.

며칠 전에 누님이 병에 꽂아 책상 위에 놓아주고 간 진달래 꽃병에서 떨어진 것이다. 꽂아 준 그날은 겨우 봉오리뿐이더니 계절에게 저항하지 못하는 온순한 이 꽃은 어느새 떨어지는 날을 맞았다.

나는 이불을 차고 일어나서 세수수건을 어깨에 걸고서 달력 앞에 섰다. 날마다 달력을 한 장씩 찢는 습관조차 그동안 며칠인가 잊어버린 내 자신을 갑자기 발견하고 나는 눈을 스르르 내리감았다. 부풀어오른 흥분의 호수 속에 밀려가 버린 지나간 며칠 위에 고요히 반성의 눈을 돌려 본 것이다.

어느새 사람들은 벚꽃을 사랑하게 되어 해마다 그들이 꽃에게 바치는 흥분은 차츰 열을 더해 가서, 금년의 꽃철도 서울은 아주 시골의 명절이나 장날처럼 분주하고 시끄럽기 짝이 없다. 밀려 들어오고 나오는 사람더미 때문에 끝내 저녁밥을 지을 시간까지 전차를 잡아타지 못해서 그날 밤 남편에게 무수한 꾸중을 듣고도 아무 말대꾸 못했다는 젊은 여인──그보다도 심한 것은 집을 나올 때에는 분명 어린아이의 손목을 잡고 떠났는데, 석양에 창경원* 어귀를 나오다가 깜짝 정신이 들어 아마도 무엇을 잃어버리고 오는 것 같아서 준순逡巡* 수유須臾*에 겨우 그 잃어버린 것이 어린아이인 것을 깨닫고는 허둥지둥 파출소로 달려간 마나님도 있었다고 한다. 이것은 결코 나의 지어낸 이야기가 아니고 신용할 만한 장안의 대大신문의 2면 기사가 전해 준 단편들이다.

4월──궐녀厥女(그 여자)는 실로 난숙*하고 흥분된 항구 뒷거리의 여자와도 같다. 궐녀가 궐녀의 본능으로써 우리를 완전히 사로잡고 있는 동안은 우리는 궐녀의 정열의 불도가니로부터 헤엄쳐 나올 수가 없다.

궐녀 때문에 나는 나의 친한 손이 꽂아 주고 간 진달래 꽃병에 아침마다 물을 갈아 주는 의무조차 잊어버렸다. 그래서 꽃은 제 한명限命*보다도 더 빨리 지난밤 꿈을 꾸는 나의 얼굴 위에 소리 없이 쓰러진 것이다.

진달래 참회

내 고향에서는 음력으로 4월 초승*, 양력으로는 5월 달에 진달래가 핀다.

그곳 색시들은 즐겨서 무거운 나뭇단에도 진달래를 꽂아서 머리 위에 이고는* 저무는 산기슭을 타서 돌아온다.

4월 초파일* 날이면 마을 색시들은 산으로 올라가서 진달래꽃 잎새를 따서 떡을 지진다. 나는 지금도 그들이 이러한 화전놀이* 날 골짜기에서 흰 연기를 올리면서 부르던 노래를 몇 가지 기억하고 있다.

그러한 진달래를 4월은 나로 하여금 잊어버리게 하였다. 나의 손아귀 속에는 몇 장의 달력 조각이 움켜쥐어져 있다. 꾸겨진 며칠이다. 그리고 지금은 그 왕성한 정열의 발열發熱 뒤에 오는 졸리운 듯한 불쾌한 피곤이 나로 하여금 고요한 오후의 잔디밭을 그리게 한다.

5월은 겨우 달력의 엷은 종잇조각 한 장밖에 격隔해* 있지 않다.

그런데 우연히도 나의 생일은 그 5월에 있다.

나는 5월의 아들이다.

그러나 내가 5월을 사랑하는 것은 그 속에 내 생일이 있는 까닭에 그에게 대하여 혈족血族의 인연을 느끼는 때문뿐이 아니다.

5월—그는 그의 성격인 명랑과 건강과 성장, 색채 그 모든 것 때문에 나의 베아트리체*가 되기에 충분하다.

내가 그의 가슴속에 있는 동안은 나는 죽음을 생각할 수가 없다. 그는 죽음을 부정하는 한 개의 강한 의지다.

그는 나로 하여금 책장을 편 채 며칠이고 책상 위에 버려져 있는 『유리앙의 여행旅行』이며 먼지 낀 원고지들을 다시 친하게 해 줄 것이다.

금년에는 북으로 국경 가까운 도시에서까지 꽃 구경꾼이 단체를 지어 왔다. 철도국은 꽃을 구경시키겠다는 목적을 위해서는 수단을 가리려고 하지 않았다.

어느 날 아침 임시 열차에 오는 친척을 맞으러 역에 나갔을 때에는 겨우 한 시간 동안에 플랫폼에 들어온 네 열차는 열 개로부터 열일곱까지 되는 긴 차량이 모두 산 사람의 순대였다. 나는 그 강철의 순대 속에서 사람들은 순대의 내용물 이상의 대우를 받았으리라고는 생각지 않는다. 사실 의자 밑에 들어가서 눕고도 오히려 자리가 부족해서 사람 다니는 길에 앉아서까지 왔다고 한다.

함경선咸境線* 1천5백 리를 이렇게 순대의 내용물이 되어 온 내 친척을 안내하여 나는 어떤 백화점에 들어갔다.

양복쟁이 한 사람이 조선 천을 파는 곳에서 한 자에 30전짜리 인조견*을 여섯 자를 사는 것을 나는 보았다. 철이 되지도 아니하였는데 당황하게도 때 묻은 맥고모자밀짚모자를 쓴 것을 보면 결코 서울 사는 사람은 아니다. 그는 여점원이 물색* 종이에 싸 주는 헝겊을 정하게* 트렁크 속에 집어넣고 기둥에 걸린 시계를 쳐다보고는 그만 한길*로 뛰어나가서 한강행漢江行 전차를 잡아탄다.

진달래 참회

그는 아마도 꽃구경을 마치고 시골로 돌아가는 길인가 보다. 집에 돌아가는 날 밤 그는 부모의 눈을 피해 가면서 밤중에 바느질감을 들고 앉은 부인의 무릎 위에 슬그머니 그 물색 종이를 올려놓겠지. "무예요?" 하고 펴 보는 그 여인의 자못꽤 만족한 얼굴을 나는 눈앞에 그려 보았다. 그런데 나는 그날, 같은 곳에서 한 쌍의 신식 내외를 양직洋織·라사羅紗 등속따위을 쌓아 놓은 앞에서 만났다.

솔직하게 말하면 그 사나이는 여자처럼 그렇게 신식은 아니었다. 몸에 걸친 양복은 어느 백화점의 기성품 같고 그의 구두 끝에서는 칠피가 번쩍이지 못한다. 여자는 치마 한 감에 10원 가까운 이름 모를 얼룩덜룩한 헝겊에 기울어져서 미끈한 흰 손가락 사이에 그것을 주무르면서 좀체로좀처럼 그 옆을 떠나려고 하지 않는다. 그러나 필경 그들은 그대로 돌아가 버렸다. 이튿날 또 다른 시골 손님을 안내해 가지고 같은 백화점으로 갔더니 공교롭게도 나는 헝겊 등속 진열장 앞에서 그 전날의 사나이와 마주쳤다.

그는 얼른 지갑 속에서 5원짜리 지전 한 장에 백동전 한 푼을 내던지고는 여점원에게 향하여 본견本絹 치마 한 감을 청했다. 오늘은 무슨 까닭인지 그 사나이의 왼 팔뚝에 전일前日의 시계가 감겨 있지 않다. 나는 이 사나이가 이윽고 집에 돌아가서 그의 아내 혹은 애인의 경대 위에 이 헝겊을 주저주저하면서 슬며시 놓을 광경을 상상한다. 이윽고 그 여자는 종이 속에 든 것이 그의 손가락들이 잘 기억하고 있는 그 전날의 그 헝겊이 아니고 겨우 5원 각수*에 넘지 못하는 본견 등속인 것을 발견할 때 얼마나 실망하랴. 아니 혹은 히스테리가 또 발작할는지도 모른다. 그 때문에 죄 없는 몇 개의 가장등물*이 부서질지도 모르고 그렇게 달큼하게* 계획한 그날 밤의 꽃구경이 산산이 깨어지고 말지도 모른다.

불행한 이 사나이는 맥고모자 쓴 시골 신사가 오늘 밤쯤은 겨우 1원 80전을 가지고 불만 없는 단란團欒을 얻을 적에 그 3배에 가까운 돈을 치르고도 오히려 무안을 사고 말는지도 모른다. 예수나 소크라테스가 살지 않는 이 시대에 와서는 애정과 선물은 지극히 초보적인 산술의 법칙에 의하여 교환된다. 많은 노총각들이 약혼을 주저하는 까닭은 이러한 애정의 경제학을 잘 알고 있는 때문인지도 모른다.

그런데 선물——그것은 주는 사람의 부력富力*을 나타낼 뿐 아니라 성격, 취미, 교양의 정도까지도 모르는 사이에 말해 준다.

그러나 그것이 주는 사람의 애정의 정도까지 보여 준다고 해서는 좀 곤란하다. 그렇다고만 한다면 한 여자가 한 사나이의 애정의 정도를 몰라서 가슴을 앓을 때에 그는 번민할 것이 없이 그 사나이가 준 선물을 가지고 백화점에 달려가서 평가를 받으면 매우 간단할 것이다.

그러나 그는 마땅히 그 선물에 깃들여 있는 보낸 사람의 마음을 읽을 줄을 알아야 할 것이다. 그것이 소중한 것이다. 그 선물은 혹은 화재나 홍수나 소매치기에게 잃어버리는 한이 있을지라도, 그 속에 숨어든 마음마저 잃어버린다면 손실이 안팎으로 겹치게 되는 때문이다. 그러나 당대의 색시들은 그런 복잡한 계산은 귀찮아 하지를 않나보다. 사실은 나는 선물에 대하여 이야기하는 것이 본래의 목적이 아니었다. 약속을 어기지 않고 1년 만에 꼭꼭 돌아오는 충실한 애인인 나의 5월에게 나는 무엇이고 선물하고 싶었던 까닭이다. 혹은 내가 주려고 하는 선물이 너무나 빈약하니까 그 변명 삼아 이런 긴 말을 늘어놓는지도 모른다.

　그러면 나는 대체 그에게 무엇을 줄까.

　셸리*는 일찍이 5월에게 시를 써 주었다. 그러면 나도 셸리와 같이 아름다운 찬가를 지어서 그를 위해 부를까. 그러나 나의 목소리는 그보다 도리어 이쁘지 못하다.

　그러면 나는 대체 그에게 무엇을 선물해야 옳을까. 옳다. 나는 창을 활짝 열고 웃음 띤 얼굴로 그를 맞으리라. 웃는 얼굴——그것밖에는 내가 그에게 보일 것이 없다. 그리고 나의 방을 그에게 명도明渡*하면 그만이 아니냐.

입춘 풍경

봄은 잡지쟁이의 책상 위에 먼저 옵니다.

12월도 초승*──4월에 갔던 봄은 아직 강남을 떠나려고 신들메*도 하지 않고서 올리브 그늘에 누워서 낮잠이라도 자고 있을 때에 이 북방의 도시(서울)의 잡지사의 가난한 기자는 그래도 모양 좋게 홍도 나지 않는 신춘사新春辭*를 쓰노라고 지친 그 뇌리腦裏를 학대하고 있는 것입니다.

그의 귀는 누구보다도 먼저 봄을 감전感電하는 봄의 안테나올시다. 결혼 청첩請牒을 받고는 "두 분의 봄을 비옵나이다" 하고 축전을 치며, 그리운 그대에게 보내는 편지를 쓰며는 반드시 "봄과 같이 따스한 그대의 품에"라고 쓰는 등 우리는 모든 행복스러운 일의 상징으로는, 그리고 형용사로는 봄이라는 말을 쓰는 습관을 가지고 있습니다.

산과 들을 휩싸는 눈보라의 물결 밑에서 추위와 어둠에게 온 집의 내부를 명도明渡*하고는 방 한구석에서 무릎을 끌어안고 오들오들 떨고 있는 북방 사람들에게 있어서 봄은 긴 겨울을 통하여 얼마나 초조하게 그들의 얼어붙은 가슴을 태우던 그리움의 대상이었던가.

북방의 농민들은 붉은 두께를 가진 새해의 역서曆書*를 장에서 사오면 먼저 첫 장을 젖히면서 입춘立春* 날이 어느 날인가를 살펴봅니다. 봄을 기리는 그들의 에서* 심사心思가 봄의 소식을 황망*히 찾게 하는 것입니다.

입춘이 오면 다음에 우수雨水*가 오는 차례로, 그러면 이윽고 눈이 녹은 넓은 들에서 검은 흙과, 그리고 판*목신(牧神)이 그들을 부르는 것입니다. 입춘은 그들에게 있어서 괴로움과 기쁨의─괴로움과 웃음의─학대와 해방의 분수령分水嶺*입니다. 나는 잘 기억합니다.

입춘 날이 오면 마을 사람들이 마을에서는 제일가는 선비이던 나의 백부伯父(큰아버지)에게로 와서 입춘방立春榜*을 써 가던 일을.

그들은 기둥마다 '입춘대길立春大吉*, 만사형통萬事亨通' '개문만복래開門萬福來, 소지황금출掃地黃金出*' 등등의 문구를 쓴 입춘방을 써 붙입니다. 그날은 실로 수수낀*, 혹은 마저 찌그러져 가는 초가집 오막살이들이 일 년에 한 번씩 당하는 화장化粧날입니다. 그리고는 그들은 이렇게 말하면서 스스로 이 일을 자랑을 삼았습니다.

"에─참, 입춘방을 잘 써 붙이면 지신제地神祭* 잘 지낸 것보다 낫다는데."

입춘에 잠깐 마을에 나서면 집집마다 대문짝에는 문짝만큼이나 큰 액자로 범[虎] 자나 용[龍] 자를 써 붙였고 기둥들은 입춘을 맞는 반가운 글[句]을 붙이고 있었습니다.

어떤 무식한 집주인은 글 쪽을 모조리 거꾸로 붙였습니다. 그는 그 것이 바른 줄만 알았는가 봅니다.

이것을 찾아낸 옆집 젊은이,

"왜 입춘방을 모두 거꾸로 붙였소?" 하고 깔깔 웃었더니, 무식한 집주인이 수염을 쓰다듬으며 대답하는 말이

"그게 무슨 소리요. 입춘방이라는 게 워낙 땅에 사는 우리끼리 보라는 게 아니라 하늘에 계신 옥황상제[玉皇上帝]가 보시라는 겐데, 그이가 내려다보시기가 편하라고 거꾸로 붙인 겐데" 이었다고. 그래서 한동안 마을 사람들이 모여 앉는 곳마다 이야깃거리가 되더니.

금년은 입춘이 정월 열흘날이었습니다.

시골서 입춘 날을 맞은 나는 오래인 습관을 회상하고 아이를 시켜서 장에 가서 백로지* 석 장을 사 오게 한 후 잔뜩 사기 사발에 절반이나 올라오게 먹을 풀게 하였습니다. 그리고는 나는 거미줄이 어둠을 엮고 있는 벽장 한구석에서 이전에 내가 백부님 아래서 글씨 공부하던 때 쓰던 굵은 액자필[額字筆]*과 무심필[無心筆]*을 꺼내서 물에 담갔습니다. 기둥에 맞게 입춘방을 써 붙이고 나서 나는 잠깐 마을에 나섰습니다. 입춘 풍경을 살피려고. 웬걸―이전 같으면 새 입춘방으로 곱

게 단장하였을 집집의 기둥에는 4년 전엔가 5년 전에 붙인 입춘방이 바람에 찢기고 비에 씻겨서 겨우 모양이나 남겨 가지고 있을 뿐입니다. 백여 호 늘어앉은 길거리에 오직 두 집밖에는 입춘방을 써 붙인 데가 없었습니다.

봄이 이 거리의 주민들을 속였던가. 그들이 잘못 봄을 믿었던가.

'소지황금출' 할까, '개문만복래' 할까 해서 10년을 두고 혹은 20년을 두고 입춘 날 아침이 오면 대문을 크게 열어젖히고 뜰 앞을 휠휠 쓸어 보았으나, 닥쳐오는 것은 또 한 해의 고생과 설움뿐이고 빈 뜨락뜰에서는 황금은커녕 누런 먼지만 펄펄 날릴 뿐이었던 까닭에, 오는 봄과 또 오는 봄에게 속기만 하여서 지금은 아주 봄을 신용信用하지 않는 까닭일까.

산천이 늙었으니 입춘 풍경도 늙었습니다.

동무의 결혼 청첩을 받으면서 이번에는 "한갓한갓 봄에게 속지 말라"라고나 전보電報할까 보다. 그대에게 보내는 편지에는 "봄과 같이 야속한 그대여, 봄과 같이 덧없는 그대여"라고나 써 보낼까 보다.

큰 거리의 뒷골목에 야차와 같은 밤빛이 무겁게 잠겨 갈 때 소란하던 밀물은 지나가기 시작하여, 비등하던 백도의 러시아워가 인어의 피부처럼 식어 갈 때 점두의 적막한 일루미네이션은 오후 열 시의 그늘의 밀회를 가만히 유혹한다. 도회는 매춘부다.

제3부 도시 풍경 속의 황금 행진곡

도시 풍경

촉수_{觸手}* 가진 데파트먼트*

여러 가지 축복받지 못한 조건으로 인하여 부득이 시대 진전의 수준에서 밀려 나올 수밖에 없었던 봉건적 도시인 경성_{京城}도 차츰차츰 첨예*한 근대 도시의 면모를 갖추기 시작한다.

서울의 복판 이곳저곳에 뛰어난 근대적 데파트먼트의 출현은 1931년도의 대경성_{大京城}의 주름 잡힌 얼굴 위에 가장_{假裝}하고 나타난 근대의 메이크업_{화장(化粧)}이 아니고 무엇일까.

근대는 도처_{到處}에 있어서 1928년 이후로 급격하게 노후_{老朽}하여 가고 있다. 이 메이크업한 메피스토*의 늙은이가 온갖 근대적 시설과 기구 감각_{機構感覺}으로써 젊음을 꾸미고 황폐한 이 도시의 거리에 다리를 버리고 저물어 가는 황혼의 하늘에 노을을 등지고 급격한 각도의 직선을 도시의 상공에 뚜렷하게 부조_{浮彫}*하고 있다.

밤하늘을 채색하는 찬란한 일루미네이션*의 인목人目*을 현혹케 하는 변화――수백의 눈을 거리로 향하여 벌리고 있는 들창*.

거대한 5, 6층 빌딩 체구 속을 혈관과 같이 오르락내리락하는 엘리베이터, 옥상을 장식한 인공적 정원의 침엽수가 발산하는 희박稀薄한 산소.

그리고 둥그런 얼굴을 가진 다람쥐와 같이 민첩한 식당의 웨이트리스와 자극적인 음료와 강한 케이크의 냄새.

최저가로, 아니 때때로는 무료로 얼마든지 제공하는 여점원들의 복숭앗빛의 감촉.

이것들은 센서블*한 도시인의 마음에로 향하여 벌여진 데파트먼트의 말초신경이다. 일찍이 에밀 베르아랭*은 불란서의 심장 파리를 '촉수를 가진 도회'라고 노래하였다. 그런데 데파트*야말로 무형의 촉수를 도시의 가정에 버리고 있는 마물魔物이다. 오후 다섯 시――거리의 피곤한 황혼이 되면, 그리고 더욱이 쾌청한 일요일에는 데파트먼트의 넓은 층층대*에는 시민의 지친 얼굴들이 폭포같이 퍼부어 내려온다.

그 속에는 창백한 샐러리맨의, 육감적 중년 마담의 수없는 얼굴 얼굴들이 깜박거리며 내려온다.

난간에 비껴* 서서 층층대를 올라가는 미끈한 여자의 비단 양말에 싸인 다리와 높은 에나멜*의 구두 뒤축을 하염없이 쳐다보고 서 있는, 수신 교과서修身教科書*를 잊어버린 중등교원*도 있다.

도시 풍경

그들은 인제는 교외의 절간으로 나가는 대신에 일요일의 맑은 아침이 되면 그들의 어린 W(wife나 woman을 가리키는 듯함)와 젊은 제비*와 애인을 끌고 이 데파트먼트의 질소窒素를 호흡하러 꿀벌과 같이 모여들어서는 그들의 얇은 호주머니를 털어놓고는 돌아간다. 어제까지는 설렁탕의 비린 냄새를 들이키던 그 사람도 오늘은 음악가 지원志願의 여자와 같이 정자옥丁字屋* 식당의 찬 대리석 테이블에 마주 앉아서 캘리포니아산의 커피 차를 쪽쪽 빨고 있다.

이곳을 발상지로 하고 '에로'*와 '그로'*와, 이것을 중심으로 소매치기와 키스와 유인誘引 등 뭇 근대적 범죄가 대도시로 향하여 범람*한다.

그러나 누가 알랴. XX('자본'으로 추정됨)주의에 의하여 무장武裝한 XXXX('퇴폐 향락'으로 추정됨)주의가 이곳에서 창부娼婦와 같이 차리고 밤의 아들딸들을 향하여 달콤한* 손질(원문에는 '손질'로 되어 있으나, 의미상 '손짓'이 맞을 듯)을 하고 있는 줄을.

흥분된 러시아워*

1.

급경사한 층층대를 굴러 나오는 젊은 사나이들의 쥐어짠 새파란 얼굴을 무수한 괴물과 같은 빌딩의 두터운 강철의 문이 본정本町 1정목* 어귀에 놓였다.

가슴에 싸인 질소를 풀어놓기 위하여 그들은 어족*과 같이 경쾌하

게 오후의 거리로 밀물처 나온다. 이때부터 대경성大京城의 러시아워
가 시작하는 것이다.

도회의 흥분이 백도百度(100℃)로 비등°하는 복숭앗빛의 시간이다.

2.

이윽고 황혼의 정열이 거리의 아스팔트 위에 깨어진 심장처럼 새파
란 피를 흘린다.

오후 여섯 시.

룸펜°과 인텔리°의 강철의 가슴에 회색의 성벽만 높아 가는 때
(오 — 이 병적 순간을 절거°하지 않는 신은 무자비한 뱀이다). 네온사
인은 유리와 같이 투명하다. 애비뉴°의 괘등掛燈°은 계란빛 눈물에 우
울한 한숨을 피운다. 술 취한 재즈°가 카페의 유리창의 자줏빛 휘장을
헤치고 거리로 향하여 범람한다.

음분淫奔°한 어족과 같은 사나이와 여자의 마음이 조금씩 움직인다.
원색의 강렬한 자극을 찾아 레스토랑으로 빨려 들어가는 '모던 걸'°의
어깨의 급격한 파동波動——피녀彼女(그녀)의 정맥은 푸른 음성陰性°의 혈
액으로 팽창하다.

3.

파리巴里의 러시아워가 몽파르나스°의 포도鋪道° 위에서 화죽花竹°과 같

이 폭발할 때, '무서운 어린애'*인 장 콕토*는 카페의 대리석 테이블에 기대어 정가표의 뒷등에 시를 쓴다. "내 귀는 조개껍질. 언제나 바다의 소리를 그리워한다."* 그렇다 흐른다 흐른다.

홍수 홍수 홍수 사람 홍수, 대학생의 다리는 명년도明年度(내년도) 실업자 등록의 검은 현실을 응시하며 책점冊店(서점)의 진열대에서 신취직新就職 성공법을 찾아다니고 있다.

골목에 우두커니 서 있는 노동자의 심장은 레닌*과 불온성不穩性*을 왕성하게 분비하고 있다.

4.

저기는 또 빛다른* 에나멜의 감각이 흐른다.

다리 다리 다리——거리의 저공低空에 난무*하는 급각도*의 직선의 교착交錯.

여자의 새빨간 냄새를 찾아 사나이의 코끝에 후각嗅覺이 떨린다.

아내의 감시와 거의 기아 상태인 지갑을 근심하는 불안에서 완전히 해방된 들뜬 마음——춤추고 싶어하는 마음들——둔탁한 페이브먼트*를 씻고 흐르는 다리 다리.

그리고 사슴의 뿔통 같은 구두 발꿈치.

쇼윈도의 화사한 인형과 박래품舶來品*의 모자와 넥타이에 모여 서고 있는 불건전한 몽유병*자의 무리들은 옆집 악기점에서 흘러나오는 레코드의 왈츠*에 얼빠져 있다.

오! 심장과 뇌수*를 보너스와 월급에 팔아 버린 기계 인간들이여, 부르주아가 빚어 놓은 향락의 찌꺼기를 반추反芻*하는 기갈飢渴*한 로맨티시스트여.

5.

큰 거리의 뒷골목에 야차夜叉*와 같은 밤빛이 무겁게 잠겨 갈 때 소란하던 밀물은 지나가기 시작하여, 비등하던 백도百度의 러시아워가 인어의 피부처럼 식어 갈 때 점두店頭*의 적막한 일루미네이션은 오후 열 시의 그늘의 밀회*를 가만히 유혹한다. 도회는 매춘부다.

밤거리의 우울

만약에 나에게 좋아하는 사람이 있다고 하면, 나는 그이와 만날 시간을 결코 약속하지 않으련다.

밤중에 내가 이불에라도 반쯤 기대어 콕토*의 시집쯤에 취해 있을 때, 나의 문전을 울리는 조심스러운 노크 소리가 들려오기에 실없는 바람의 장난인가 하다가도, 그래도 미심*해서 문을 열어 보았더니 어둠 속에도 뜻하지도 아니한 그의 목소리가 깔깔 웃고 있다고 하면, 나는 그를 시를 이해하는 사람이라고 부르고 싶다.

그러므로 나는 지금도 고향으로 돌아갈 적에는 전보를 치고 간 일이 없으며, 대개는 밤중에 고향에 가까운 정거장에서 내리도록 기차 시간을 맞추어서 탄다. 그러면 낯익은 사람이 돌아오는 줄도 모르고 거리는 어둠 속에 잠겨서 잠이 들었고, 한적한 장명등*만이 하나 둘 빈 길바닥을 굽어보고 있다. 우리 집 대문 앞에 다가서면 삽사리(개

이름)조차 성나서 짖다가도 찬찬히 바라보고는 꼬리를 척척 치며 매달린다. 그래서 뜻하지도 않던 가족들을 놀라게 하는 것이 나의 악의 없는 장난의 하나이다.

약속하고 만나는 상봉相逢처럼 싱거운 것은 없다. 말하자면 3월 1일 아침에 멋도 모르고 유치장에 끌려가는 때나, 한길˚에서 자전거 탄 놈한테 불시에˚ 뒤통수를 얻어 부시운˚ 때와 같은 종류의 싱거운 일이다.

내가 봄을 만나는 것도 그렇게 만나고 싶고, 봄도 역시 갈 적 올 적 수없는 사람이 정거장에 쓸어들여서˚ "안녕히 가십시오", "어서 오세요" 하고 떠드는, 마치 대신大臣의 행차˚와 같은 시끄러운 송별이나 출영出迎˚을 받고 싶은 허영에 뜬 플래퍼˚라고는 생각되지 않는다.

봄은 로세티˚의 시 속에서도, 베데킨트˚의 희곡 속에서도 모두 갑자기 이름을 부르면 두 볼이 뻘게지는 부끄러움 많은 시골 처녀처럼 노래해졌고 그려졌다.

그런 게 금년에는 봄이 마산포˚ 해안쯤에 상륙했을랑 말랑 할 때에, 서울서는 벌써 분주하게 봄의 전주곡前奏曲˚을 치는 둥 신춘 특집호가 어지럽게 거리 바닥에서 휘날리는 둥, 물도 보기 전에 옷부터 먼저 벗으니, 원래 부끄럼쟁이인 봄은 타고 온 흰 요트 머리를 도로 돌이켜 가지고 남해로 돌아갔는지도 모르겠다.

그랬기에 요사이에는 모처럼 『신동아』˚사의 선동煽動도 있어서, 낮에는 사이겨를, 짬가 없으나 하룻밤의 로맨스˚나 낚아볼까 해서 저녁을 먹고 문밖에 나섰다가도 연거푸 사흘째나 코를 찌르는 찬바람에게 쫓겨서는 도로 방구석으로 몰려 들어올밖에 없었다. "사내자식이 이래서야 쓸 수 있나." 나는 비록 돈키호테*는 아닐지라도 단연히* 만용을 발휘하여 오늘 밤 로망*을 찾아 어둠과 빛이 무르녹아* 흐르는 시가市街로 향하여 아방튀르*의 길을 떠났다. 사랑과 영예를 구하여 제국諸國(여러 나라)을 순례하던 중세기의 기사를 본받아.

어디로 갈까. 나는 안국동 네거리에서 바람이 쏴 오고 쏴 가는 길을 오락가락하기만 했다. 떠나고 생각하니 갈 곳이 없다. 파출소 순사의 시선이 너무나 오래 내 몸에서 떠나지 않는 것을 눈치 채고 나니, 어찌 상서롭지* 못한 것 같아서 속速히 방향을 정할 필요에 절박한 것을 느꼈다.

그래서 급각도急角度로 발길을 돌린 곳은 불빛이 휘황한 남쪽 거리 길바닥에 먼지를 일으키며 건방지게 길 가는 사람의 옆구리를 쓸고 가던 택시는 극장의 아케이드*에 꼬리를 슬쩍 돌려 붙이더니, 양복 입은 미끈한 신사와 역시 양장洋裝한 부인을 부려* 놓고는, 또다시 빨간 테일라이트*를 깜박거리며 종로로 꺾어져서는 사라진다. 극장에나 들어가 볼까. 그러나 그 속에는 영화막映畫幕*에 나타나는 검열제檢閱劑*의 미지근한 로망의 그림자밖에는 있을 성싶지 않아서 더 심각하고 실감 있는 로망을 찾기로 하고, 어두컴컴한 관철동 골목을 돌관突貫*하여 황금정黃金町*으로 진출했다.

애달픈 기타 소리와 한탄하는 색소폰 소리에 이끌려 들어간 곳은 어딘지 몰라도, 암사슴같이 발육이 매우 양호한 계집들이 붉은빛 파란빛 자줏빛 비단에 감겨 금붕어처럼 헤엄쳐 다니는 저편에서는 흰 모자를 위태하게 머리에 기울여 붙인 보이*가 폭스트롯* 유창하게 칵테일을 조제*하고 있다. 중앙의 테이블에 궁둥이를 붙이기도 전에 꽤 달콤한 밥알이라고 생각을 했던지 금붕어 떼들이 와락 쓸어든다*.

긴 허리, 미끈한 손길, 분 냄새, 루주렙스틱, 웃음소리, 화끈한 입김, 미지근한 체온──시각·후각·촉각 들의 교향악 속에 나는 잠깐 침몰해서 질식할 뻔했다. 그러나 나는 그 괴로움을 일부러 피하려고 하지는 않았다.

모여든 금붕어들을 실망시키지 않기 위하여 목소리 당당하게 청한 것은 커피 한 잔.

이 구석 저 구석에 손님이 차더니 하나─둘─셋─금붕어들은 차츰 내 테이블에서 무너져 흩어진다.

나는 갑자기 나의 호주머니를 어루만져 보았다. 어쩌면 그렇게도 우울한 포켓일까. 이 구석 저 구석에서 나의 금붕어들을 후려* 간 라이벌 등과 당당히 대항할 의협심義俠心은 내 가슴속에서 불타건만, 호주머니와 호주머니의 단병접전短兵接戰*에 있어서는 암만해도* 자신이 없다. 나는 새삼스럽게 나의 발길이 잘못 돌려진 것을 후회하였다. 그때 나는 한쪽 구석에서 나와 마찬가지로 커피 잔에 엎드려 있는 한 고

독한 사나이를 발견하고 애절한 동료감^{同僚感}에 움직여서 찻잔을 들고 그의 곁으로 갔더니, 뜻밖에도 그것은 K군이었다. 그의 옆에는 작은 가죽 가방이 쓸쓸하게 놓여 있다.

"어쩐 일인가?"

K군은 그만 낙향하는 길이라고 대답한다.

"왜 그렇게 갑자기 가나?"

"내 까짓것이 아무리 있으면 언제 취직해 보겠는가. 같은 구직 동료^{求職同僚}들의 방해나 되었지. 그래서 하나라도 줄어들면 다른 동료들이나 구직이 좀 편할까 해서."

"말하자면 구제 사업^{救濟事業}을 하는 셈이네." 이윽고 시계가 열 시를 쳤다.

K군은 황망*히 가방을 들고 일어선다.

나도 그의 뒤를 따라섰다. 우리는 앉은 채 던지는 금붕어들의 쾌씸한 인사는 들은 척 만 척 뛰어나왔다.

"자네 역까지 누구 전송* 가는 사람은 없나?"

"없네."

"방해가 된다거든 바로 말하게."

"없네."

K군의 홀쭉한 얼굴이 어둠 속에서 쓸쓸히 웃었다. 나는 안심하고 그의 뒤를 따라섰다.

마지막 북행 열차가 떠나기까지는 앞으로 1분. 플랫폼에는 전송 나온 사람도 드물었다. 차창 밖으로 머리를 내밀고 K군은 나를 굽어본다.

"언제 오려나?"

"글쎄."

뛰—기적 소리.

나는 손을 내밀어서 K군의 손목을 올려 잡았다.

"안녕히."

기차는 K군의 말꼬리를 끊은 채 미끄러진다. 덜덜덜——구르는 쇠바퀴.

경성역° 앞에서 전차를 탄 나는 전차 속에서 손잡이에 매달려 흔들리면서 이렇게 생각하였다. 또 한번 호주머니의 실력을 양성養成해 가지고 새로 떠나나 볼까. 그래서 그때까지는 봄의 로망을 찾는 나의 아방튀르 행각行脚°일랑 무기 연기하기로 하였다.

오늘 밤 나는 거리에서 로망을 집으려 하였더니, 또다시 우울憂鬱을 집었다.

청량리

때때로 나는 서울을 미워도 하다가 그를 아주 버리지 못하는 이유의 하나에는 그는 그 교외에 약간의 사랑스러운 산보로散步路(산책로)를 가지고 있다는 점도 들어 있다.

산보는 군君의 건강에는 물론 사상의 혼탁*을 씻어 버려 주는 좋은 위생이기도 하다. 틈만 허락하면 매일이라도 좋지만, 비록 토요일 오후나 일요일 아침에라도 동대문에서 갈라져 나가는 청량리행 전차를 갈아타기를 나는 군에게 권고하고 싶다.

왜 그러냐 하면 그 종점은 내가 사랑하는, 그리고 군도 사랑할 수 있는 가장 아담한 산보로 하나를 가지고 있는 까닭이다.

우리는 종점에서 전차를 내려서 논두렁에 얹힌 좁은 길을 따라가면 북으로 임업시험장林業試驗場* 짙은 숲 속에 뚫린 신작로에 쉽사리 나설 수가 있다. 세상 소리와 흐린 하늘을 피하여 우리는 숲 속에 완전히 몸을 숨길 수도 있다.

　군은 고요한 숲을 사랑하는 우량한 사상을 가지고 있으리라고 나는 믿는다. 일찍이 아리스토텔레스*도 그 철학을 숲 속에서 길렀다고 하지 않는가.

　숲 가장자리에는 그리 높지 않은 방천防川*이 좌우 옆에 갈잎가랑잎을 흔들면서 맑은 시냇물을 데리고 길게 돌아갔다. 이 방천을 걸으면서 군은 서편 하늘에 짙어 가는 노을을 쳐다볼 수가 있을 것이다.

　풀잎에 맺힌 이슬방울을 손바닥에 굴릴 수도 있을 것이다.

　은모래 위를 조심스럽게 흘러가는 그 맑은 시냇물에 군의 불결한 사상을 가끔 세탁하는 것은 군의 두뇌와 건강을 위하여 충분히 청량제淸凉劑*가 될 수 있는 일이다.

　숲 속의 산보로——나는 때때로 붓대를 책상 귀*에 멈추고는 생각을 그 길 위로 달리기도 한다.

청량리

상형 문자象形文字[*]

수풀을 사랑하는 것은 소크라테스 이래의 우리들의 고귀한 예의이냐.

호주머니 속에 숨어서 소리 죽이는 손시계[*]처럼 나는 때때로 사람들의 요란 소리를 검은 수풀 속에 피한다. 목이 빼어난 사슴의 새끼처럼 구름 좇아서 개천가로 내려가서는 산양山羊의 떼에 섞여서 연한 풀을 깨물어 보기도 한다. 또한 흰 구름 속에서 수없는 진기珍奇한[*] 상형 문자들을 붙잡아 가지고 돌아와서는 나의 표본실에 진열한다.

회灰칠[*]한 벽에서 한 개의 백동白銅[*] 바늘의 명령에 좇아 충실한 호접胡蝶의 종족들은 아주 날개를 치고 그림 속에서와 같이 가는 바람 소리조차를 꺼린다. 일찍이는 추장酋長의 따님이었던 왕나비, 계절의 상복을 입은 검은물나비, 여왕의 흉내 내기를 좋아하는 비단나비, 은나비, 노랑나비……

한 떨기 꽃송이도 살릴 줄 모르는 검은 테이블은 또한 어저께와 마찬가지로 침묵沈默한 간수看守다.

나는 걸어 본다.

이럴 수가 있을까.

이 풍만한 3월의 하늘 아래서 너희의 날개는 어째서 빨래와 같이 꾸겨져 있느냐.

나는 문득 벽 위에 흩어져 있는 상형 문자들이 바로 내 자신의 성 자姓字들임을 발견하였다.

나는 그것들의 앞에서 소리를 낮추어 물어본다.

"너는 대체 공자님처럼 얌전한 생쥐냐, 그렇지 않으면 이슬을 먹고 참는 게으른 호접에 불과하냐."

성자姓字는 작은 소름과 함께 대답하여 말하기를

"독수리다."

나는 곧 나의 독수리를 꾸짖는다.

"그러면 일어나지 않고 무얼 하니?"

호접들을 데리고 나는 창窓머리로 간다. 밖에는 3월이 추겨* 올리는 푸른 대기大氣가 바다와 같이 넓다. 나의 지평선, 나의 은하수. 들을 미끄러지는 윤기 나는 바람.

나는 그들을 손바닥에 추어들고추켜들고 즉시 날기를 명한다. 그리고 놓아 보낸다. 그렇다. 날림은 벌써 숲 속에 잊어버리고 온 먼 풍속이다.

상형 문자

이윽고 창밑 꺼분꺼분*한 공기의 저층底層에 빠져 잠겨 버린 수없는 호접의 시체들.

울타리 너머는 3월의 햇볕이 돌아왔나 보다.

장식葬式(장례식)과 같이 조용한 걸음걸이로 가까이 와서 울타리 속을 엿보나 보다.

가을의 나상 裸像

산더미처럼 높이 쌓인 조단*들을 실은 수레가 언덕을 내려와서 개천 가에 멈춰 섰다. 무거운 짐을 끄는 황소는 아마도 갈증을 느끼나 보다. 그렇지만 한여름 동안 이 개천을 넉넉하게 적시며 흐르던 물은 한 방울도 남지 않았다. 얕은 하상河床*에서는 메마른 돌멩이들이 엷은 석양볕에 하얗게 빛난다. 어디서 불려 오는지도 모르는 나뭇잎 하나가 하상 위를 굴러 온다. 빨갛게 말라서 꼬부라진 그 잎사귀의 모양 속에는 그 풍만한 푸른빛을 담고 있던 옛 자취는 그림자조차 남아 있지 않다. 한 마리의 알롱달롱*한 잠자리가 돌멩이들 위에 앉으려고 하나, 그 어느 돌멩이도 모두 여름 동안의 정열이 식어져 이 작은 생물을 따스하게 맞아 주지 아니하였던지, 그는 아무 데도 앉지 않고 그만 방향 없이 공중으로 날아가 버린다. 그렇지만 그놈의 비단결 같은 화사한 날개는 어족*들과 같이 활발하게 찌는 듯한 8월의 볕 속을 무리

지어 쏘다니던 그 시절의 활기를 전연전혀 잃어버리고 힘없이 움직일 뿐이며, 깨어질 듯이 두터운 살갗 위에서 인상파印象派*의 그림 같은 빨갛고 파랗고 노란 아름다운 빛들을 자랑하던 피녀彼女(그녀)의 동체胴體(몸통)는 지금은 여위어 보잘것없다. 불란서 상징파의 거장巨匠 베를렌*의 애수가 흐르는 「가을의 노래」가 생각난다.

가을날
비요롱*의 긴 흐느낌.
지치인 듯 서러워
내 마음 쓰리다.
울려오는 종소리에
이 가슴 아득하여 얼굴빛 없다.
눈물만 잦게 하는
지나간 시절의 옛 기억이여.

오—나는
뜻없는 바람에 불려
정처定處 없이 이리저리
날아다니는 나뭇잎인가.

참으로 가을은 폴 포르°의 「사랑의 처녀」가 긴 누병癆病°의 끝에 천국으로 떠나가기에 알맞은 시절이다. 첫눈과 같이 차디찬 감촉을 가진 구르몽°의 「시몬의 노래」나 부르고 싶은 시절이다.

바닷가의 삼각주三角洲°까지 기어가는 긴 모래 방천° 위에 행렬行列을 짓고 늘어서 있는 포플러°들 속에 나는 끼어 앉았다. 하나씩 둘씩 노랗게 단풍이 든 포플러 잎들이 바람에 휘날려 백금白金빛 늦은 볕이 녹아내리는 투명한 유리와 같은 대기大氣 속을 오슬오슬 몸을 떨면서 떨어진다.

쳐다보니 탐욕스럽고 검푸른 잎사귀를 잃어버린 앙상한 가지들은 흰 구름을 빗질하고 있고, 양초와 같은 흰 포플러의 나체 위를 플라티나°의 석양볕이 기어간다.

어디까지든지 참혹하고 냉정한 볕이다. 그것이 벌써 포플러의 푸른 머리채 위에 수없는 키스를 퍼붓던 7월의 태양이 아니다. 병든 나무의 흰 표피는커녕 본질의 내부까지 벌레와 같이 파먹고 들어가려는 잔인한 햇볕이다. 가을바람은 지금 포플러들의 잎사귀를 춤추게 하며, 먼 남국의 노래를 부르던 여름 바람의 아유阿諛°를 본받지 않고 쌀쌀한 황금의 막대를 휘두르며 가지가지를 덮고 있던 잎사귀를 떨어뜨려서 컴컴한 개골창°으로 몰아넣는다.

그는 지금 나의 울성鬱盛°한 마음에서도 야심·선망羨望°·정열·사상·애욕, 그러한 잎사귀들을 그 굳센 나래로 휩쓸어 떨어뜨린다.

가을의 나상

그는 또한 나의 마음을 찬란하게 장식하고 있던 온갖 색채를 하나씩 둘씩 증발시켜 버린다.

그리고 다만 희미한 나의 혼의 나상裸像만을 남긴다.

가을은 거짓이 없다. 정직하다. 여름의 위선을 그는 본받지 않는다. 사람들의 눈을 속이는 온갖 푸르고 두터운 장식 속에서 살벌성殺伐性의 자연이 그 추악한 정체를 감추고, 안심하고 있던 무성한 잎사귀들을 가을은 지구의 표면에서 주저없이 벗겨 버린다.

벌거벗은 자연──그렇다. 생명의 나체가 대지 위에서 떨고 있다. 나는 뱀의 피부와 같이 쌀쌀한 가을의 감촉을 사랑한다.

뭇 여름의 위선과 미美와 유혹의 정체를 폭로하는 가을의 진리처럼 굳세게 나의 마음을 때리는 것은 없다.

사랑하는 사람들이여, 인제는 가면무도회는 끝났다. 우리들의 눈을 현혹하게 하던 다채多彩한* 가장假裝·지위·명예·우월감·의식 등등을 우리는 벗어 버리지 아니하려는가.

우리들은 서로서로 자신의 특권을 용감하게 포기하고 서로서로의 벌거벗은 나체를 바라봄이 좋다.

인류는 역사의 첫 볕이 지상에 비친 이래 얼마나 오랫동안 그들의 순백純白의 나체 위에 가지각색의 가장을 정교하게 덮음으로써 나체를 감추려고 애썼는가.

오늘날 인류 자신이 그 손으로 꾸며 놓은 작은 울타리 속에서 어떻게 그는 옹색*한 느낌을 받으며 자신을 구속하며 괴롭히고 있는가.

이윽고 흰 눈이 이들 위에 내려서 벌거벗은 대지를 고이고이 포옹할 때까지는 나는 용서 없이 자연과 내 자신의 나체를 응시하련다. 그리고 들 위에 내려 덮인 높은 하늘의 속삭임에 귀를 기울이련다.

"나의 마음을 쳐다보아라."

가을의 나상

나의 서울 설계도

대체 나는 나의(문법적으로 '내가'라고 해야 옳다) 사랑하는 서울의 미래에 어떤 꿈을 그려야 할 것인가? 토마스 모어*의 『유토피아』*나 윌리엄 모리스*의 『노웨어』*〔무하유향(無何有鄉)〕*를 본받아 천진난만天眞爛 漫한 꿈을 꾸며 볼 것인가?

여하튼 꿈을 가지는 것만은 세상의 아무런 법령도 권력도 막지 못한다. 그러니까 꿈은 권력이 없는 사람들의 영토요, 노리개인 것이다.

그러나 나의내가 사랑하는 서울은 나날이 눈을 떠 보면 딱한 이야기와 먼지만 쌓여 간다. 따스한 봄볕이 쪼이고 기름비가 뿌려도 싹트지 않는 불모*의 땅—그것이 엘리엇*의 「황무지」*였다. 그렇기에 이 황무지에서는 꽃 피는 4월도 도리어 잔인한 달*인 것이다.

그렇다고 올더스 헉슬리*의 『훌륭한 새 세계』*의 패러독스*를 나의 서울 위에 연상해야 옳을까? 그는 현대 문명의 물질주의와 기계론*이

끌고 갈 끝판의 세계의 바삭바삭한 기계, 그것과 같은 생활과 환경을 가상해 놓고 그것에 빈정대는 의미에서 훌륭한이라는 형용사를 붙였던 것이다.

그러면 도대체 나의 서울에는 그런 의미의 물질문명이나 기계 문명이라도 진행하고 있는 것일까? 무엇보다도 저 19세기의 해어진˚ 선로˚를 달리는 박람회博覽會˚ 퇴물退物˚ 같은 깨어진 전차를 보라. 원자력 이야기나 양자론量子論˚을 외우는 젊은 자손들이 타고 다닐 물건짝인가 아닌가. 불란서 코티˚와 연지˚를 바르고 전기 장치로 머리에 인조人造 웨이브˚를 나부끼며 익숙지 못한 굽 높은 구두를 간신히 조종操縱하는 우리나라 아가씨들을 위하여도 실로 미안하기 짝이 없다. 승강기 하나, 에스컬레이터 하나 구경할 수 없는 서울──그러면서도 국제 정국政局의 사나운 바람이란 바람은 모조리 받아들여야 하는 벅찬 도시──낙관론도 비관론도 끌어낼 수 없는 기실은˚ 말할 수 없이 딱한 도시.

가령 적어도 1만 톤급의 상선˚이나마 인천 부두에 두세 척은 놓아붙여서 원료를 부리고 그 대신 가공품을 실어 내며, 월미도月尾島˚에서 기동차를 잡아타면 서울까지 내쳐˚ 일체 전기로 돌아가는 공장 지대 부평˚·영등포˚ 벌벌판˚을, 이글이글 타는 전기로電氣爐와 컨베이어˚의 벨트˚ 소리를 보고 들으면서, 외국 손님들이 아이론다리미에서 금방 빠진 남빛˚ 제복에 흰 목도리 단 차장 아가씨에게서 받은 금강산 안내를 한

두 장 제끼며_{젖히며} 감탄하는 사이에 어느새 한강 철교를 건너 서울역에 닿는다 하자. 김포 공항 설계는 건물과 시설에 일체 흰빛을 쓸 것을 조건으로 하고, 헨리 무어* 군에게 한번 해 보라고 하면 어떨까? 불순한 동기를 가진 일체의 비행기는 통과조차 금할 것이며, 모양과 성능에 있어서 우수한 나라 여객기에만 들르기를 허락할 것이다.

거기에 들어서면 근무 마감 시간인 오후 세 시——단 서머 타임* 아니다——까지는 거리에는 바쁜 사람뿐이고, 집에는 할아버지·할머니쯤 남아 있을 것이며 젖먹이는 탁아소에, 아이들은 학교에, 앓는 이는 국립 병원에, 어머니는 혹은 부락部落 공동 빨래터에 당번이 되어 갔을지도 모른다. 식사는 본인의 의사에 따라 전문가의 칼로리 계산을 기초로 한 영양식을 국가의 감독 아래서 제공하는 부락마다 있는 공영 식당에서 하는 게 좀 편하고 좋으랴.

오후면은 거리에는 산보하는 사람들로 넘칠 것이며, 극장과 영화관에서는 일체의 데카당스*는 구축驅逐*되고, 창조적 예술가들의 높은 예술 활동의 자유로운 무대가 시민들의 오후와 초저녁을 위하여 제공될 것이다. 혹은 케이블카로 남산 꼭대기로 공 치러 가는 사람도 있을 것이다. 진고개* 어귀로부터 구리개*·종로 네거리에 이르는 일대는 공공 기관과 백화점 및 대내·대외의 비즈니스 센터로 고층 건물의 블록*이 된 것으로, 그적때에는 반도호텔*쯤은 어느 틈에 끼어 버려서 그리 눈에 뜨이지도 않을 것이다.

경관의 사무는 주장* 교통 정리나 집 잃은 아이 맡아보기가 고작이 되고 말 것이고, 절도竊盜·강도·사기·횡령의 파렴치 죄들이 생길 필 요와 틈바귀틈바구니가 없는 여기서는 경찰 사무는 거지반거의 절반 여자 경찰이 처리하고 말 것이다. 힘이 자랑인 패*들과 목적 없는 공격 정 신이 그저 왕성해 못 견디는 치*들을 위해서는 그렇다. 서울 운동장* 을 개방해서 하루 일 마감 뒤에는 스포츠를 장려하면 그만이다. 그리 고 회의에라도 나가면 한바탕 떠들지 않고는 생리적으로 배기지* 못 하는 패들을 위해서는 런던 하이드 파크*를 본뜬 공원을 몇 개 시내에 준비할 것이다. 그리고 그 테두리에는 방음 장치를 할 것이며, 공원 안에는 원숭이를 많이 기를 것이다. 변사*의 기운을 돋우기 위해서는 그 원숭이들에게 박수를 연습시키면 좋겠다.

낙산駱山* 밑 일대의 대학촌*에 접어들면 거기는 이 나라 모든 계획 의 과학적 연구와 조사와 준비가 진행되는 곳으로 세계의 각 대학들 과 연락되어 있으며, 창경원*은 대학에 연결되어 대학 박물관·식물 원·동물원으로 운영될 것이며, 원남동에서 연건동을 돌아 혜화동 로 터리*에서 끝나는 일대는 이른바 대학가大學街로서 아스팔트로 쭉 포 장한 한길* 양편에는 주로 학생을 위한 책점서점·찻집·간단한 밀크 홀·비어홀·학용품점만이 허락될 것이다. 그리고 낙산* 밑으로 해서 는 교수와 직원들 사택舍宅이 여유 있게 준비되어서 인제 교수끼리 사 택 때문에 경쟁이 붙어 싸울 것까지는 없이 될 것이다. 그러면 대체 그 낙산 일대의 움집*과 하꼬방*들은 어찌 될까? 만약에 찾을 사람이 있어서 그리로 가서는 아마 소용도 없을 것이다. 그들은 벌써 남산 너머와 신당리新堂里*·정릉리貞陵里*·당인리唐人里* 쪽 아파트와 전원주택으로 옮아 가고, 낙산은 녹림 지대綠林地帶가 되지 않았는가? 그리고 그들은 주회周廻* 기동차*와 급행 버스로 도심 지대의 일터나 공장으로 다니는 것이다.

그러나 어쩌랴. 이도 저도 한바탕 꿈이 아닌가? 꿈으로서는 너무나 억울한 꿈이다. 혹은 후세 사람들이 비웃어 '8·15의 꿈'이라고 부를지도 모른다.

그러나 잠시 권력 싸움과 음해질*을 그만두고 요만한 정도의 꿈은 좀더 성실히 서로 반성해 볼 수는 없을까? 우리는 그만 꿈은 꿈이 아니라 최소한도의 당연한 도시 계획으로 내일부터라도 위원회쯤 만들어 볼 일이 아닐까? 하면 될 수 있는 일이다. 우리의 운명의 열쇠를 환경의 손에 내주어서는 아니 된다. 우리 자신이야말로 우리 운명의 주인이라야 할 것이다. 금후今後의 정치가란 권모술수*의 명인*이 아니고, 기실은* 얼른 보면 무미건조*한 기사技師인 것이다. 그리하여 플라톤*은 『공화국』*의 개정판改訂版을 내서 그의 공화국에서 주책없는 눈물의 마술사·시인뿐만 아니라 정객政客마저 입국을 금하고 국가의 경영을 기사의 손에 맡겨 버리게 될지도 모른다.

어머니와 자본

자본은 모험을 즐긴다. 그러기에 사나운 야만 지대野蠻地帶에도 무인 지경*에도 함부로 덤벼든다. 그러나 자본은 또한 말할 수 없이 비겁한 일면도 가지고 있다. 대체로 양심은 없거나 적은 것으로 되어 있다. 그래서 어느 낯선 고장으로 떠날 적에는 즐겨 군대의 호위護衛*를 붙이곤 한다. 신사의 양복바지 뒤호주머니에는 왕왕 피스톨권총이 끼어 있곤 한다. 자본이 가는 곳에 필경에는 군대가 따라가고 마는 것이 근세사의 변치 않는 풍습이 되어 있다. 그렇지 않고서야 원동遠東*이나 중동中東* 한 끝에 막대한 투자를 해 놓고 수만리 밖 고층 건물 속에서 두 다리를 뻗고 자빠져 있을 미련한 신사紳士가 어디 있겠느냐.

군대란 원래가 국가의 것일 터이다. 군대가 자본의 뒤만 따라다니다가는 결국 경*을 치는 것은 군대요, 안전한 것은 자본이 된다. 그러니까 사람들은 군대의 행방을 살피기 전에 자본의 동향을 눈여겨보아야 하는 것이다. 처음에는 평화 상품이 가지만 다음에는 무기가 따라가기 쉽고 나중에는 암만해도° 나라의 소중한 젊은이마저 투자하게 될지도 모른다고 월레스° 씨가 경고함 직도 하다. 그러므로 자본의 행방은 드디어 자식을 가진 부엌의 어머니들에게까지 걱정거리가 되는 것이다. 무심히 지나가는 깡통이나 초콜릿, 화물 자동차에도 어찌 보면 자본의 의지가 담겨 있는 것 같기도 한 것은 반드시 신경질 탓일까. 지금까지의 자본의 품행 조사의 결과는 무릇 그런 것이다. 자못^쾌 태연자약°을 꾸미는 것이야말로 무지나 불감증이 아니면 민족의 피보다도 더 짙은 자본과 자본의 혈연관계에서 오는 호의好意의 중립이라고밖에는 볼 수 없으리라. 20세기에 들어서 벌써 두 차례 참담한 대전大戰을 치른 인류가 오늘 꼭 해결해야 할 두 개의 과제가 있다. 하나는 항구적 평화의 수립이요, 다른 하나는 전 세계 약소민족의 완전한 해방이다. 그를 위해서는 우선 무엇보다도 자본의 엉뚱한 모험을 세계적 체제에서 제어하는 길을 강구해야 할 것이다. 그리해야 어머니들도 마음을 놓게 될 것이다.

자본은 무장을 해제하고 나서야 할 것이다. 평화와 인류 공동의 복리 확립에 충성을 맹세하고 나서야 될 것이다. 이것이 오늘의 새 시대가 자본에게 요구하는 최소한도의 양심일지도 모른다. 그 뒤호주머니 속의 피스톨도 뽑아 놓고서 나서야 할 것이다. 재래의 자본으로서는 아마도 이것이 최후의 모험일 것이다. 하지만 그렇지 않고는 자본은 세계 도처에서 오직 불 속의 밤송이를 주울 뿐이다.

황금 행진곡 _{黃金行進曲}

잠깐 함경선_{咸鏡線}* 열차를 타 본다.

그러면 누구는 나진_{羅津}*에 땅을 샀다가 몇 십만 원을 한꺼번에 벌었다는 둥, 누구는 성진_{城津}* 바닷가에 내버려 두었던 땅이 갑자기 시세가 좋아져서 벌써 오막살이를 헐어 버리고 삼층 양옥을 기공_{起工(공사시작)}한다는 둥, 어쩐지 이야기가 모두 큼직큼직하다. 이 지방의 모든 주민의 신경이 확실히 흥분 상태에 있다는 것은 사실이다.

그런데 이렇게 반가운 소식이 한편에서 들리는가 하면, 또 한편에서는 너무 쓰라린 대조_{對照}가 또 있다.

청진_{淸津}*에 산다는 김모_{金某}는 청진이 XX선 종단항_{終端港}*이 될 줄만 알고, 수성평야*에 누거만_{累巨萬}의 황금을 흩어서 수백만 평의 땅을 사 놓고 스스로 로스차일드*의 꿈을 꾸다가, 그만 나진이 종단항으로 되었다는 전보_{電報}를 손에 든 채 와석_{臥席}* 삼 일에 "종단항, 종단항"을 연連해 부르면서 저세상에 가버렸다고 한다.

그뿐인가 하면 나진 해안에 내버려 두었던 모래펄이 갑자기 40만 원, 50만 원을 부르는 바람에 월봉月俸* 일금 30원의 가련한 X청廳 고원雇員*, 그의 일상日常 산반算盤*의 한도限度를 너무나 엄청나게 초월한 이 대금大金의 처치 방법에 연 1주일이나 고심참담*하다가 필경 발광했다고 한다.

여기에 이르러 매머드*의 장난은 그 잔인성과 화려華麗에 있어서 제네바의 연맹극聯盟劇*에 지지 않게 흥행 가치, 바야흐로 초超 100퍼센트다.

언젠가 백주白晝(대낮)의 종로 대로를 걸어가는 귀부인의 머리에서 금비녀를 뺏어 가지고 달아난 괴상한 자전거수自轉車手*의 이야기를 듣고 놀란 일이 있더니, 근자*의 일문 신문日文新聞*에는 순진하였던 주부의 금니金齒*를 고쳐 주마고 가지고 간 후 일거에 소식이 돈절頓絶*한 가짜 치과 의사의 이야기가 실려 있었다.

자신의 뇌수*의 완전한 통솔 범위에 속한 입술의 저편에 감춘 금니에까지 보험을 붙여야 하며, 머리의 근처 수분數分*의 공간에까지 경비선警備線을 늘이지 않고는 머리에 꽂힌 비녀에 대하여 안심하고 보행할 수 없을 지경이니 세상은 지극히 건전치 못하다고 아니할 수 없다.

결코 이야기는 동양에만 그치지 않는다. 일찍이 과학자에 의하여 신화에 속한 것이라고만 생각되고 있던 기볼라*의 칠七 도시와 그란

퀴벨라*를 찾아서 동방으로부터 몰려드는 젊은 사람이 방금 묵서가墨
西哥*의 밥값을 올리고 있다고 한다.

오래인 예전에 코로나도*도 인도인印度人의 안내자에게 속아서 기
볼라와 그란퀴벨라를 찾아 헤매다가 실패한 일이 있지만, 어쨌든 전
설에 의하면 그 나라에서는 음식 그릇까지가 모두 순금으로 되어 있
다니, 1932년의 극도의 불황의 저층底層에서 허덕이고 있던 아메리카
의 젊은이들의 야심을 도발*하기에 넉넉한 것이 있다.

메카*를 찾아서, 또는 예루살렘*을 찾아서와 마찬가지로 황금을 찾
아서는 매머드* 종도宗徒*의 구호다. 비극은 벌써 인류의 역사와 함께
시작한 것이다. 땅 위의 이곳저곳에서 어지럽게 울리는 황금 행진곡
에 맞추어, 1933년은 어떠한 새로운 황금광 시대黃金狂時代*를 개전開展
(전개)시키려는지.

미스코리아여 단발하시오

"어서 단발하시구려" 하고 내가 만약에 어떤 여학생에게 권한다면 그는 아마도 얼굴을 붉히고 그의 위신威信을 상傷해운* 듯이 노怒할는지도 모릅니다. 아직까지도 단발은 진한 루주립스틱 · '에로'* · 곁눈질 등과 함께 카페의 웨이트리스나 서푼짜리 가극*의 댄스 걸들의 세계에 속한 수많은 천한 풍속들 중의 하나로만 생각되고 있는 조선에서는 그의 분노도 당연합니다. 다음에는 댕기 장수와 달비月子* 장수가 그들 자신의 생활 옹호의 입장에서 나의 단발론에 맹렬한 반발론反撥論을 던질는지 모릅니다.

그렇지만 나는 작년에 상해上海 양강 농구단兩江籠球團이 조선에 원정을 왔을 적에 그 긴 머리채를 휘두르면서 날뛰던 조선 여학교 농구 선수들의 흉한 모양을 보고는 더한층 단발론을 주장하고 싶었습니다.

누구인가 현대를 3S 시대(스포츠 · 스피드 · 섹스)라고 부른 일이 있었지만, 나는 차라리 우리들의 세기의 첫 30년은 단발 시대라고 부르렵니다. 봅브ᵇᵒᵇ(단발)는 노라˚로서 대표되는 여성의 가두街頭 진출과 해방의 최고의 상징입니다. 호리즌탈·싱글 커트·보이시 커트 등 단발의 여러 모양은 또한 단순과 직선을 사랑하는 근대 감각의 세련된 표현이기도 합니다. 지금 당신이 단발하였다고 하는 것은 몇천 년 동안 당신이 얽매어 있던 하렘˚에 아주 작별을 고告하고 푸른 하늘 아래 나왔다는 표적標的입니다.

암전하게 따서 내린 머리, 그것은 얌전한 데는 틀림없지만, 거기는 이 시대에 뒤진 봉건 시대의 꿈이 흐릅니다.

그렇지만 수천 년 동안 썩고 케케묵은 정신을 그대로 봅브한 머릿속에 담아 가지고 다니는 '모던 걸'˚이라는 백주白晝(대낮)의 유령은 아주 싫습니다.

새 시대에 제일선第一線에 용감하게 나서는 미스코리아는 선인장과 같이 건강하고 튤립처럼 신선하여야 합니다. 그는 벌써 모든 노예적奴隷的 미학에서 자유로울 것이며 그의 활동을 구속하는 굽 높은 구두, 크림 빛 비단 양말, 긴 머리채는 벗고 끊어 팽개칠 것입니다.

더도 말고 그 몸서리나는 전족纏足˚의 번풍蕃風˚을 차 버리고 삼종지덕三從之德˚의 옛 인습을 긴 머리와 함께 문척˚ 끊어 버린 후 걸스카우트˚로, 타도 XX주의로 X선을 달려다니는 인방隣邦˚ 중국의 자매들의 강철의 다리를 보세요. 그 머리를 보세요. 지금 당신의 마음속 깊은

미스코리아여 단발하시오

곳에는 은근히 학대받고 있는 봅브의 편을 들고 싶은 생각이 안 나십
니까?

가정론 家庭論

지배하는 것은 상쾌한 일일 것이다. 어려서는 이웃 동무들을 지배하고 좀 자라서는 축구 팀을 지배하고 좀더 자라서는 정회町會*를 지배하고 나중에는 한 사회를 지배한다.

  그러나 세상의 평범한 시민——가령 사무원이나 고원雇員*들은 과연 나아가서 무엇을 지배할까. 사실 지배할래야 할 장소가 없다. 그래서 그들의 지배욕을 충족시킬 장소로서 허락된 곳이 곧 집이다. 문밖 세상에 나와서는 복종하는 시간밖에 없는 그들이 그날 일이 끝나고 물러가서는 집에 들어와 단호한 지배자로서 그 아내와 자녀 위에 군림君臨*한다. 동무들이 모두 저보다 나아 보이는 날 고추를 사 가지고 돌아와서 아내와 친하는 시인의 심정과 세인트헬레나* 도상島上의 나옹奈翁*의 심정과는 실로 미묘하게 일맥상통*하는 데가 있을 것이다. 나는 회사에서는 그렇게 온화하던 인물이 한번 집에 돌아오면 일순에* 폭군으로 변하는 세상의 뭇 하급 사원의 심리를 잘 이해할 수가 있다.

그러면 대체 아내들은 누구를 지배할까. 부인 문제는 당연히 대두* 할 운명에 있다. 물론 어멈이나 자녀를 지배할 수가 있을 것이다. 그 보다도 현명한 아내들은 왕왕往往 외부에 향해서는 남편에게 완전에 가까운 지배권을 허락하면서 내용으로는 가정家政에 관계되는 한限 남편의 용훼容喙*를 일언반구 一言半句라 할지라도 허락지 않는 단호한, 그러나 유리한 자세를 잃지 않는다. 그래서 우리는 남편의 희망대로 가 아니고 전연全然(전혀) 아내들의 소망대로 자라나는 어린것들을 많이 구경한다. 사태가 오늘 같아서는 다음 세대에도 페미니스트*의 수는 점점 늘어 갈 추세에 있다. 외교가外交家로서의 여자는 이렇게 영국형이다. 다른 사람의 체모體貌(체면)는 어느 정도까지 세워 주면서 제 속은 속대로 차리는 실리주의다.

그래서 오늘의 가족 제도는 남녀간의 지배욕의 중화* 장소中和場所로서 아담한 문화 주택 속에 당분간은 번영할 것이다. 가령 이번 민사령民事令*의 개정改正은 씨氏라는 제도로써 바깥주인의 지배 범위를 밝혀 놓은 것인데, 비록 이렇게 해서 부인들이 명의상名義上으로는 남편에게 양보해서 그 본성을 애매하게 하고 남편의 씨氏를 좇는다 할지라도 그들의 숨은 지배는 의연히* 나약懦弱한 남편들을 통솔해 갈 것이다.

꽃에 부쳐서

진달래·개나리 피는 시절이 왔다. 잣나무·전나무 할 것 없이 마구 찍어 내는 판에 어디 꽃나무라고 남겨 두었을까 보냐.

이 강산에 진달래 우거지지 않으면 산새들 슬퍼서 어쩌랴. 소월素月*의 넋이 서러워 통곡하지. 꽃을 즐기는 마음은 국왕의 법령으로 금할 수는 없다. 그것은 자연이 준 권리인 때문이다. 일찍이 백장미·홍장미를 가슴에 붙이고 싸운 전쟁도 옛날에는 있었다. 전쟁에도 꽃 이름을 붙여 '장미 전쟁'*이라고 해 놓으면 원자탄 전쟁보다는 어쩐지 감상에 겨운* 소년들의 마음을 건드리기 쉬움 직하다.

그렇기에 꽃은 옛날부터도 문화의 심벌상징로 쓰여져서 꽃 피는 문화, 문화의 꽃에서처럼 서로 끌어당기는 짝 지은 말이 되어 왔다. 그러니까 피디아스*, 프락시텔레스*의 조각을 희랍希臘(그리스)의 꽃이라 하며, 레오나르도 다 빈치*·미켈란젤로*·라파엘로*의 예술을 르네상스 이탈리아의 꽃이라 하지 않나. 진달래·개나리 우거지듯 이 땅에도 문화의 꽃이 만발했던 것은 언제였던가. 신라 전성 시대에 한때 이나라에서는 처음 보는 찬란한 문화가 피었던 것은 오늘 석굴암의 불상과 불국사 석탑에 자취가 남았거니와, 1천 년도 더 되는 긴 봉건 시대의 황혼 속에서는 건강치 못한 봉건 문화가 궁정宮廷(대궐)과 양반의 집 두터운 담장 안에 조화造花*처럼 다소 피었던 것뿐이다. 방방곡곡 진달래 피듯 이 강산에 찬란한 문화 골고루 무럭무럭 피어오르게 하고 못하는 것도 기실은* 지금부터 우리들의 일인 것이다.

꽃은 아무나 보아도 좋다. 그렇기에 꽃에는 국경이 없다. 풍토에 따라 키의 장단과 빛의 짙고 연함이 다소 갈리나, 이 나라 모란꽃이 저 나라 모란꽃에 적의敵意를 품거나 서로 모함하는 일은 없다. 영국에서는 라일락이라고 하는 것을 불란서佛蘭西에서는 리라라일락라 부를 뿐, 마찬가지로 두 나라 색시들의 사랑을 받는다. 문화에 국경이 없음이 마치 꽃과 같아야 셰익스피어*를 영국은 독점할 수가 없고 차이코프스키*를 불란서나 이태리伊太利가 봉쇄할 수도 없는 것이다. 석굴암의 말 없는 석불이 그 앞에서 한 이방* 사람 데카르트*의 머리를 수그리게 하기도 하는 것이다. 그러므로 문화는 언제고 따뜻한 동정과 공명共鳴*과 이해 위에 성립하는 것이며, 그리하여 사람과 사람, 국민과 국민, 때로 적과 적 사이의 장벽을 무너뜨리며 적의와 오해를 풀고 녹여 거기 정신의 통로를 여는 것이다.

꽃이 빛을 좋아하듯, 문화는 또한 그늘을 싫어한다. 그래서 문화는 항용늘 빛에 비하기도 한다. 빛인 까닭에 녹이고 얽히게 한다. 얼어 텅기게 하는 것이 아니라 풀려 한곳으로 모여 흐르게 하는 것이다. 반발과 부정을 목숨으로 하는 문학이나 예술이 없는 것은 아니며, 더군다나 그러한 치열한 예술일수록 감동시키는 힘이 더 팽팽한 것도 사실이나, 그럴 적에도 그것은 더 고차高次의 원리와 이해와 포용으로 높이고 융합融合하기 위한 계기로서만 존재의 이유가 닿는 것이다.

가령 인류애와 같은 한 단 더 높은 원리만이 작은 사랑의 희생, 아니 때로는 미움마저를 긍정하게 되는 것뿐이다. 위대한 예술은 오직 사랑에서만 텅겨 나오는 것이요, 이해가 있는 곳에 비로소 사랑이 따른다고 한 로맹 롤랑*의 말에는 분명 옳은 데가 있다. 정치가 분열의 논리를 궁리하고 있을 적에 끊임없이 대상을 이해하려고 하며, 또 이해를 북돋아 가는 것이 문화의 기능이요 문화인의 성스러운 사명인 것이다.

꽃은 바람을 싫어한다. 바람이 일면 티끌을 퍼 얹기 쉽다. 그나 그뿐이랴. 하룻밤 미친 바람에도 솔로몬*의 영광을 족히넉넉히 압도하던 꽃의 화려한 모습, 높은 향기가 일조에* 진창이 되고 말기도 하는 것이다. 꽃에 있어서 바람은 로마의 유서* 깊은 문화를 짓밟던 반달*의 족속인 것이다.

문화는 전쟁의 포연砲煙* 속에서는 질식하기 쉽다. 아드리아* 대양

大洋 안 햇빛 아래서만 눈부시는 페리클레스˚ 시대가 나타날 수가 있었다. 나폴레옹 민법˚과 몇 개의 포술˚상砲術上의 기술로써 나폴레옹 전쟁˚의 문화적 정당성을 말할 수는 없다. 전쟁은 때때로 평화를 위한 전쟁이라는 패러독스˚를 내세우기도 하였으며, 정의와 민주주의가 그 표방˚이기도 했다. 그러나 전쟁은 오히려 새로운 대립과 위기를 더 큰 공포를 키워 간 것은 어쩐 일인가. 그것은 현대에 와서는 전쟁은 언제고 모순의 폭발인 때문이다. 새로운 전쟁이 있을 적마다 세계는 더 큰 규모에서 더 파괴적인 무기를 들고 마주 서는 것이었다. 제2차 세계대전 뒤에 드디어 오고만 것은 무엇이냐. 영구한 평화와 더 큰 자유와 더 높은 인류의 행복에 대한 개인과 민족들의 꿈은 날이 갈수록 깨어지고 땅을 뒤덮는 검은 구름장˚과 설레는 비바람을 품은 폭풍 전야의 새 공포 속에서 인류는 떨고 있는 것이다. 불란서 서정시인 쉬페르비엘˚이 2차 대전 전야에 소름 치며 노래로 경고하던 피 묻은 에이프런을 빌린 마르스˚의 딸들이 청춘의 목숨을 거두려 또다시 지상을 헤매고 돌아다니는 것이다. 실로 모든 수단을 다한 연후然後에 오직 최후에서도 최후의 패장˚으로 내놓아야 할 부득이한 수단이 거지반거의 절반 처음부터도 들처 나오는 것이다. 정치가가 발음하는 전쟁이라는 두 실러블˚에는 기실은 한 나라의 수십만의 청춘, 아니 이번 전쟁만 해도 2천만의 생령˚의 운명이 뒤흔들리고 있었던 것이다. 그러므로 전쟁이라는 말은 정치가의 입에 오른 그의 어휘의 최후의 단

어라야 할 것이다. 그러나 오늘 처칠* 씨나 마셜* 씨, 그밖에 소련의 인사들은 이 말을 너무나 유창하게 발음하는 것 같다. 처칠 씨 자신은 과연 한 전쟁에서 일곱 바다*에 걸친 제국帝國에 첫 금*이 실렸고 또 한 전쟁에서 그것이 거지반 무너진 것을 기억해야 할 것이다. 더군다나 또 하나 다른 전쟁은 아무도 그것을 완전히 침몰시키고 말지도 모르는 것이다. 일찍이 왕후王侯의 감정 때문에 전쟁이 일어나던 동화 같은 시절도 있었다. 인간과 목숨의 존엄에 대한 자각이 없던 고대나 중세가 그랬다. 그러나 근세의 전쟁은 늘 이해利害의 싸움이었다. 그러므로 한 전쟁에 이익을 보는 것은 어느 나라며 또 누구누구라는 것을, 더군다나 약소민족들은 정밀精密하고 신중하게 타산해 보아야 할 것이다. 감정이 아니고 이해가 아니고 실로 이성에서 파괴적 수단을 회피하면서 인류의 행복과 민족의 이상을 실현할 길을 열어 갈 수는 없을까. 사람들은 수없는 전쟁에서 번번이 쓰라린 문화의 휴가를 경험하였던 것을 잊어서는 아니 된다.

찢기고 상한 쇠잔*한 남은 가지에서도 진달래는 피려 한다. 조상적부터 죽어라 좋아하던 민족의 꽃이다. 금년 잘 가꾸면 내년 후년에는 또다시 이 강산 방방곡곡을 곱게 단장할지도 모른다. 그처럼 이 땅의 문화의 꽃도 송이송이 우거져 피게 되어야 할 것이다. 평화와 자유가 없는 신산*한 그늘에서는 문화는 피기가 어려운 것이다. 그러므로 평화와 자유는 문화의 개화開花를 위한 없을 수 없는 풍토인 것이다. 또 그것은 꽃이 그렇듯, 살찐 토양에서만 자라날 수 있는 것이다. 왕성하고 풍부한 생활만이 활발하고 찬란한 문화의 토양이 될 수 있는 것이다. 그리하여 새 문화의 건설은 힘찬 생활의 건설로 돌아서고 돌아서는 것이다. 살진 생활의 토양에서 피어난 문화의 꽃은 다시 충실한 열매가 되어 생활 속으로 환원하는 것이며, 거기서 새로운 싹이 되어 다시 트는 것이다. 그리하여 문화는 꽃처럼 국경을 넘어 나부낄 것이며, 모든 인류의 가슴에 향기를 풍길 것이며, 평화와 자유의 맹우盟友*로서 세계에 차 오르는 쌀쌀한 적의와 오해와 감정을 깨트리고 녹이며, 그로 하여 가로막히고 얼어붙은 빙하 지대에 끊임없이 이해의 통로를 뚫어 갈 것이다.

시는 비장이라든지 영혼의 앙양하는 흥분과 같은 심오하고 복잡한 정조를 벌써 추구하지는 않는다. 또한 환상의 저쪽 나라에서 잠자는 신비로운 정서의 휘장을 더듬는 데도 벌써 염증을 느꼈다. 오늘에 있어서 시가 치중하는 것은 동해의 물결과 같이 맑고 직재한 감성이다. 명랑―그렇다. 시는 인제는 아무러한 비밀도 사랑하지는 않는다.

제4부 현대시의 표정

현대시의 표정

어떤 문화 속에서 어느 사이에 원시에의 요망(要望)이 싹텄을 때 그 문화는 벌써 가을을 맞이하고 있다고 예언하여 틀림이 없다.

어떤 문화가 이미 지나간 먼 원시를 동경하기 시작하는 것은 그 자체가 충분히 늙어 가고 있다는 것을 고백하는 것이다.

지극히 건강하고 야만하고 조야(粗野)하던 원시 형태에서 예술이 오늘의 경지에 이르기까지에는 그것은 사람의 많은 노력과 고난을 필요로 하였다.

시인이 목표로 하는 가치의 실현이 그대로 그가 속한 집단의 생활을 지도할 때까지는 그 시는 아직 건강 상태에 있는 것이다.

현대 예술의 내부에 원시에의 동경이 눈뜨기 시작한 것은 벌써 오랜 일이다. 그것은 자못(頗) 강렬하게 움직여서 바야흐로 현대 예술의 내부에 자기 분열을 일으켰다고도 할 수 있다.

원시성의 동경. 그것은 현대 예술의 어떤 위대한 불만 표현이다.

퇴폐기의 예술일수록 원시적 욕구는 더욱 강렬한 듯하다. 타히티[*]의 토인을 그려 도망한 것은 고갱[*] 개인이 아니라 차라리 구라파[유럽]화단 자체였을지도 모른다. 포브[*]에게 있어서는 원시는 예술 자체였으며, 따라서 예술의 전 규범이었다.

더한층 단순에로 향하려고 하는 욕망이 시 속에 나타난 것은 상징파가 고답파[*] 파르낫샹[*]의 베르사유[*] 궁전과 같은 풍만하고 굉장[宏壯]한 시에 불만을 느꼈을 때부터라고 할 수 있을 것이다.

이마지스트[*][사상파]의 간결한 시라든지, 미래파[*]의 표현의 최소한도에 도달한 의음[*]시[擬音詩]에 이르러서는 단순에의 동경은 열병적이 되고 말았다. 언뜻 보아 불가해[*]의 비난을 면치 못하는 극단의 단순 속에서도 예민해진 감수성을 가진 현대의 독자는 많은 암시를 받았다.

단순(Simplicity)과 암시(Suggestion)는 원시성의 두 개의 S다.

우리는 현대의 화가 가운데서도 육색[肉色*]을 애완[愛翫]하는 버릇을 가진 사람을 많이 발견한다. 그러고 조야[粗野]한 터치를 또한 현대인은 굳세게 바라는 일면이 있다.

조야는 힘의 상태다. 그것은 또한 건강의 발로다.

완성된 균정[均整*]이라고 하는 것은 다수[多數]한 힘의 상쇄[相殺][중화(中和)] 상태일지 모른다. 그러므로 그것은 어찌 보면 죽음의 경지다.

조야라 함은 힘의 영웅적 약동[躍動]이다.

그리하여 근대 예술이 도달한 죽음과 같은 균정에 포만[*]한 현대의

감성은 조야 속에 자신의 불만을 구제해 주는 활로를 발견하고 작약
雀躍*하였다.

시는 비장悲壯이라든지 '영혼의 앙양*하는 흥분'〔포(Poe)*〕과 같은
심오하고 복잡한 정조情操를 벌써 추구하지는 않는다.

또한 환상의 저쪽 나라에서 잠자는 신비로운 정서의 휘장*을 더듬
는 데도 벌써 염증을 느꼈다.

오늘에 있어서 시가 치중하는 것은 동해의 물결과 같이 맑고 직재
直截*한 감성이다.

명랑──그렇다. 시는 인제는이제는 아무러한* 비밀도 사랑하지는
않는다.

현대를 호흡하는 새로운 시인들은 그러한 까닭에 복잡 미묘한 감
정을 완롱玩弄*하는 것을 꺼리고 우선 '언어의 경제'를 그 미덕의 하
나로 삼는다. 그리하여 폴 포르* 이전의 시인에 의하여 항상 감정의
표백表白을 과장시키는 데 유용하게 쓰여지고 있던 시적 운율과 격식
까지를 내던질 것이다. 과거에 있어서는 시의 본질이며 생명이라고
까지 규정되어 있던 시적 리듬(운율)이라든지 격식을 쓰레기통에 집
어넣는 것은 현대의 시인에게 있어서는 결코 상찬*할 만한 모험도 아
무것도 아니다. 그것은 벌써 한 개의 상식으로 화하였다.

그리하여 그들은 너무나 시적인 언어의 선택에 고심하던 것을 그
치고 생명의 호흡이 걸려 있는 일상의 회화 속에서 시를 탐구한다. 시
인은 벌써 무슨 현학*적이고 오묘奧妙한 말씨를 가장假裝할 필요는 없

었다. 그것은 지성에 의한 감정의 정화 작용을 한편에 가지고 있다. 이도 또한 시의 원시적 명랑에 대한 욕구다.

시의 세계에서 돌진을 감행하는 자는 어떠한 유類에 속한 시인일까. 그는 결코 암흑과 사死와 정밀靜謐*을 사랑하지 아니할 것이다. 광명을, 활동을 사랑하는 그의 천진한 마음은 나아가 태양 아래서 약동하는 생명을 포옹抱擁할 것이다. 그는 정열을 가지고 붉은 피가 흐르는 생활 속에 그의 작은 자아를 묻을 것이다. 우리들은 현대시의 광야 위에 나타날 이 놀라운 원시적이고 무모(?)하고 야만한 돌진을 차라리 축복할 것이 아닐까.

퇴폐와 권태와 무명無明* 속에서 허덕이는 현대시를 현재의 궁지窮地에서 건져 내 가지고 태양이 미소하고 기계가 아름다운 음악을 교향交響*하는 가두街頭로 해방하지 않으면 아니 되리라.

우리들의 주위로부터 우리의 귀는 늙어 빠진 근대 문화의 괴로운 숨소리를 귀 아프게 듣는다.

원시적인 조야한 야만한 부르짖음이 어디선지 울려와서 그 권태로 찬 분위기를 깨뜨려 주지 않고 우리가 어떻게 견딜 수 있으랴. 그러나 그것은 전연全혀 낡은 문화의 말소抹消라든지 야만에의 복귀로 생각해서는 아니 된다. 문화의 영역에 있어서의 새 출발 때문에 필요한 아마도 힘의 회복을 위하여서일 것이다.

현대시의 표정

정지용* 시집을 읽고

넥타이를 모양 있게 맨다고 하는 것만으로는 신사의 취미 이외의 아무것도 아니라고 할는지 모른다. 우단* 망토*를 입은 오스카 와일드*는 오늘의 청년들에게는 벌써 우스꽝스럽다고 할는지도 모른다.

그러나 고상한 교양과 세련된 감성을 표시하는 검정 넥타이를 단정하게 매고 우단이 아니라 밤빛의 라사* 망토로써 그 불결한 주위로부터 자신을 가리려는 듯이 몸을 두른 한 사람의 시인이 저 센티멘털 로맨티시즘*의 잡초와 관목*이 우거진 1920년대의 저물음*의 조선 시단이라는 황무지를 걸어가는 모양을 상상만 해 보아도 우린 유쾌하다. 검정 빛 넥타이는 얼굴의 유리 빛 명랑明朗과는 딴판으로 당나귀처럼 처량한 그의 마음의 상장喪章*이라(「갈매기 귀로」). 그런 까닭에 시인 지용芝溶의 출발은 실로 이렇게도 중세기의 기사전騎士傳*처럼 고독하고도 화사했던 것이다. 그러나 그는 결코 탱크를 타고 그 황무지를 침략하려고 하지는 않았다. 장갑裝甲 자동차는커녕 자동 자전거조차 타지 않았다. 그것들은 그의 물제비처럼 단아端雅한 감성에 너무 거칠었던 까닭이다. 그는 신라 다락같은* 말을 몰아서 주위의 뭇 황량荒涼에 경멸에 찬 시선을 던지면서 새로운 시의 지평선으로 향해서 황야를 돌진했던 것이다(「말 1」, 「말 2」). 1933년까지도 사람들의 무딘 귀는 그들에게 익숙지 않은 이 말발굽 소리를 깨닫지는 못했다. 하나 어느새 그가 달려가는 길의 좌우에서 또는 전후에서 마치 그 발자취에 놀라서 깨어난 것처럼 몇 낱*의 새로운 시의 병아리들이 황망*히 날기 시작했다. 이 불발*한 기사는 오늘도 계속해서 달리고 있다. 이제 그가 지나온 귀중한 발자취를 한 권의 시집에 모아서 한꺼번에 바라볼 수가 있다는 것은 실로 우리들에게 행복이 한 가지 더할 일임에 틀림없다. 우리는 오히려 너무나 오랫동안 기다리던 것이 늦게야 나왔음에 야속함을 느낄 지경이다. 사람들은 이 단려*한 장정* 속에 쌓인 아름다운 시집에 의해서 낡은 시와 새로운 시라느니보다도 시 아닌 것과 참말 시의 경계를 다시 한번 뚜렷하게 분별할 것이다. 또한 어떠한 시집에고 무슨 전설이 붙어 다니기 쉽고 그 전설은 실상은 그 책의 가치와는 아무 관계가 없는 것이나, 그것이 그 책에 어떠한 인간적인 체온을 느끼게 하는 것은 사실이다. 이 시집의 탄생에 뭇 산파*의 노력을 다한 박용철朴龍喆* 씨의 어여쁜 우정은 이 시집의 뒤에 숨은 아름다운 전설의 하나일 것이다.

정지용 시집을 읽고

촛불을 켜 놓고
-신석정* 시집 독후감

석정(夕汀)이 사는 곳에 호수가 있고 없는 것을 나는 분명히 모른다. 그러나 석정의 시는 언제나 저 강한 햇볕이나 달빛조차를 피해서 산그늘에 숨은 작은 호숫가로 우리를 데리고 가곤 했다. 석정은 거기서 산비둘기들과 새 새끼들과 구름과 그러한 것들의 이마주*의 양(羊) 떼를 기르는 어딘지 고향을 모르는 목자(牧者)였다.

이윽고 별들이 부서지는 오솔길을 거쳐서 그의 초가집으로 돌아온 뒤에도 그는 차마 대낮의 가엾은 이마주의 떼를 찬 어둠 속에 내버려 둘 수가 없어서 그의 침실로 그들을 끌어들인다. 이 어린 이마주들이 겁을 내서 달아날까봐 그의 조심스러운 마음은 될 수 있는 대로 희미한 촛불을 켜 놓는다. 그리고는 그의 양 떼를 어루만져 준다. 다음에는 어느새 양 떼도 목자도 아름다운 꿈과 어머니의 목소리를 맞이하러 잠의 문을 연다.

고요한 시간을 가질 적마다 메소포타미아*의 어느 풀숲 속에 우리들의 어머니와 청춘과 꿈을 두고 온 것처럼 문득 생각하곤 하는 것은 현대에 사는 사람들의 공통한 향수인 듯하다. 석정의 시가 우리에게 다닥쳐 오는 것은 이 인류사적이라고도 할 현대인의 향수를 노래한 까닭이 아닐까. 얼른 보아서는 구약 성서*에서라도 튀어나올 듯한 이 마주들인데, 만약에 그것들이 무슨 신비의 보자기라도 뒤집어쓰고 나온다면 한낱 망쳐 놓은 마테를링크*밖에 될 것이 없다. 그러나 석정의 세계는 신들의 우울한 기억에 찬 황혼이 아니다. 다만 건강하고 원시적인, 말하자면 어린이의 세계다. 이 점이 또한 우리와 쉽사리 친할 수 있는 이유이기도 하다.

　　그래서 그가 조용히 그의 꿈을 이야기하는 말은 결코 저 운문韻文의 때가 다닥다닥 묻은 배우의 말이 아니었다. 자못 소박하고 자연스러운 회화會話의 리듬을 가지고 우리들의 곁에서 말을 건넨다. 여기 그의 어법의 독특한 매력이 있었다.

　　석정은 벌써 10년의 경력을 가진 시인이다. 혹은 그가 그렇게 아껴 하는 호수의 평온平穩을 기르기에는 오늘의 천후天候(날씨)는 너무 험할지 모른다. 그러나 우리의 새로운 시가 적어도 새로운 풍모를 갖추게 되었다고 하면 석정의 시풍은 시의 오늘을 길러 온 유력한 산모産母의 한 사람일 것이다. 어제 씨(신석정을 가리킴)의 첫 시집 『촛불』이 씨의 10년간의 수확을 한 곳에 싣고 너무 늦게야 나왔다. 시인은 겸손하게

촛불을 켜 놓고

'촛불'이라고 불렀으나, 그러나 그것은 분명히 우리 신시사新詩史의 최근 일 편의 한 모*를 황황하게* 밝히던 횃불이었던 것이다.

『사슴』을 안고
-백석* 시집 독후감

녹두綠豆*빛 더블 브레스트*를 젖히고 한대寒帶의 바다의 물결을 연상
시키는 검은 머리의 웨이브를 휘날리면서 광화문통 네거리를 건너가
는 한 청년의 풍채는 나로 하여금 때때로 그 주위를 몽파르나스*로 환
각시킨다. 그렇건마는 며칠 전 어느 날 오후에 그의 시집 『사슴』을 받
아 들고는 외모와는 너무나 딴판인 그의 육체의 또 다른 비밀에 부딪
쳤을 때 나의 놀람은 오히려 당황에 가까운 것이었다.

표장表裝*으로부터 종이·활자·여백의 배정에 이르기까지 그 시인
의 주관의 호흡과 맥박과 취미를 이처럼 강하고 솔직하게 나타낸 시
집을 나는 조선서는 처음 보았다.

백석白石의 시에 대하여는 벌써 『조광』*지상紙上을 통해서 오래 전
부터 친분을 느껴 오던 터이지만, 이번에 한 권의 시집으로 성과成果된
것과 대면하고는 나의 머리의 한구석에 아직까지는 다소 몽롱했던 시

인 백석의 너무나 뚜렷한 존재의 굳센 자기 주장에 거의 압도되었다.

유니크*하다고 하는 것은 한 시인, 한 작품의 생명적인 부분에 해당한다. 어떠한 시인이나 작품에 우리가 매혹하는 것은 그의 또는 그것의 유니크한 풍모에 틀림없다.

시집 『사슴』의 세계는 그 시인의 기억 속에 쭈그리고 있는 동화와 전설의 나라다. 그리고 그 속에서 실로 속임 없는 향토의 얼굴이 표정한다*. 그렇건마는 우리는 거기서 아무러한 회상적인 감상주의에도, 불어오는 복고주의에도 만나지 않아서 이 위에 없이* 유쾌하다.

백석은 우리를 충분히 애상적이게 만들 수 있는 세계를 주무르면서도 그것 속에 빠져서 어쩔 줄 모르는 것이 얼마나 추태라는 것을 가장 절실하게 깨달은 시인이다. 차라리 거의 철석鐵石*의 냉담冷淡에 필적匹敵*하는 불발不拔*한 정신을 가지고 대상과 마주 선다.

그 점에 『사슴』은 그 외관外觀의 철저한 향토 취미에도 불구하고 주책없는 일련의 향토주의와는 명료하게 구별되는 모더니티*를 품고 있는 것이다.

유니크하다는 것은 그의 작품의 성격에 대한 형용形容*이지만, 또한 그 태도에 있어서 우리를 경복敬服*시키는 것은 한 걸음의 양보의 여지餘地조차를 보이지 않는 그 치열한 비타협성이다. 어디까지든지 그 일류의 풍모를 잃지 아니한 한 권의 시집을 그는 실로 한 개의 포탄을 던지는 것처럼 새해 첫머리에 시단詩壇에 내던졌다.

그러나 그는 그가 내던진 포탄의 영향에 대하여는 도무지 고려하는 것 같지도 않다. 그는 결코 일부러 사람들에게 향하여 그 자신을 인정해 주기를 바라지 않는다. 아유阿諛*라고 하는 것은 그하고는 무릇 거리가 먼 예외다. 그러면서도 사람으로 하여금 끝내 그를 인정시키고야 만다. 누가 그 순결한 자세에 감感하지 않을 수가 있을까.

온실 속의 고사리가 아니다. 표본실의 인조 사슴은 더군다나 아니다.

심산유곡*의 영기*를 그대로 감춘 한 마리의 사슴은 이미 시인의 품을 떠나서 시단을 달려가고 있다.

그가 가지고 온 산나물은 우리들의 미각味覺에 한 경이임을 잊지 아니할 것이다.

나는 이 아담하고 초연한 사슴을 안고 느낀 감격의 일단*이나마 동호*의 여러 벗에게 전하지 않고는 견딜 수 없었다. 상기上記(위에 적은 것과) 같은 기쁨을 가지기를 독자에게 권하려 한다. 망언다사妄言多謝*.

『사슴』을 안고

『성벽』城壁을 읽고
-오장환* 씨의 시집

지식인은 현실에 대한 평범한 적응자는 아닐 것이다. 그는 현실의 분석자며 또 비판자다. 그렇다면 우리는 어떤 문화의 부문에 향해서도 역사와 현실에 대한 양심을 물을 권리가 있을 터이다. 시의 쇠멸衰滅을 운위*하는 것은 오늘 서양을 타기*하는 것과 함께 유행처럼 되어 있지만, 나는 시의 쇠멸이란 소설이 천 부를 인쇄하는데 시집은 겨우 백 부를 인쇄한다는 산술적인 사실을 가리켜 말하는 것은 아니라고 생각한다. 시집은 혹은 열 부만 박혀도 좋다. 다만 그 속에서 세대에 대한 양심이 들려올 때 우리는 어떤 유類의 소설의 번영을 반드시 질투할 필요는 없다.

　오장환 씨는 일찍이는 길거리에 버려진 조개껍질을 귀에 대고도 바다의 파도 소리를 듣는 아름다운 환상과 직관直觀의 시인이었다. 그러나 이번 『성벽』에 골라서 엮은 시편들은 그러한 꿈의 세계와는 딴판으로 성숙하고, 생각 많은 청년의 정열에 끓는 고백으로써 꿰뚫어져 있다. 그것은 귀공자의 옷깃을 장식할 진주 부스러기는 아닐지 몰라도 분명히 읽는 사람들의 정신에 정열과 양심을 점화點火하는 불꽃들이다. 우리는 이 한 권을 통해서 오장환 씨의 치열한 정진精進의 기백과 아울러 그 건강한 진전進展의 방향을 알았다.

씨(오장환을 가리킴)는 새 타입type의 서정시를 세웠다. 거기 담겨 있는 감정은 틀림없이 현대의 지식인의 그것이다. 현실에 대한 극단의 불신임, 행동에 대한 열렬한 지향, 그러면서도 이지理智와 본능의 모순 때문에 지리멸렬*해 가는 심리의 변이, 악과 퇴폐에 대한 깊은 통찰洞察, 혼란 속에서도 어떠한 질서는 추구해 마지않는 비극적인 노력, 무릇 그러한 연옥煉獄*을 통과하는 현대의 지식인의 특이한 감정에 표현을 주었다.

우리 시는 분명히 자랐다. 지용芝溶*에게서 아름다운 어휘를 보았고 이상李箱*에게서 이미지와 메타포어*의 탄력성을, 백석白石*에게서 어두운 동양적 신화를 찾았다. 『성벽』 속에서 그러한 여러 여음餘音*을 듣는 것은 우리 시가 한 전통 속에서 꾸준히 자라 가고 있다는 반가운 증거다.

『성벽』 한 권은 씨가 도달한 새 계단 위에 세워진 푯말이다. 또한 우리 시의 전위 부대*의 견뢰堅牢*한 일방一方(한쪽)의 보루*일 것이다.

『성벽』을 읽고

고故 이상李箱의 추억

상箱은 필시 죽음에게 진 것은 아니리라. 상은 제 육체의 마지막 조각까지라도 손수 길러서 없애고 사라진 것이리라. 상은 오늘의 환경과 종족과 무지 속에 두기에는 너무나 아까운 천재였다. 상은 한 번도 잉크로 시를 쓴 일은 없다. 상의 시에는 언제든지 상의 피가 임리淋漓한다. 그는 스스로 제 혈관을 짜서 '시대의 혈서'를 쓴 것이다. 그는 현대라는 커다란 파선破船에서 떨어져 표랑漂浪하던 너무나 처참한 선체船體 조각이었다.

다방 N, 등의자籐椅子에 기대앉아 흐릿한 담배 연기 저편에 반나마 취해서 몽롱한 상의 얼굴에서 나는 언제고 '현대의 비극'을 느끼고 소름 쳤다. 약간의 해학과 야유와 독설이 섞여서 더듬더듬 떨어져 나오는 그의 잡담 속에는 오늘의 문명의 깨어진 메커니즘이 엉켜 있었다. 파리에서 문화 옹호를 위한 작가 대회作家大會가 있었을 때 내가 만난 작가나 시인 가운데서 가장 흥분한 것도 상이었다.

상이 우는 것을 나는 본 일이 없다. 그는 세속에 반항하는 한 악한 (?) 정령精靈*이었다. 악마더러 울 줄을 모른다고 비웃지 말라. 그는 울다울다 못해서 인제는 누선淚腺*이 말라 버려서 더 울지 못하는 것이다. 상이 소속한 20세기의 악마의 종족들은 그러므로 번영하는 위선僞善의 문명에 향해서 메마른 찬웃음을 토할 뿐이다.

흐리고 어지럽고 게으른 시단詩壇의 낡은 풍류에 극도의 증오를 품고 파괴와 부정에서 시작한 그의 시는 드디어 시대의 깊은 상처에 부딪쳐서 참담慘憺한 신음 소리를 토했다. 그도 또한 세기의 암야暗夜* 속에서 불타다가 꺼지고 만 한 줄기 첨예尖銳*한 양심이었다. 그는 그러한 불안 동요 속에서 동動하는 정신을 재건하려고 해서 새 출발을 계획한 것이다. 이 방대尨大한 설계의 어귀에서 그는 그만 불행히 자빠졌다. 상의 죽음은 한 개인의 생리의 비극이 아니다. 축쇄縮刷*된 한 시대의 비극이다.

시단과 또 내 우정의 열석列席 가운데 채워질 수 없는 영구한 공석空席을 하나 만들어 놓고 상은 사라졌다. 상을 잃고 나는 오늘 시단이 갑자기 반세기 뒤로 물러선 것을 느낀다. 내 공허를 표현하기에는 슬픔을 그린 자전字典 속의 모든 형용사가 모두 다 오히려 사치하다. 고故 이상──내 희망과 기대 위에 부정의 낙인烙印*을 사정없이 찍어 놓은 세 억울한 상형 문자*야.

반년 만에 상을 만난 지난 3월 스무날 밤, 도쿄東京 거리는 봄비에 젖어 있었다. 그리로 왔다는 상의 편지를 받고 나는 지난겨울부터 몇 번인가 만나기를 기약했으나 종내終乃(끝끝내) 센다이仙臺를 떠나지 못하다가 이날이야 도쿄로 왔던 것이다.

상의 숙소는 구단九段 아래 꼬부라진 뒷골목 2층 골방이었다. 이 날개 돋친 시인과 더불어 도쿄 거리를 만보漫步하면 얼마나 유쾌하랴 하고 그리던 온갖 꿈과는 딴판으로, 상은 날개가 아주 부러져서 기거起居도 바로 못하고 이불을 뒤집어쓰고 앉아 있었다. 전등불에 가로 비친 그의 얼굴은 상아象牙보다도 더 창백하고 검은 수염이 코밑과 턱에 참혹하게 무성하다. 그를 바라보는 내 얼굴의 어두운 표정이 가뜩이나 병들어 약해진 벗의 마음을 상해 올까 보아서 나는 애써 명랑을 꾸미면서,

"여보, 당신 얼굴이 아주 피디아스의 제우스 신상神像 같구려" 하고 웃었더니 상도 예의 정열 빠진 웃음을 껄껄 웃었다. 사실은 나는 듀비에의 〈골고다〉의 예수의 얼굴을 연상했던 것이다. 오늘 와서 생각하면, 상은 실로 현대라는 커다란 모험에 빠져서 십자가를 걸머지고 간 골고다의 시인이었다.

암만 누우라고 해도 듣지 않고 상은 장장 두 시간이나 앉은 채 거의 혼자서 그동안 쌓인 이야기를 풀어 놓는다. 엘먼을 찬탄하고 정돈停頓에 빠진 몇몇 벗의 문운文運을 걱정하다가 말이 그의 작품에 대한

월평에 미치자 그는 몹시 흥분해서 속견俗見˚을 꾸짖는다. 재서載瑞˚의 모더니티˚를 찬양하고 또 씨(최재서를 가리킴)의 「날개」 평評˚은 대체로 승인하나 작자로서 다소 이의異議가 있다고도 말했다. 나는 벗이 세평世評˚에 대해서 너무 신경과민한 것이 벗의 건강을 더욱 해칠까 보아서 시인이면서 왜 혼자 짓는 것을 그렇게 두려워하느냐, 세상이야 알아주든 말든 값있는 일만 정성껏 하다가 가면 그만이 아니냐 하고 어색하게나마 위로해 보았다.

상의 말을 들으면, 공교롭게도 책상 위에 몇 권의 상스러운 책자가 있었고, 본명 김해경金海卿 외에 이상이라는 별난 이름이 있고, 그리고 일기 속에 몇 줄 온건하달 수 없는 글귀를 적었다는 일로 해서, 그는 한 달 동안이나 ○○○(경찰서 유치장으로 추정됨)에 들어가 있다가 아주 건강을 상해 가지고 한 주일 전에야 겨우 자동차에 실려서 숙소로 돌아왔다는 것이다. 상은 그 안에서 다른 ○○(아마도 사회주의자가 아닐까)주의자들과 마찬가지로 수기手記를 썼는데 예의˚ 명문名文에 계원係員도 찬탄하더라고 하면서 웃는다. 니시간다西神田˚ 경찰서원 속에조차 애독자를 가졌다고 하는 것은 시인으로서 얼마나 통쾌한 일이냐 하고 나도 같이 웃었다.

음식은 그 부근에 계신 허남용 씨 내외가 죽을 쑤어다 준다고 하고, 마침 소운素雲˚이 도쿄에 와 있어서 날마다 찾아 주고 주영섭朱永涉˚·한천韓泉˚ 여러 친구가 가끔 들려 주어서 과히지나치게 적막하지는 않다고

고 이상의 추억

한다.

　이튿날 낮에 다시 찾아가서야 나는 그 방이 완전히 햇빛이 들지 않
는 방인 것을 알았다. 지난해 7월 그믐께다. 아침에 황금정黃金町* 뒷
골목 상의 신혼 보금자리를 찾았을 때도 방은 역시 햇빛 한 줄기 들
지 않는 캄캄한 방이었다. 그날 오후 조선일보사 3층 뒷방에서 벗이
애를 써 장정*을 해준 졸저拙著* 『기상도』氣象圖*의 발송을 마치고 둘이
서 창에 기대서서 갑자기 거리에 몰려오는 소낙비를 바라보는데, 창
전窓前에 뱉는 상의 침에 빨간 피가 섞였었다. 평소부터도 상은 건강
이라는 속된 관념은 완전히 초월한 듯이 보였다. 상의 앞에 설 적마
다 나는 아침이면 정말丁抹* 체조體操*를 잊어버리지 못하는 내 자신이
늘 부끄러웠다. 무릇 현대적인 퇴폐에 대한 진실한 체험이 없는 나는
이 점에 대해서는 늘 상에게 경의를 표했다. 그러면서도 그를 아끼는
까닭에 건강이라는 것을 너무 천대하는 벗이 한없이 원망스러웠다.

　상은 스스로 형용해서 천재일우千載一遇*의 기회라고 하면서 모처럼
도쿄서 만나 가지고도 병으로 해서 뜻대로 함께 놀러 다니지 못하는
것을 한탄한다. 미진未盡한 계획은 4월 20일께 도쿄서 다시 만나는 대
로 미루고 그때까지는 꼭 맥주를 마실 정도로라도 건강을 회복하겠
노라고, 그리고 햇볕이 드는 옆방으로 이사하겠노라고 하는 상의 뼈
뿐인 손을 놓고 나는 도쿄를 떠나면서 말할 수 없이 마음이 캄캄했다.
상의 부탁을 부인께 아뢰려 했더니, 내가 서울 오기 전날 밤에 벌써

부인께서 도쿄로 떠나셨다는 말을 서울 온 이튿날 전차 안에서 조용만趙容萬* 씨를 만나서 들었다. 그래 일시 안심하고 집에 돌아와서 잡무에 분주하느라고 다시 벗의 병상을 보지도 못하는 사이에 원망스러운 비보悲報*가 달려들었다.

"그럼 다녀오오. 내 죽지는 않소"
하고 상이 마지막 들려준 말이 기억 속에 너무 선명하게 솟아올라서 아프다.

이제 우리들 몇몇 남은 벗들이 상에게 바칠 의무는 상의 피 엉킨 유고遺稿*를 모아서 상이 그처럼 애써 친하려고 하던 새 시대에 선물하는 일이다. 허무 속에서 감을 줄 모르고 뜨고 있을 두 안공眼孔*과 영구히 잠들지 못할 상의 괴로운 정신을 위해서 한 암담暗澹하나마 그윽한 침실로서 그 유고집遺稿集을 만들어 올리는 일이다.

나는 믿는다. 상은 갔지만 그가 남긴 예술은 오늘도 내일도 새 시대와 함께 동행同行하리라고.

이상李箱*의 문학의 한 모*

동양에의 반역叛逆

이상李箱도 그 생전에 조금만 생각을 달리 먹었어도 보다 더 많은 독자를 얻었을 것이고 좀더 요란한 박수를 받았을 것이다. 그는 사실상 문학상의 상식이 가지고 있는 감수 능력의 범위를 적지 아니 벗어났던 것이다. 이 상식적인 감응感應에 적당히 타협하는 것—그것이 문학적으로 이른바 성공을 손쉽게 거두는 유력한 길이었다. 이런 의미에서는 이상의 문학은 상식의 손아귀를 좀 넘어선, 말하자면 지나친데가 있었다. 그것을 우리는 일종의 동東(동양)에 드문 철저성이라고 말하여도 무방하겠다.

그런데 이 철저성이야말로 재래*의 우리 문학이 불행하게도 갖추고 있지 못한 부러운 미덕이었던 것이다. 우리가 구라파歐羅巴(유럽) 문학, 또는 구라파 정신에서 받는 유다른* 감명은 그것이 가지고 있는 이 철저성에 연유하는 모*가 크다.

철저한 관찰――타협이 없고 미지근하지 않고 적당히 꾸민 것이 아니고 극도로 주관을 누르고 객관에 충실하려는 태도와 방법을 철저하게 밀어 나가려는 것이 더 구라파의 리얼리즘*의 안목이 아니었던가. 참된 생활을 찾아 어둠의 막다른 골목까지 파고들어가 마지않는 곳에 19세기 막판의 러시아 인도주의* 문학의 말할 수 없는 매력이 있었다.

이러한 점에서는 투르게네프*의 미적지근한 감상보다는 톨스토이*의 끔찍한 사랑의 종교에 더 큰 매력이 있었고, 그보다도 도스토예프스키*의 심각하기 짝이 없는 추궁력에 우리는 저도 몰래 휩쓸려 들어가는 것이었다. 이런 점에서는 도스토예프스키야말로 더한층 구라파적이었다고도 말할 수 있다.

이 관찰의 시선이 자기를 에워싼 객관적인 환경인 세계에서부터 돌려져서 거꾸로 사람의 내부의 세계――즉 의식의 부면*으로 쏠려 그것을 철저하게 파고들어간 것이 이른바 심리주의心理主義*의 문학이었다. 스탕달*에서 길을 연 이 의식의 분석의 경향이 프루스트*나 조이스*에 무의식의 세계의 남김 없는 소탕에 이르러 끝마치는 경로는 구라파 정신의 철저성의 또 다른 발로라 해도 무방하지 않을까.

그런데 대체 우리 문학이야 언제 이러한 의미의 외부 관찰의 철저한 실현을 경험한 적이 있었던가. 내부 세계의 분석을 더 어쩔 나위 없는 막다른 골목까지 몰고 가 본 적이 있었던가. 언제 아찔아찔한 정신의 단애斷崖*에 올라서 본 적이 있었던가. 이른바 영혼의 심연深淵*에 마주서 본 적인들 있었던가.

그저 적당한 곳에서 적당히 꾸려서 차려 놓은 것이 시요 소설이었던 그런 모는 없었던가. 가장 청신*하고 탄력에 차 있어야 할 문학의 세계가 우리 경우에는 그러므로 너무나 인습과 편의便宜*에 찬 분위기에 휩싸여 있는 느낌이 없지 않았다.

그런 속에서 이상의 문학이 나타난 것은 분명히 큰 충격이었고 경외*였고 어느 의미로는 한 타격打擊*이었을 게 옳다. 구라파적인 의미의 철저성을 터득한 이채* 있는 문학이었으며 그러한 모에서는 동양에 대한 반역이었다.

동양이 더 높은 인류적인 세계적인 역사의 단계에 자신을 살리기 위해서는 한번은 철저한 자기 반역이 필요하였고, 또 그러기 위해서는 구라파적인 것의 철저한 파악과 소화消化*가 한번은 꼭 필요하였던 것이다.

절박한 매력

이상을 가리켜 혹은 악덕의 시인, 데카당*의 작가라 한다. 그가 그리는 세계가 주장* 데카당적 생활면이요, 또 등장시키는 인물이 주로 여급女給*이라든지 거기 붙어사는 생활력 없는 거미 같은 사람이라 해서 하는 소리일 게다. 그러나 그것은 언뜻 보아 눈에 띄는 표면이고, 하나하나의 작품이 지니고 있는 모럴의 핵심은 차라리 추한 현실과 데카당의 진흙탕을 넘어 애정과 인간성의 절대의 경지를 추구해 마지않는, 어찌 보면 청교도*적인 면에 있는 듯하다. 그 작품에 가끔 매우 친절한 측광側光*을 던져 주는 그의 수상隨想* 등속따위에서 우리는 그의 참말 의도를 잘 엿볼 수 있는 것이다.

자발적인 의사가 참여하지 않는 남녀의 형식뿐인 결합이야말로 매음賣淫*이 아니고 무엇이랴. 진정한 사랑에 찬 빛을 쐬면서 오는 때에만 여성은 천사이나, 그밖의 경우에는 제아무리 혼인이라는 제약 때문에 되풀이하여 돌아들고 돌아든다 할지라도, 그것은 산 천사가 아니라 천사의 시체에 지나지 않는다는 것이다.

그가 원하는 것은 바로 이 천사였다. 사람들은 이 무수한 천사의 시체에 사회적 위신이라는 옷을 입혀 놓고 다만 천사인 듯한 착각을 피차에 하고 있는 데 지나지 않는지도 모른다. 이상은 이 눈부신 옷을 벗겨 놓고 인간의 실체, 실사회의 정체를 들추어내 보이려는 듯했다. 그러므로 옷을 벗기우는 편으로는 그를 '악덕의 시인'이라고 불러 경계할 뻔도 하다. 그러나 그 자신으로서는 이러한 모럴은 도리어 구식이었으며, 19세기적인 것으로밖에 보이지 않았던지도 모른다.

이상은 인간과 사회의 현실의 그늘을 손으로 눈을 가리며 지나칠 수는 없었다. 그의 속에 깃들여 있는 동양인은 그런 정도로 그저 지나치기를 바랐을지도 모르나, 그는 그러한 자신의 일면을 자꾸만 부정하려 한 듯하다. 그는 늘 그의 내부에 두 개의 자기를 느낄 뿐만 아니라, 그것을 거울에 비추어 대조해 보는 것이었다. 될 수만 있으면 자기 자신으로부터조차 도망치려 하였던 듯하다. 현실과 인간과 자기 자신조차를 모델만큼 떼어 놓고 샅샅이 뒤져 보고자 한 것이었다.

그리하여 그가 다닥친 것은 밑이 없는 절망의 구렁창이었던 것은 사실이다. 그는 이 구렁창이를 넘어서지는 못하였다. 그런 의미에서는 그는 '절망의 시인' 일세 옳다.

그러나 그는 이 절망을 절망 그대로 즐기려는 동양적인 감상가는 아니었다. 다만 그 절망의 실체와 의미를 더 철저하게 파헤치려 한 것이었다.

그가 자연 언제까지나 절망의 이편에서 망설이고 있었을까 않았을까는 그의 너무나 바쁜 요절天折 때문으로 해서 영원한 숙제로 남을밖에 없는 문제가 되었다. 오늘의 세대가 이상에게 새 매력을 느낀다면 다름 아닌 그의 문학의 그 철저성 때문이 아닐까. 미적지근한 인습의 연장에 만족하지 않고 자기가 사는 세계와 그 속에 처한 자기의 위치와 또 자신의 의미에 대한 철저한 추궁을 거쳐서만 새로운 생활을 헤쳐 나갈 수 있기 때문이다.

작품과 작가 사이에 세운 거리가 한낱 무의미한 공간의 토막에 그치는 게 아니라, 대상과 자기와의 불이 나는 교섭의 장소로서 팽팽해 있는 실례를 우리는 이상의 문학에서 유달리[*] 구경하는 것이다.

그리하여 이상의 매력은 또한 이러한 절박한 긴장의 인력引力 그것 일지도 모른다.

문단불참기 文壇不參記

나는 일찍이 문단에 나왔다고 생각한 일은 없다. 구태여 나오려고 애 쓴 일도 없다. 문단이란 것은 막연한 사회인데 그렇게 호적戶籍과 같 은 것이 분명하게 있는 것은 아니면서도, 역시 등단하는 데는 어떤 불 문율不文律인 표준이 있어서 꽤 정확하게 통용되는 모양이다. 문화의 힘이란 것은 그런 막연하면서도 표준은 서 있는 그런 것인가 보다.

사실 오늘의 문단이 필자 같은 사람에게 무언無言한 호적을 인정할 지 안 할지는 모르는 일이지만, 인정하지 않는다 할지라도 내게는 아 무 불평이 없다.

발표하기 시작한 것은 우연히 신문기자였던 까닭에 자기 신문 학 예란學藝欄에 출장 갔던 기행문을 쓰기 시작한 데서 비롯했고, 별다른 동기는 없었다. 다만 한 가지 문학을 한다는 것만은 스스로 결심했고 무엇이고 값있는 것을 만들어 보겠다는 욕심은 있었다. 가령 그래서 만들 수만 있다면, 그것이 당장 인정되든 10년 후 백 년 후에 인정되든, 내지는 지기知己*를 천년 뒤에 기다려도 좋다는 엄청난, 말하자면 고려 자기공高麗磁器工의 후예다운 자존심과 신념만은 있어야 된다고 생각해 왔다.

그래서 늘 두 개의 별명을 가지고 발표하곤 했다. 그러다가 내게 발표를 적극적으로 권해 준 선배는 실로 소오小梧 설의식薛義植* 선생이었고, 또 별명 말고 본명으로 하라고 강권强勸해 준 것도 역亦(역시, 또한) 선생이었다. 본명으로 하라는 이유는 오직 취직에 편의便宜 있다는 것이었다. 이렇게 불순한 동기로, 말하자면 본명을 활자로 내걸었다는 것은 벌罰한다면 달게마땅히 기껍게 자복自服*하겠다. 상허尚虛·지용芝溶·종명鍾鳴·구보仇甫·무영無影·유영幽影* 기타 몇몇이 구인회九人會*를 한 것도 적어도 우리 몇몇은 문단 의식文壇意識을 가지고 했다느니보다는 같이 한번씩 50전씩 내 가지고 아서원雅敍園*에 모여서 지나支那 요리支那料理를 먹으면서 지껄이는 것이—나중에는 구보와 상箱이 그 달변*으로 응수하는 것이 듣기 재미있어서 한 것이었다. 그때에는 지나 요리도 퍽 싸서 50전이면 제법 술 한잔씩도 먹었다.

구인회는 꽤 재미있는 모임이었다. 한동안 물러간 사람도 있고 새로 들어온 사람도 있었지만, 가령 상허라든지 구보라든지 상이라든지 꽤 서로 신의를 지켜 갈 수 있는 우의友誼가 그 속에서 자라 가고 있었다는 것은 지금 생각해도 유쾌한 일이다. 우리는 때때로는 비록 문학

문단불참기

은 잃어버려도 우의만은 잊지 말았으면 하고 생각할 때가 있다. 어떻게 말하면 문학보다도 더 중한 것은 인간인 까닭이다.

지금도 나는 이렇게 생각한다. 문단이라는 것은 좀 경멸하고 달려들어도 좋다고. 나보다 나이 어린 동무들 가운데서 문단 진출을 바라는 이야기를 들을 때처럼 나는 섭섭할 때가 없다. 그 대신 그가 오직 창조에 대한 열熱과 야심과 신념을 말할 때처럼 반가운 적은 없다. 요는 문단에 호적을 걸었느냐 안 걸었느냐는 문제가 아니다. 값있는 일을 남기느냐 못 남기느냐가 문제다. 그까짓 문단에 출세했자 기껏해서 출판 기념회 같은 모임에 상론相論*도 받는 일 없이 발기*인에 한몫 들고 안 드는 정도다.

'모더니즘'의 역사적 위치

여기는 늙은이들의 나라가 아니다.

젊은이는 서로 서로 팔을 끼고

새들은 나무숲에—

물러가는 세대는 저들의 노래에 취하며—

　　—W.B. 예이츠[*]

문학사는 과학이라야 할 것은 말할 필요도 없다. 사실의 객관적 인식에 충실해야 하는 것은 우선 그 안목일 것이다. 그러나 그것은 개개의 사건(유파·작품·작가·이론 등등)의 특수성을 붙잡아 끄집어내는 동시에 그 사건의 계열을 한 체계에 정돈해야 한다.

어느 시기에 특히 문학을 하는 사람들 사이에 문학사를 요망하는 기운이 움직인다고 하면, 그것은 그 시기의 문학이 자신의 계보를 정돈함으로써 거기 연결한 전통을 찾아서 그 앞길의 방향을 바로잡으려는 요구를 가지기 시작한 증거일 것이다. 이러한 조건이 어느 사이에 엄정하게 객관적이어야 할 문학사에 시대의 주관적 요구를 침투시킨다. 문화 과학의 시대성이란 이런 데서 오는 것 같다.

우리들 사이에서 은연중隱然中에 들려오는 우리 신시사新詩史 요망의 소리는 틀림없이 수년래 시단이 혼미昏迷 속을 걸어오던 끝에 어디로든지 그 바른 진로를 찾아야 하겠고, 그래서 교훈을 받으려 역사를 우러러보게 된 데서 일어난 것이 아닐까. 시선은 바로 돌려야 할 데로 돌려졌다.

우리 신시의 역사는 단순한 계기繼起·병존처럼 보이는 현상의 잡답雜沓 속에서도 (모든 역사가 그런 것처럼) 분명히 발전의 모양을 갖추었던 것이다. 긍정과 부정과 그 종합에서 다시 새로운 부정으로——이렇게 그것은 내용이 다른 가치의 끊임없는 투쟁의 역사였다. 새로운 가치가 요구되어서는 낡은 가치는 배격되었다. 신시의 여명기로부터 시작한 로맨티시즘과 상징주의는 이론적으로는 벌써 20년대의 중품에 끝났어야 할 것이다.

20년대의 후반은 물론 경향파傾向派의 시대였으나 30년대의 초기부터 중품까지의 약 5, 6년 동안 특이한 모양을 갖추고 나왔던 모더니즘의 위치를 역사적으로는 어떻게 규정해야 할 것인가. 30년대의 중품에 와서는 벌써 이 모더니즘, 아니 우리 신시 전체가 한 가지로

질적 변환을 일으켰던 것이다. 그 변환이 순조롭게 발전 못한 곳에 그 뒤의 수년 간의 혼미의 원인이 있었던 것이다. 이 탄탄한 발전을 초 시작初始作에서 막아 버린 데는 외적 원인과 함께 시단 자체의 태만도 또한 원인이 되었던 것이다.

이 소론의 목적은 제1차의 경향파의 뒤를 이어 제2차로 우리 신시 에 결정적인 가치 전환을 가져온 모더니즘의 역사적 성격과 위치를 구명究明해서 우리 신시사 전체에 대한 일관된 통견洞見*을 가져 보자 는 데 있다. 새삼스럽게 필자가 이 제목을 가린고른 것은 30년대 말기 수년 동안의 시단의 혼미란 사실은 시인들이 모더니즘을 창황*하게도 잊어버린 데 주로 기起한일어난 것 같으며, 또 자칫하면 모더니즘을 그 역사적 필연성과 발전에서 보지 못하고 단순한 한때의 사건으로 취급 할 위험이 보이는 때문이다. 영구한 모더니즘이란 듣기만 해도 몸서 리치는 말이다. 다만 그것은 어떠한 역사의 계기에 피치 못할 필연으 로서 등장했으며, 또한 그뒤의 시는 그것에 대한 일정한 관련 아래서 발전한 것이 아니면 안 된다는 결론을 가짐이 없이는 신시사를 바로 이해했다고 할 수는 없다. 또 모더니즘의 역사성에 대한 파악이 없이 는 그뒤의 시는 참말로 정당한 역사적 코스를 찾았다고는 할 수 없다.

그런데 신시의 발전은 그것의 환경인 동시에 모체인 오늘의 문명 에 대한 태도의 변천의 결과였다는 것은 매우 흥미 있는 일이다. 모 더니즘은 특히 이 점에 있어서 의식적이어서, 그것은 틀림없이 문명에 대한 새로운 태도를 가져왔다. 이 일을 이해함이 없이는 신시사 전체는 물론 모더니즘은 더군다나 알 수 없이 된다.

19세기의 중엽 이래 서양 문명은 더욱 급격하게 동양 제국을 그 영향 아래 몰아넣었다. 일본·중국·인도 등 제국에서 일어난 신문학——소설·서양시의 모양을 딴 신체시新體詩* 등——은 맨 처음에는 서양 문학의 모방에서 시작되었다. 그것은 그 문학의 모체인 문명의 침입에 따라오는 불가피한 일이었다.

이렇게 한 색다른 문명의 진행을 따라서 거기는 반드시 거기 상응한 형식과 정서를 가진 문학이 자라나고 있었다는 사실은 문학의 고고孤高를 믿는 신도들에게는 놀라운 추문醜聞*일 것이다. 동양의 젊은 시인들은 벌써 이태백李太白*이나 두보杜甫*처럼 노래하지는 않았다. 그러나 아직까지도 자신의 고유한 성향을 대부분 그대로 가지고 있는 그들이 먼저 맞아들인 것은 그들의 재래*의 정서에 가장 근사한 로맨티시즘과 그뒤에는 세기말*의 시였다. 세기말의 시는 서양에 있어서는 그 문학이 가장 동양에 접근했던 예다. 여기 시먼즈*와 예이츠*와 타고르*가 악수할 가능성이 있었던 것이다.

우리 신시의 선구자들이 이윽고 맞아들인 것은 로맨티시즘이었고, 다음에는 이른바 동양적 정조*에 가장 잘 맞는 세기말 문학*이었다. 그런데 이 두 문학은 한결같이 진전進展하는 역사적 현실에 대하여 퇴각하는 자세를 보이는 문학이다.

로맨티시즘의 혁명성은 물론 인정하나, 그것의 목표는 잃어버린 중세기의 탈환이었지 결코 새로운 시민의 질서가 아니었다. 로맨틱의 귀족들이 처음에는 그렇게 혁명적으로 보이다가도 필경 7월 14일적 돌진*에서는 몸을 뒤로 끌은 까닭은 실로 여기 있었다. 산업 혁명의 불길 아래 형체 없이 사라져 가는 성城과 기사와 공주의 중세기적 잔해의 완전한 종언에 눈물을 뿌린 최후의 만가輓歌* 시인은 이른바 90년대의 사람들이었다.

　은둔적인 회상적인 감상적인 동양인은 새 문명의 개화를 목전에 기다리면서도 오히려 그 심중心中에는 허물어져 가는 낡은 동양에 대한 애수를 기르면서 있었다. 애란愛蘭*의 황혼과 19세기의 황혼이 이상스럽게도 중복된 곳에 예이츠의 '갈대 속의 바람'의 매력이 생긴 것처럼, 우리 신시의 여명기는 나면서부터도 황혼의 노래를 배운 셈이다. 20년대의 처음에 이르러서는 이들 선구자와 그 말류*들은 벌써 신문학의 건설이라는 위대한 목표를 바라보면서 돌진하기를 그치고 맞아들인 황혼의 기분 속에 자신의 여린 감상을 파묻는 태만에 잠겨 버렸다.

　최초의 반격은 20년대의 중품부터 시작된 경향 문학*의 이론가의 손으로 되었다. 그것은 주로 사상상思想上의 반격이었다.

　그러나 조선에서 시에 있어서의 19세기의 문학적 성격이 폭로되어 주로 문학적 입장에서 배격되기 시작한 것은 30년대에 들어선 뒤의 일이다.

모더니즘은 두 개의 부정을 준비했다. 하나는 로맨티시즘과 세기 말 문학*의 말류인 센티멘털 로맨티시즘*을 위해서고, 다른 하나는 당시의 편내용주의偏內容主意*의 경향을 위해서였다. 모더니즘은 시가 우선 언어의 예술이라는 자각과 시는 문명에 대한 일정한 감수를 기초로 한 다음 일정한 가치를 의식하고 쓰여져야 된다는 주장 위에 섰다.

① 서양에서도 오늘의 문명에 해당한 진정한 의미의 새 문학이 나온 것은 20세기에 들어선 다음의 일이다. 20세기 속에 남아 있는 19세기 문학 말고 진정한 의미의 20세기 문학의 중요성은 여기 있는 것이다. 영국에 있어서는 조지안*은 아직도 19세기에 속하며, 문학에 있어서의 20세기는 이마지스트*에서 시작되었던 것이다. 불란서에서는 입체시立體詩*의 시험 이후 다다*·초현실파*에, 이태리의 미래파* 등에 20세기 문학의 징후가 나타났다.

조선에서는 모더니스트들에 이르러 비로소 20세기의 문학은 의식적으로 추구되었다고 나는 본다.

낡은 센티멘털리즘은 다만 시인의 주관적 감상과 자연의 풍물만을 노래하였다. 오늘의 문명의 형태와 성격에 대해서도, 그것이 그 속에 사는 사람들의 심정에 일으키는 상이한 정서에 대해서도 완전한 불감증不感症이었다.

모더니즘은 우선 오늘의 문명 속에서 나서 신선한 감각으로써 문명이 던지는 인상을 붙잡았다. 그것은 현대의 문명을 도피하려고 하는 모든 태도와는 달리 문명 그것 속에서 자라난 문명의 아들이었다. 그 일은 바꾸어 말하면 우리 신시 사상에 비로소 도회의 아들이 탄생했던 것이다. 제재題材부터 우선 도회에서 구했고 문명의 뭇 면이 풍월風月 대신에 등장했다. 문명 속에서 형성되어 가는 새로운 감각·정서·사고가 나타났다.

② 서양에 있어서도 20세기 문학의 특징의 하나는 (특히 시에 있어서) 말의 가치 발견에 전에 없던 노력을 바친 데 있다. 과거의 작시법作詩法에 의하면 말은 주장* 운율의 고저, 장단의 단위로서 생각되었고 조선에서는 음수音數* 관계에서만 평가되었다.

말의 음으로서의 가치, 시각적 영상, 의미의 가치, 또 이 여러 가지 가치의 상호 작용에 의한 전체적 효과를 의식하고 일종의 건축학적 설계 아래서 시를 썼다. 시에 있어서 말은 단순한 수단 이상의 것이다. 모더니즘은 이리하여 전대의 운문韻文을 주로 한 작시법에 대항해서 그 자신의 어법을 지어냈다. 말의 함축이 달라졌고 문명의 속도에 해당하는 새 리듬을, 물결과 범선의 행진과 기껏해야 기마행렬을 묘사할 정도를 넘지 못하던 전대의 리듬과는 딴판으로, 기차와 비행기와 공장의 조음噪音*과 군중의 규환*을 반사反射시킨 회화會話의 내재적 리듬 속에 발견하고 또 창조하려고 했다.

그래서 모더니즘이 전통적 센티멘털 로맨티시즘에 향해서 공격한 것은 내용의 진부陳腐와 형식의 고루固陋*였고 편내용주의偏內容主意*에 대한 불만은 그 내용의 관념성과 말의 가치에 대한 소홀이라는 점이었다.

그런데 조선에 있어서 모더니즘은 집단적 시운동의 모양은 갖지 못했다. 또 위에서 말한 특징을 개개의 시인이 모조리 갖춘 것은 아니다. 오직 대부분은 부분적으로만 모더니즘의 징후微候를 나타냈다. 또 그것이 반드시 의식적인 것도 아니고 시인적 민감敏感에 의한 천재적 발현인 경우가 많았다. 그러나 여하간에 위에서 말한 두 가지의 지표를 통해서 우리는 몇 사람의 우수한 시인과 그 시풍을 한 개의 유파로서 개괄하는 것은 타당한 일이다. 더군다나 그들의 활약한 30년대의 전반기에 있어서 시단의 젊은 추종자들이 압도적으로 이 영향아래 있었던 사실은 이 시기를 한 개의 특이한 역사적 에폭*으로서 특징짓기에 족하다.

가령 최초의 모더니스트 정지용鄭芝溶*은 거진거의 천재적 민감으로 말의 주로 음의 가치와 이미지, 청신*하고 원시적인 시각적 이미지를 발견하였고 문명의 새 아들의 명랑한 감성을 처음으로 우리 시에 이끌어 들였다.

신석정辛夕汀*은 환상 속에서 형용사와 명사의 비논리적 결합에 의하여 아름다운 상징적인 이미지들을 빚어내고 있었다. 그들은 리듬을 버리고 아름다운 회화會話를 썼다. 좀 뒤의 일이지만 시각적 이미지의 적확的確*한 파악과 구사驅使*에 있어서 누구보다도 뛰어난 김광균金光均* 씨, 신석정의 시풍을 인계引繼(이어받음)하면서 더욱 조소적인 깊이를 가진 장만영張萬榮* 씨, 그밖에 박재륜朴載崙* 씨·조영출趙靈出* 씨 등등에 이르기까지 일관한 시풍은 시단의 완전한 새 시대였다.

그러나 모더니즘은 30년대의 중품에 와서 한 위기가 다닥쳤다.

그것은 안으로는 모더니즘의 말의 중시가 이윽고 그 말류의 손으로 언어의 말초화로 타락되어 가는 경향이 어느새 발현되었고, 밖으로는 그들이 명랑한 전망 아래 감수하던 오늘의 문명이 점점 심각하게 어두워가고 이지러져 가는 데 대한 그들의 시적 태도의 재정비를 필요로 함에 이른 때문이다.

이에 시를 기교주의*적 말초화末梢化에서 다시 끌어내고 또 문명에 대한 시적 감수感受에서 비판에로의 태도를 바로잡아야 했다. 그래서 사회성과 역사성을 이미 발견된 말의 가치를 통해서 형상화하는 일이다. 이에 말은 사회성과 역사성에 의하여 더욱 함축이 깊어지고 넓어지고 다양해져서 정서의 진동은 더욱 강해야 했다.

전시단적全詩壇的으로 보면 그것은 그 전대前代의 경향파와 모더니즘의 종합이었다. 사실로 모더니즘의 말경에 와서는 경향파 계통의 시인 사이에도 말의 가치의 발견에 의한 자기반성이 모더니즘의 자기비판과 거의 때를 같이하여 일어났다고 보인다. 그것은 물론 모더니즘의 자극에 의한 것이라고 보여질 근거가 많다. 그래서 시단의 새

진로는 모더니즘과 사회성의 종합이라는 뚜렷한 방향을 찾았다. 그것은 나아가야 할 오직 하나인 바른 길이었다.

그러나 그 길은 어려운 길이었다. 시인들은 그 길을 스스로 버렸고 또 버릴밖에 없다. 가장 우수한 최후의 모더니스트 이상李箱은 모더니즘의 초극*이라는 이 심각한 운명을 한 몸에 구현具現한 비극의 담당자였다.

30년대 말기 수년은 어느 시인에게 있어서도 혼미였다. 새로운 진로는 발견되어야 했다. 그러나 그것은 어떤 길이든지 간에 모더니즘을 쉽사리 잊어버림으로써만 될 일은 결코 아니었다. 무슨 의미로든지 모더니즘으로부터 발전이 아니면 아니 되었다.

용어 사전

가도(街道) 도시의 큰 도로. 도시와 도시를 잇는 큰 도로.

가마청천 가마(지난날의 탈것의 한 가지) 안에서 바깥을 내다볼 수 있게 낸 작은 창(窓)을 가리고 있는 얇은 천으로 된 부분을 말하는 것으로 짐작된다.

가인(佳人) 아름다운 여자. 미인(美人).

가작 정확한 의미를 알 수 없으나, 내용상 두 가지로 해석할 수 있다. (1) '거적'을 가리키는 말로, "새끼로 날을 하여 짚으로 두툼하게 쳐서 자리처럼 만든 물건"일 수도 있고, (2) '가작' (假作)의 의미로, "임시로 만들어 놓은 (창고 비슷한) 곳"일 수도 있다.

가장등물→가장집물(家藏什物) 집에 있는 온갖 세간.

각수(角數) 돈을 셀 때, 원으로 세어서 남는 몇 전이나 몇십 전을 이르는 말.

간도(間島) 백두산 북쪽의 옛 만주 일대. 지금의 중국 둥베이(東北) 지린 성(吉林省) 동쪽 끝에 있는 옌볜(延邊) 조선족 자치주에 거의 해당하는 지역을 일컫는다. 두만강 북쪽을 북간도(또는 동간도)라고 하고, 백두산 서쪽의 압록강 하류 유역을 서간도라고 부르는데, 일반적으로 간도 지방이라고 하면 북간도를 가리킨다.

간수(看守) 보살피고 지킴. '교도' (矯導)의 옛 용어.

간스메(かん-づめ) 통조림.

갑산(甲山) 함경남도 북서부에 있는 군(현재는 양강도에 속함). 개마고원의 동부 지역을 차지하며, 해발 고도 800~1,200m의 고원 지대이다.

강동(江東) 강의 동쪽 지역을 가리키나, 여기서 '강동 해삼위(海蔘威)' 라 함은 두만강 동쪽에 있는 러시아의 항구 도시 블라디보스토크를 가리킨다.

강벽조유백(江碧鳥愈白) 산청화욕연(山靑花欲燃) "강물이 푸르니 새는 더욱 희어 보이고, 산이 푸르니 꽃이 타는 듯 붉네." 754년 두보가 53세에 지은 '절구' (絶句) 가운데 하나로, 다음 구절은 '금춘간우과(今春看又過), 하일시귀년(何日是歸年)' 〔금년 봄도 객지에서 보내니, 언제나 고향에 돌아갈 것인가?〕이다.

개가(凱歌) '개선가' 의 준말. (전쟁이나 경기에서) 이기고 돌아올 때 부르는 승리의 노래. 경기 등에서 이겼을 때 터져 나오는 환성.

개골창 수채 물이 흐르는 작은 도랑. 구거(溝渠).

개문만복래(開門萬福來) 소지황금출(掃地黃金出) "문을 여니 만복이 나오고, 땅을 쓰니 황금이 나오는도다"라는 뜻을 가진 입춘방의 하나.

거수(擧手)의 예(禮) → 거수경례(擧手敬禮) 오른손을 모자챙의 끝, 눈썹 높이까지 올려서 하는 경례의 한 가지.

거유(巨儒) 학문과 덕이 높은 이름난 선비.

건초(建初) → 양재하(梁在廈) 언론출판인. '건초'는 양재하의 호. 1930년대에 『조선일보』 사회부 기자로서, 동경 특파원으로 일본으로 건너가 도쿄제국대학에서 청강생으로 등록하여 신문학(新聞學)을 공부했다. 『춘추』지(1941. 1)의 발행인을 지냈으며, 해방 후에는 안재홍이 창간한 우익지 『한성일보』(1946. 2)의 발행인을 지냈다. 한국전쟁 때 납북되었다.

걸 스카우트(Girl Scouts) 1912년 미국에서 창설되어 세계 각국에 보급되어 있는 국제적인 소녀 단체. 소녀단.

검열제(檢閱劑) 단어 그대로 보면 '검열'과 '그런 약품'을 말하지만, 여기서는 '이미 검열을 거친 영화'를 가리킨다.

격하다(隔一) (시간적·공간적으로) 사이를 두다.

견뢰(堅牢) 단단해서 쉽게 부서지지 않음.

겹다 어떤 감정이나 기분에 흠뻑 젖어 있다.

경(黥) 몹시 호된 꾸지람. '경치다'는 호되게 꾸지람을 듣다.

경기구(輕氣球) → 기구(氣球) 수소, 헬륨 등 공기보다 가벼운 기체를 넣어 공중에 띄우는 큰 공 모양의 물건. 풍선. 벌룬(balloon).

경복(敬服) 존경해서 진심으로 복종함.

경성역(京城驛) 지금 서울역의 옛 이름. 1899년 경인선(인천~노량진)이 개통되고 이듬해 한강 철교가 개통되면서 서울 남대문역까지 기차가 들어왔다. 1910년에 경성역으로 이름을 고쳤으며, 1922년 6월 경성역의 새로운 역사(驛舍)가 착공되어 1925년 9월에 준공되었다. 경성역은 1946년에 서울역으로 이름을 바꾸었다.

경성읍(鏡城邑) 함경북도 경성군 동부에 있는 읍으로, 경성군 소재지이다.

경외(敬畏) 공경하면서 두려워함. 외경(畏敬).

경원선(京元線) 서울과 원산(元山)을 잇는 철도. 길이 223.7km. 1905년 11월에 공사를 시작해 1914년 9월에 전 구간이 개통되었다.

경포/전진(景浦/前津) 함경남도 홍원군(洪原郡) 경운면과 홍원읍에 있는 역 이름으로, 함경선에 속한다. 특히 전진은 항구로, 경치가 뛰어난 곳이다.

경향 문학(傾向文學, tendency literature) 어떤 주의나 사상을 선전하려는 의도가 뚜렷한 문학. 흔히 사회주의 계급 문학을 이른다.

경향파(傾向派)→신경향파 1923년 이후 『창조』(創造), 『백조』(白潮) 등과 같은 문학잡지에 나타난 낭만주의 및 자연주의 경향을 비판하고 일어난 사회주의 경향의 새로운 문학 유파를 말한다. 대표적인 작가로는 김기진, 박영희, 최서해, 조명희 등이 있다.

계원(係員) (사무를 갈라 맡은) 계(係) 단위의 부서에서 일을 하는 사람.

계절조(季節鳥) 철을 따라 살 곳을 바꾸어 사는 새. 기후조.

고갱(Paul Gauguin) 1848~1903. 프랑스의 후기 인상파 화가. 파리에서 태어났으며, 1886년 이후 고흐와 아주 친해져 그와 함께 남프랑스의 아를에서 살았다. 그러나 두 사람은 고흐가 귀를 자른 사건을 계기로 결별했고, 1891년 남태평양의 타히티 섬으로 떠났다.

고깔 중이 쓰는 두건(頭巾)의 한 가지. 베 조각으로 세모지게 접어 만듦.

고답파(高踏派) 프랑스 근대시의 한 유파. 그리스 신화의 아폴로와 뮤즈가 살았다는 파르나소스 산(山)에서 딴 이름이다. 1866년 『현대 고답시집』이라는 사화집(詞華集)이 출판되고 난 뒤부터 생긴 말로, 이들의 시풍은 낭만파에 대한 반동으로, 이지적인 태도를 강조한다. 언어의 조탁(彫琢: 문장이나 글 따위를 매끄럽게 다듬음)를 지향하고 몰개성(沒個性)·객관성·무감동을 신조로 했다.

고루하다(固陋一) 낡은 관념이나 습관에 젖어 고집이 세고 새로운 것을 받아들이지 아니하다.

고리대금쟁이→고리대금업자 '고리대금'(高利貸金)은 비싼 이자를 받는 돈놀이를 말한다.

고면(古眠) 오래된 잠. 아주 오래 전에 든 잠.

고심참담(苦心慘憺) 몹시 마음을 썩이며 애를 쓰고 걱정함.

고원(雇員) 고용직 공무원. 단순한 노무에 종사하는 공무원.

〈골고다〉(Golgotha) 원래는 '그리스도가 십자가형에 처해진 예루살렘의 언덕'을 말하지만, 여기서는 프랑스 감독 줄리앙 뒤비비에가 만든 영화(1935년) 제목이다.

공명(共鳴) 남의 사상이나 감정, 행동 따위에 공감해 자기도 모르게 그와 같이 따르려 함.

공부자(孔夫子) '공자'(孔子)를 높여 일컫는 말.

『공화국』(共和國, Respublica) 고대 그리스의 철학자인 플라톤의 저서.『국가론』(Politeia)이라고도 한다. 플라톤 자신의 국가 이상(理想)과 함께 이데아설과 영혼관에 대해 설명한 책이다.

곽장군 추측하건대, 임진왜란 당시의 의병장인 '곽재우'가 아닐까 싶다. → 곽재우(郭再祐): 1552~1617. 호는 망우당(忘憂堂). 경남 의령(宜寧)에서 태어났다. 임진왜란이 일어나 왕이 의주로 피난하자 의령에서 의병을 일으켰다. 홍의(紅衣)를 입고 선두에서 많은 왜적을 무찔렀으므로 '홍의장군'이라고도 불렸다.

관(關) 지난날 국경이나 국내 요지의 통로에 두어, 통행하는 사람과 물건 등을 조사하던 곳. 관문(關門).

관목(灌木) 키가 작고, 원줄기가 분명하지 않으며 밑동에서 가지를 많이 치는 나무.

관북(關北) 마천령 이북의 지방, 곧 함경북도 지방을 이르는 말.

괄시(恝視) 업신여겨 하찮게 대함.

괘등(掛燈) 전각이나 누각(樓閣)의 천장에 매다는 등.

괭이 땅을 파거나 흙을 고르는 데 쓰는 농구의 한 가지.

괴테(Johann Wolfgang von Goethe) 1749~1832. 독일 고전주의의 대표자. 세계적인 문학가이며 자연 연구가로, 바이마르 공국(公國)의 재상으로도 활약했다. 대표작으로「젊은 베르테르의 슬픔」,「파우스트」,「빌헬름 마이스터의 편력 시대」등이 있다.

교향(交響) 서로 울림.

구단(九段) 일본 도쿄 중심가인 지요다 구(千代田區)의 한 지명. 이곳에 일본의 그 유명한 야스쿠니 신사(靖國神社)가 있고, 그 안의 한 구석에 일제가 1905년 강탈해 간 '북관대첩비'(北關大捷碑)가 방치돼 있다. 최근 이 비의 반환 문제가 계속 논란이 되고 있다.

구렁창이 '구렁텅이'의 잘못. 매우 험하고 깊은 구렁의 모퉁이. 또는 '빠지면 벗어나기가 몹시 힘든 주변 환경'을 비유해서 이르는 말.

구르몽(Rémy de Gourmont) 1858~1915. 프랑스의 작가, 평론가. 상징주의의 이론가일 뿐 아니라 자유로운 관점에서 관능과 지성의 미묘한 융합으로 시, 소설, 평론 등을 썼다.

구름장 넓게 퍼진 두꺼운 구름 덩이.

구리개(銅峴) 서울 중구 을지로 1가와 2가 사이에 있던 나지막한 고개의 이름. 황토 흙으로 이루어진 이 고개는 땅이 몹시 질어서 먼 곳에서 보면 마치 구리가 햇볕을 받아 반짝이는 것 같았으므로 구릿빛이 나는 고개, 즉 구리 고개 또는 줄여서 구리개라 불렀다고 한다. 1914년 일제에 의해 황금정(黃金町)으로 바뀌었으며, 해방 후 1946년 10월에 고구려 을지문덕 장군의 이름을 따서 '을지로'라고 고쳤다.

구사(驅使) 마음대로 다루어 씀.

구약 성서(舊約聖書) 기독교 성전의 한 가지. 예수가 나기 전 이스라엘 민족의 역사와 하나님의 계시 등을 모은 경전. 모두 39권임. 구약 전서라고도 함.

구인회(九人會) 순수 문학을 표방하고 문단의 중견급 작가 9명에 의해 1933년에 결성된 문학 동인회. 김기림, 이효석, 이종명, 김유영, 유치진, 조용만, 이태준, 정지용, 이무영 등 9명이 결성했다. 얼마 후 이종명, 김유영, 이효석이 탈퇴하고, 박태원·이상·박팔양이 가입했으며, 다시 유치진·조용만 대신에 김유정·김환태로 교체되어, 항상 9명의 회원을 유지했다.

구조(口調) 어조(語調). 말의 가락. 말하는 투.

구축(驅逐) (어떤 세력이나 해로운 것을) 몰아냄. 쫓아냄.

국수주의(國粹主義, ultranationalism) 자기 나라의 전통적인 특수성만을 우수한 것으로 믿는 배타적이고 보수적인 사상. 다른 민족이나 국가에 대해 배타적이며 초월적인 성격을 지닌다.

군림(君臨) 어떤 분야에서 절대적인 세력을 가지고 남을 강하게 누르는 일.

권모술수(權謀術數) 남을 교묘하게 속이는 술책.

권주가(勸酒歌) 술을 권할 때 부르는 노래.

궤(櫃) 나무로 상자처럼 만든 그릇. 쌀궤, 돈궤, 책궤 따위. 궤짝.

귀 모난 물건의 모서리. 넓적한 바닥의 모퉁이.

규환(叫喚) (괴로움 따위로) 큰 소리로 부르짖음.

균정(均整) 고루 가지런함. 균제(均齊). 모양이나 빛깔 따위가 균형이 잘 잡혀 고름.

그란퀴벨라 → 코로나도

그로 괴기스러움을 뜻하는 '그로테스크' (grotesque)의 준말. → 에로.

근기(根氣) 참을성 있게 배겨 내는 힘. 근본이 되는 힘.

근원(近園) → 김용준(金瑢俊) 1904~1967. '근원' 은 김용준의 호. 화가, 미술평론가, 미술사학자, 수필가. 경북 선산에서 태어났으며, 1950년 9월에 월북했다. 저서로는 『근원수필』, 『조선미술대요』 등이 있다.

근자(近者) 근일(近日). 요즈음. 가까운 장래.

글라디올러스(gladiolus) 붓꽃과의 다년초. 남아프리카가 원산지인 관상용 화초. 여름에 긴 꽃줄기 끝에 깔때기 모양의 꽃이 이삭 모양으로 핌. 당창포.

금 (1) 긋거나 접거나 한 자리. (2) 갈라지지 않고 터지기만 한 자국. → 본문에서 '첫 금이 실렸다' 는 표현은 '태양이 지지 않는 나라' 라고 불릴 정도로 전 세계에 식민지가 있었던 대영제국에 균열(금)이 가기 시작했음을 말한다. 영국은 다시 제2차 세계대전으로 식민지의 반 이상을 상실했다.

금산(錦山) 충청남도 남동부에 있는 군. 대전광역시 남쪽에 있다.

금수강산(錦繡江山) '비단에 수놓은 것 같은 강산' 이라는 뜻으로, 아름다운 자연을 이르는 말.

급각도(急角度) 급한 각도. 일의 형편이 갑자기 달라짐을 이르는 말.

기갈(飢渴) 배고프고 목마름.

기계론(機械論) 모든 현상을 기계적인 법칙에 따라 설명하려는 이론.

기교주의(技巧主義) 문학 창작에서 사상·감정의 표현보다 형식이나 기교를 중시하는 경향을 말하는 것으로, 1930년대 모더니즘 이론가인 김기림에 의해 처음 사용된 용어.

기동차(汽動車) 내연 기관의 동력을 이용해 운행하는 철도 차량.

기볼라 → 코로나도

기사전(騎士傳) 16세기 전반에 에스파냐에서 성행한 소설의 한 장르. 기사의 특징인 초인적인 무용(武勇), 사모하는 여성에 대한 고결한 사랑, 국왕에 대한 충성 등을 축으로 하고, 지나친 이상주의와 기상천외의 공상이 넘치는 모험 이야기를 담고 있다.

『**기상도**』(**氣象圖**) 1936년 창문사에서 간행한 김기림의 시집. 7부 424행의 장시(長詩)로, 태풍의 내습이라는 상황을 설정해 현대 문명을 비판하는 한국 모더니즘 시의 대표작.

기실은(**其實 −**) 실제의 사정은. 그 실제는. 그 실상은.

기저귀 흔히 '대소변을 받아내기 위한 헝겊이나 종이'로 알고 있으나, 여기서는 영어의 냅킨(napkin)의 번역에 해당하는 말로 '(양복의) 천'을 뜻한다.

기죽(**旗竹**) 기를 달아매는 긴 대나무 막대기.

기초(**起草**) 글의 초안을 잡음.

기폭(**旗幅**) 깃발, 또는 깃발의 너비.

길주(**吉州**) 함경북도 남부에 있는 군. 1107년 고려 시대에 윤관(尹瓘)이 여진족을 쫓아낸 뒤 긴 성을 쌓고 길주라고 했다.

김광균(**金光均**) 1914∼1993. 시인. 실업가. 경기 개성에서 태어나 송도상고를 졸업했다. 동인지 『시인부락』(1936)·『자오선』(1937) 등의 주요 멤버로 참여했으며, 그의 시풍은 온건하고 차분한 회화적인 이미지에 치중해 있다. 시집으로 『와사등』(1939)·『기항지』(1947)·『황혼가』(1969) 등이 있다.

깃 무엇을 여럿으로 나눌 때의 그 한 몫.

까다 '몹시 쳐서 상처를 내다'를 속되게 이르는 말. 단단한 것을 깨뜨리거나 부서지게 하다. 바위를 까다.

꺼분꺼분→거분거분 여럿이 다 조금 거볍거나, 또는 매우 거벼운 모양.

끄다 (북한) (덩이로 된 것을) 깨어 헤뜨리다. '헤뜨리다'는 여기저기 사방으로 흩어지게 하다.

ㄱ ㄴ ㄷ ㄹ ㅁ ㅂ ㅅ ㅇ ㅈ ㅊ ㅋ ㅌ ㅍ ㅎ

나남(**羅南**) 함경북도 청진시의 한 구역. 본래 나남동이라는 30가구 내외의 한적한 마을이었으나, 러일 전쟁 후 일본군 병영이 설치되고, 함북도청을 경성에서 이전해 온 뒤부터 급속히 발전했다.

나옹(奈翁)→ 나폴레옹

나진(羅津) 함경북도 북부에 있는 항구 도시.

나치스(Nazis) 히틀러를 당수로 1933~1945년 정권을 장악한 독일의 파시즘 정당. 정식 명칭은 '국가사회주의독일노동자당이다. 19세기 말 유럽에 일반적으로 공통되던 반(反)유대주의, 백색 인종 지상주의, 국가주의, 제국주의 및 반사회주의와 반민주주의 사상을 기초로 발생했다.

나폴레옹(Napolon Bonaparte) 1769~1821. 프랑스의 군인이자, 황제(재위 1804~1814/1815).

나폴레옹 민법→ 나폴레옹 법전 1804년 나폴레옹 1세 때 제정, 공포된 프랑스 민법전의 별칭. 이 법전이 채택하는 소유권의 절대성, 계약 자유의 원칙, 과실 책임주의 등은 근대 시민법의 기본 원리로 그후에 제정된 각 나라 민법전의 모범이 되었다.

나폴레옹 전쟁(Napoleonic Wars) 1797~1815년 프랑스 혁명 당시 프랑스가 나폴레옹 1세의 지휘 아래 유럽의 여러 나라와 싸운 전쟁의 총칭. 처음에는 프랑스 혁명을 방위하는 전쟁의 성격을 띠었으나, 점차 침략적으로 변해 나폴레옹은 유럽 각국과 60회나 되는 싸움을 벌였다.

낙산(駱山) 서울 종로구에 위치한 산으로, 대학로 바로 뒤편에 있다. 서쪽의 인왕산과 대치하는 산으로, 모양이 낙타의 등과 같다고 해서 '낙타산' (駱駝山)이라고 불린다.

낙숫물(落水-) (빗물이나 눈석임물, 또는 고드름 녹은 물 따위의) 처마에서 떨어지는 물.

낙인(烙印) 불에 달구어 찍는 쇠도장 또는 그것으로 찍은 표시. (한번 붙으면 좀처럼 씻기 어려운) '불명예스러운 평가나 판정'을 비유해서 이르는 말.

난무(亂舞) 엉킨 듯이 어지럽게 추는 춤.

난상(亂想) 어지러운 생각.

난숙(爛熟) 신체, 기술, 문화 등의 사물이 더 이상 발달할 수 없을 정도로 충분히 발달해 있음.

「날개」 이상(李箱)의 단편 소설. 1936년 『조광』지에 발표되었다. 한국 현대 문학에서 최초의 심리주의 소설로 일컬어진다.

남벽(藍碧) 짙은 푸른빛.

남빛(藍-) 남색(藍色). 파랑과 보라의 중간색. 쪽빛.

낭만주의(浪漫主義) 18세기 말에서 19세기 초에 걸쳐 유럽에서 일어난 예술상의 사조. 고전주의에 반대해서 자유로운 공상의 세계를 동경했으며, 개성·감정·정서를 중요시했다. 따라서 천재적인 영감을 강조했다.

낱 셀 수 있게 된 물건의 하나하나.

내 귀는 조개 껍질. 언제나 바다의 소리를 그리워한다 「귀」라는 제목으로 잘 알려진 장 콕토의 2행시. 원래 「칸느」(Cannes) 연작 단시 중 제5번 시다.

내받다 (머리나 가슴으로) 힘껏 받다.

내쳐→내치다 일을 시작한 바람에 잇달아 더하다.

널문(-門) 널빤지로 만든 문.

노골(露骨) 숨김없이 모두 있는 그대로 드러냄.

노대(露臺) 발코니(balcony). 서양식 건축에서 집 밖에 달아 낸, 지붕이 없고 난간이 있는 대.

노라(Nora) 노르웨이의 극작가 입센의 희곡 「인형의 집」에 나오는 여주인공 이름.

노령 근해(露嶺近海) 러시아 땅 근처의 바다.

노스탤지어(nostalgia) 낯선 타향에 있으면서 고향이 그리워지거나, 지난날이 그리워지는 마음. 향수(鄕愁).

『노웨어』(Nowhere) 1890년에 발표된 윌리엄 모리스의 공상 소설. 원제는 'News from Nowhere', 즉 '어디에도 존재하지 않는 곳에서 온 소식'이다. 어쩌면 이상향이란 '아무 데도 없는 것'(Nowhere)을 '지금 여기'(Now Here)에 건설하려는 사람들의 꿈이 아닐까 싶다.

노타이(no tie) 와이셔츠에 넥타이를 매지 않은 차림.

녹두(綠豆) 콩과의 한해살이풀. 밭에 심는 재배 식물로, 모양이 팥과 비슷하다. 청포(녹두묵), 빈대떡, 떡고물, 녹두차, 녹두죽, 숙주나물 등으로 먹는다.

『논어』(論語) 유교 경전인 사서(四書: 논어, 맹자, 대학, 중용)의 하나. 공자(孔子)와 그 제자들의 언행(言行)을 적은 것으로, 공자 사상의 중심이 되는 효도와 우애, 충성과 용서, 인(仁)의 도(道)에 대해 설명한 책이다.

농성역(農城驛) 함경북도 학성군 학중면 농성동에 있는 역으로, 함경선에 속한다.

김기림의 고향인 학중면 임명동에서 가장 가까운 기차역이다.

농학교(農學校) '농업학교'의 준말. 1909년 공포된 '실업학교령'에 의해 농업학교, 상업학교, 공업학교가 생겨났다.

놓다 옷이나 이부자리 따위에 솜이나 털을 넣다.

뇌수(腦髓) 뇌(腦). 두뇌. 머리.

누거만(累巨萬) '매우 많음'을 나타내는 말.

누만(累萬) 여러 만. '굉장히 많은 수'를 나타내는 말.

누병(瘻病) 부스럼병. 연주창(連珠瘡).

누선(淚腺) 눈물샘. 눈물을 분비하는 상피 조직의 기관.

뉘앙스(nuance) 프랑스어. 말의 의미·색조·음조·감정 따위의, 딴것과 서로 다른 미묘한 특색.

니시간다(西神田) 일본 도쿄 지요다 구(千代田區)의 북동부를 차지하는 간다(神田) 지구의 서쪽 지역.

니커보커스(knickerbockers) 무릎 아래에서 졸라매게 만든 느슨한 반바지. 운동용이나 작업용으로 입음.

ㄱ ㄴ ㄷ ㄹ ㅁ ㅂ ㅅ ㅇ ㅈ ㅊ ㅋ ㅌ ㅍ ㅎ

다다(Dada) 다다이즘(dadaism). 제1차 세계 대전(1914~1918) 말엽부터 유럽과 미국을 중심으로 일어난 예술 운동. 스위스 취리히에서 시작된 다다이즘 운동은 과거의 모든 예술 형식과 가치를 부정하고 비합리성, 반도덕, 비심미적인 것을 찬미했다.

다락같다 (물건 값이) 매우 비싸다. 덩치가 당당하게 크다.

다문토리 술 이름의 하나로 추정됨.

다채하다(多彩—) 다채롭다. 여러 빛깔이 어울려 호화롭다. 많은 종류나 형태가 한데 어우러져 다양하고 화려하다.

단려(端麗) (행실이나 겉모양이) 단정하고 아름다움.

단병접전(短兵接戰) 짧은 병기로 적과 맞붙어 싸우는 싸움. 근거리 보병 전투.

단상(斷想) 생각나는 대로의 단편적인 생각.

단애(斷崖) 깎아 세운 듯한 낭떠러지.

단연히(斷然−) 흔들림 없이 맺고 끊음이 분명하게.

단오(端午) 민속에서, '음력 오월 초닷샛날' (5월 5일)을 명절로 이르는 말.

단장(短杖) 짧은 지팡이. 손잡이가 꼬부라진 짧은 지팡이.

달변(達辯) 능변(能辯). 막히는 데 없이 말을 술술 잘함. ↔ 눌변.

달비 월자(月子), 다리. 여자의 머리숱이 많아 보이도록 덧넣었던 딴머리.

달큼하다 맛이 꽤 달다. (작은말) 달콤하다. (여린말) 달금하다.

담회색(淡灰色) 옅은 잿빛. 엷은 회색.

당인리(唐人里) 서울시 마포구에 있는 동. 서울화력발전소(일명 당인리 발전소)로 잘 알려진 동네다.

대감(大監) (1) 조선 시대에 정2품 이상의 벼슬아치를 높여 일컫던 말. (2) 무당이 굿을 할 때, '신' (神)을 높여 부르는 말. 여기서는 (2)의 의미로 사용된 것이다.

대공(大空) 크고 넓은 공중. 하늘.

대금(大金) 많은 돈. 큰 돈.

대대손손(代代孫孫) 대대로 이어 내려오는 자손. 세세손손. 자자손손.

대두(擡頭) 어떤 세력이나 현상이 머리를 처들고 나타남.

대학촌(大學村) 대학 주변의 촌락. 여기서는 '낙산 밑 일대의 대학촌' 이라 한 것으로 보아, 1975년 이전에 국립 서울대학교 문리과 대학·법과 대학 등이 있던 것을 말한다. 현재의 대학로 주변을 가리킨다.

더블 브레스트 doublebreasted coat를 줄인 말. 두 줄의 단추가 달린 상의.

데카당(décadent)→데카당스

데카당스(décadence) '퇴폐·타락' 이라는 뜻으로, 19세기 말 프랑스를 중심으로 유럽 전 지역에 퍼진 문예상의 한 경향. 탐미적, 퇴폐적, 병적인 특징을 지님.

데카르트(René Descartes) 1596~1650. 프랑스의 철학자, 수학자. 근대 철학의 아버지로 불린다. 해석 기하학의 창시자이며, 『방법서설』·『기하학』·『성찰』 등의 저서가 있다.

데파트→디파트 '디파트먼트 스토어' (department store, 백화점)의 준말. 일본에

서 'デパート'라고 한 데서 유래함.

데파트먼트(department) 백화점 또는 그 매장(賣場).

도도(滔滔) 넓은 물줄기의 흐름이 막힘 없이 기운참. 연설이나 발언이 힘차고 거침이 없음.

도망 문학(逃亡文學) 현실 도피적인 경향을 띤 문학을 두루 일컫는 말. 이런 말은 잘 사용하지 않는데, 김기림이 지어낸 용어로 보인다.

도발(挑發) 남을 집적거려 일이 일어나게 함.

도버 해협(Strait of Dover) 영국의 남동단(도버)과 프랑스의 북동단(칼레) 사이에 있는 해협. 1995년에 해저 터널이 개통되었다.

도스토예프스키(Fyodor Mikhailovich Dostoevskii) 1821~1881. 러시아의 소설가. 인간 내면의 추구를 통해 근대 소설의 새로운 가능성을 열어 놓았으며, 이후 20세기의 세계 문학과 사상에 깊은 영향을 끼쳤다. 대표작으로 『죄와 벌』, 『백치』, 『악령』, 『카라마조프의 형제들』 등이 있다.

도자(陶瓷·陶磁) '도기'와 '자기'를 아울러 이르는 말. '도기'(陶器)는 질흙을 원료로 빚어서 비교적 낮은 온도로 구운 도자기이며, '자기'(瓷器)는 높은 온도에서 구운 것이다.

도항(渡航) 배를 타고 바다를 건넘.

돈절(頓絶) (소식이나 편지 따위가) 딱 끊어짐. 두절(杜絶).

돈키호테(Don Quixote) 스페인의 작가 세르반테스의 풍자 소설. 전편은 1605년, 후편은 1615년에 출판했다. 이 작품을 쓴 목적은 당시 사람들 사이에 널리 퍼졌던 기사도 이야기의 권위와 인기를 쓰러뜨리기 위해서라고 한다.

돌관(突貫) 쑥 꿰뚫음. 또는 적의 진지로 돌격해 들어감.

돌단(突端) 끝이 쑥 튀어나온 부분. 돌출부(突出部).

동뜨다 다른 것보다 훨씬 뛰어나다. 유별나다.

동래온천(東萊溫泉) 부산시 동래구 금정산 기슭에 있는 온천으로, 신라 때부터 알려졌으며 1691년에 욕사(浴舍)를 지었다고 전한다.

동사체(凍死體) 얼어 죽은 사람이나 짐승의 몸뚱어리.

동서고금(東西古今) 원래는 '동양과 서양, 옛날과 지금'이라는 뜻으로, 인간 사회의 모든 곳과 모든 시대를 말한다.

동호(同好) 취미나 기호를 같이하는 일. '동호인' 의 준말.

두던 '두덩, 두둑, 둔덕' 의 옛말. '두덩' 은 우묵하게 빠진 곳의 가장자리로 약간 두두룩한 곳, 두둑은 밭과 밭 사이의 경계를 이루는 두두룩해진 언덕, '둔덕' 은 두두룩하게 언덕진 곳을 말한다.

두멍 물을 길어 담아 두고 쓰는 큰 가마나 독. 물두멍.

두보(杜甫) 712~770. 중국 당나라 때의 시인. 자는 자미(子美), 호는 소릉(少陵)·공부(工部). 이백(李白)과 더불어 중국 최고의 시인으로 시성(詩聖)이라 불렸다.

뒤볶다 함부로 마구 볶다.

뒤비에→줄리앙 뒤비비에(Julien Duvivier) 1896~1967. 프랑스 시적 리얼리즘 영화의 대표적인 감독. 그는 1922년에 영화 일을 시작하여 주로 멜로 드라마적인 무성 영화를 20편 이상 만들었다. 이 책에서 언급하고 있는 〈골고다〉(1935)는 쟝 가방 등 프랑스의 명배우들이 출연한 종교적이고 서사적인 영화이다. 대표작으로는 〈망향〉, 〈무도회의 수첩〉, 〈여로의 끝〉, 〈파리의 하늘밑〉 등이 있다.

들창(-窓) 벽의 중간 위쪽으로 자그맣게 낸 창. 들어서 열게 만든 창.

등의자(籐椅子) 등나무 줄기를 잘게 다듬어 결어 만든 의자.

디오니소스(Dionysos) 그리스 신화에 나오는 술의 신. 제우스와 세멜레의 아들로, 자연의 생성력 및 포도와 포도주를 다스린다고 한다. 로마 신화의 바쿠스에 해당한다.

딴은 (그리 말하거나 행동하는 것도 그럴 법한 일이라고 긍정해) 그러고 보니 그것은. 하기는 그것도.

때때치마→때때옷 알록달록한 빛깔로 곱게 지은 어린아이의 옷.

떼어맡다 '떠맡다' 의 잘못.' 떠맡다' 는 남이 할 일을 온통 자기가 맡다.

또롱이 정확한 의미는 알 수 없으나, 문맥상 '도르래' 로 추정된다. 도르래가 활용된 철도로는 '인클라인' (In-cline)이 있다. 이는 도르래에 줄을 걸어서 열차에 연결한 다음 열차를 끌어올리는 방식으로, 열차가 고개를 올라가는 동안 승객들은 무게를 줄이기 위해 내려서 비탈을 걸어 올라간 다음 다시 열차에 탔다. → 도르래: 바퀴에 줄이나 벨트 또는 체인을 걸어 힘의 방향을 바꾸거나 힘의 효력을 확대하는 장치.

뜨다 꼭 같은 것을 그리거나 박아 내기 위해 본 따위를 만든다.

뜬→뜨다 (마음이 안정되지 않고) 들썽거리다.

ㄱ ㄴ ㄷ **ㄹ** ㅁ ㅂ ㅅ ㅇ ㅈ ㅊ ㅋ ㅌ ㅍ ㅎ

라사(羅紗, raxa)　털이 배게 서 있어 발이 나타나지 않은 두꺼운 모직물의 한 가지로, 주로 양복감으로 많이 쓰인다. 두꺼운 모직물을 통틀어 이르는 말.

라파엘로(Raffaello Sanzio)　1483~1520. 이탈리아의 화가, 건축가. 레오나르도 다 빈치, 미켈란젤로와 함께 르네상스의 고전 예술을 완성한 3대 천재 예술가의 한 사람. 대표작으로 〈토마소 잉기라미의 초상〉, 〈레오 10세의 초상〉 등이 있다.

레닌(Lenin)　1870~1924. 러시아의 혁명가·정치가. 1917년 러시아 10월혁명의 중심 인물로서, 마르크스주의를 후진국 러시아에 적용한 혁명 이론가이자 사상가이다.

레만 호반→레만 호(Leman Lake)　스위스 남서부, 프랑스와의 국경에 있는 호수. 초승달 모양을 한 알프스 산지 최대의 호수로, 이웃한 도시들은 국제적 휴양지로 유명하다.

레오나르도 다 빈치(Leonardo da Vinci)　1452~1519. 르네상스 시대의 이탈리아를 대표하는 천재 미술가, 과학자, 기술자, 사상가. 피렌체 근교의 빈치에서 태어났으며, 그의 대표작으로는 〈최후의 만찬〉, 〈모나리자〉 등이 있다.

레이몽 라디게(Raymond Radiguet)　1903~1923. 프랑스의 소설가, 시인. 조숙한 천재로 14세에 시작(詩作)을 하며 초현실파 시인들과 사귀었는데, 유달리 장 콕토에게서 사랑을 받고 친히 가르침을 받았다. 대표작은 『육체의 악마』.

레카나티　이탈리아 중부 지방의 한 도시.

로망(roman)　연애담이나 무용담 따위를 공상적·모험적·전기적(傳奇的)으로 다룬 통속 소설을 뜻하지만, 나중에 '장편 소설'을 가리키는 말이 되었다.

로맨스(romance)　연애. 연애 사건.

로맨티시즘(romanticism)→낭만주의(浪漫主義)

로맹 롤랑(Romain Rolland) 1866~1944. 프랑스의 소설가, 극작가, 평론가. 대하소설 『장 크리스토프』로 1915년 노벨 문학상을 수상했다. 세계 평화와 문명을 옹호하는 투사로 활약했으며, 인류의 입장에 근거를 둔 국제주의를 주장했다.

로세티(Dante Gabriel Rossetti) 1828~1882. 화가, 시인. 런던에서 태어났다. 이탈리아의 망명 시인 R. 가브리엘레(1783~1854)의 아들로, 작품에는 그림 〈단테의 꿈〉, 시 「청순한 처녀」 등이 있다.

로스차일드→로트실트(Mayer Amschel Rothschild) 1744~1812. 독일 국적을 가진 유대계(系)의 국제 금융업자. 로스차일드는 영어식 이름. 프랑크푸르트에서 태어나 유대인 대금업자로 출발해서 로스차일드 은행을 창설했다.

로터리(rotary) 큰 거리의 교차점 중앙에 만들어 놓은 둥근 지대.

룸펜(Lumpen) 실업자. 부랑자.

르네 클레르(René Clair) 1898~1981. 프랑스의 영화감독. 1935년 영국으로 건너간 뒤 미국 문명을 비꼬아서 그린 〈유령 서쪽으로 가다〉(The Ghost Goes West)라는 영화를 만들었다. 풍자 희극의 새 경지를 열었으며, 유성 영화의 미학을 개척했다.

리얼리즘(realism) 사실주의(寫實主義). 객관적 사물을 있는 그대로 정확하게 재현하려는 태도로, 추상 예술·고전주의·낭만주의에 대립하는 미술 및 문학상의 개념. 유럽에서 예술 유파로 사실주의가 나타난 것은 19세기이며, 특히 프랑스의 화가 G. 쿠르베가 당시의 아카데미즘 화풍에 반항해 아주 현실적인 그림을 있는 그대로 그렸으며, 문인으로는 발자크, 스탕달, 플로베르(불), C.디킨스(영), 고골리, 톨스토이(러) 등이 대표적이다.

ㄱ ㄴ ㄷ ㄹ ㅁ ㅂ ㅅ ㅇ ㅈ ㅊ ㅋ ㅌ ㅍ ㅎ

마르셀 마르티네(Marcel Martinet) 1887~1944. 사회주의 운동가, 시인. 1911년에 첫 시집 『Le jeune homme et la vie』를 출간했다. 사회주의 경향의 문예지 『레포르』(l' effort)에 참여하여, 이 잡지를 통해 프롤레타리아 예술을 주장했다.

제1차 세계대전 이후 적극적으로 사회주의 운동에 가담했으며, 대표작 『Le temps maudit』가 스위스에서 출간될 당시 프랑스에서는 출간이 금지되기도 했다. 제2차 세계대전 당시 망명지 소뫼르에서 사망했다.

마르스(Mars)   고대 로마의 군신(軍神). 전쟁의 신. 영어의 March와 같이 3월이라는 이름은 여기에서 온 것이다.

마르코 폴로(Marco Polo)   1254~1324. 이탈리아 베네치아의 상인, 여행가. 1271년 보석 상인인 아버지 니콜로 폴로와 숙부 마테오 폴로를 따라 동방 여행을 떠났다. 그후 중국에 머물며 원나라에서 우대를 받아 관직에 오른 뒤 17년간 살다가, 1295년 베네치아로 돌아왔다. 여행기 『동방견문록』이 유명하다.

마물(魔物)   재앙을 끼치는 악마와 같은 성질, 즉 마성(魔性)을 지닌 것. 요망하고 불길한 물건.

마산포(馬山浦)   경상남도 마산시의 기반이 되었던 포구.

마셜(George Catlett Marshall)   1880~1959. 미국의 군인, 정치가. 1947년 국무 장관에 취임해 '마셜 플랜' (유럽 부흥 계획)을 제창했고, 유럽 경제 부흥에 관한 공적이 인정되어 1953년 노벨 평화상을 받았다.

마천령(摩天嶺)   함경남도 단천과 함경북도 학성군 경계에 있는 고개. 해발 고도 709m로, 마천령산맥의 남쪽에 있다.

마테를링크(Maurice Maeterlinck)   1862~1949. 벨기에의 시인, 극작가, 수필가. 프랑스어로 작품을 썼으며, 1911년 노벨 문학상을 받았다.

막스 자코브(Max Jacob)   1876~1944. 유대계의 프랑스 시인. 그의 시는 회화적이며 자유로운 운율과 구어·속어를 대담하게 구사하는 데 따른 분방한 이미지, 사물의 직접적인 표시, 언어의 자동 기술, 예리한 풍자와 해학에 특색이 있다.

만가(輓歌·挽歌)   상엿소리. 죽은 이를 애도하는 시가(詩歌).

만리붕정(萬里鵬程)   붕정만리(鵬程萬里). 목적지에 이르는 머나먼 거리. 또는 훤히 펼쳐진 긴 앞길.

만보(漫步)   한가롭게 거닒, 또는 그러한 걸음걸이.

만사형통(萬事亨通)   모든 일이 뜻한 바대로 잘 이루어짐.

만연히(漫然 -)   어떤 목적이나 의식 없이 멍하니.

말꾼   '말몰이꾼' 의 준말. 짐 싣는 말을 몰고 다니는 사람.

말로(André Malraux) 1901~1976. 프랑스의 작가, 미술 평론가, 정치가. 파리에서 태어났으며, 행동주의 문학을 대표한다. 대표작으로 『정복자』, 『인간의 조건』, 『희망』 등이 있다.

말류(末流) 어느 유파에서 갈려 나가 그 세력이 쇠퇴한 유파. 하찮은 유파나 분파, 또는 거기에 딸린 사람.

맘모스→매머드(mammoth) 포유류 장비목(長鼻目)에 속하는 화석 코끼리. 홍적세 중기부터 후기에 걸친 빙하기에 생존했다.

망양정(望洋亭) 흔히 경북 울진군 근남면에 있는 관동 팔경의 하나를 생각하지만, 여기서는 함경북도 성진시(현재는 김책시) 본동 청학 공원 안에 있는 정자를 가리키며, 청학 공원은 함북 팔경의 하나로 꼽힌다.

망언다사(妄言多謝) 편지 글이나 평문 따위에서, 자기의 글 가운데 이치나 사리에 맞지 않는 말이 있으면 깊이 사과한다는 뜻으로 쓰는 말.

망토(manteau) 남녀가 두루 입을 수 있는 커다란 외투의 한 가지. 소매 없이 어깨에서 내리 걸쳐 입으며, 손을 내놓는 아귀가 있음.

매머드(mammoth) 원래는 신생대에 출현했던 큰 코끼리의 이름이지만, 여기서는 '거대한 것'의 의미로 '거대 자본'을 가리킨다.

매음(賣淫) 여자가 돈을 받고 몸을 파는 일. 매춘(賣春).

맹우(盟友) 굳은 맹세로 맺은 벗.

먼로주의(Monroe Doctrine) 1823년 12월 미국의 제5대 대통령 J. 먼로가 의회에 제출한 연두 교서에서 밝힌 외교 방침. 미국의 유럽에 대한 불간섭의 원칙, 유럽의 미국 대륙에 대한 불간섭의 원칙, 유럽 제국에 의한 식민지 건설 배격의 원칙 등 3개 원칙으로, 고립주의 외교 노선이다.

메소포타미아(Mesopotamia) 서남아시아의 티그리스 강과 유프라테스 강 사이에 있는 지역. 현재 이라크의 바그다드를 경계로 북부의 아시리아와 남부의 바빌로니아로 나누어지며, 바빌로니아에서 일어난 세계에서 가장 오래된 문명인 메소포타미아 문명이 형성되었다.

메카(Mecca) 사우디아라비아 헤자즈 지방에 있는 도시. 이슬람교의 교조 마호메트의 출생지로 알려졌으며, 이 나라의 종교·행정·상업의 중심지이다. 순례자가 많이 모이는 종교 도시로, 메디나(Medina)와 더불어 대표적인 이슬람 성지이다.

메커니즘(mechanism) '기계 장치'라는 뜻으로, 틀에 박힌 생각 또는 기계적인 처리. 어떤 사물의 구조 또는 그것의 작용 원리.

메타포어(metaphor) 은유(隱喩). 본뜻은 숨기고 비유하는 형상만 드러내어, 표현하려는 대상을 설명하거나 그 특질을 묘사하는 표현 방법.

메피스토(Mephisto)→메피스토펠레스(Mephistopheles) 독일의 파우스트 전설과, 이 전설을 소재로 한 작품에 등장하는 악마의 이름. 전설에서는 파우스트가 악마와 계약을 맺어 즐거움에 빠지지만, 그의 영혼은 계약 기한이 끝나는 순간 악마의 것이 된다.

명도(明渡) 건물이나 토지 따위를 남에게 넘겨줌.

명사십리(明沙十里) 함경남도 원산시 갈마반도(葛麻半島)의 남동쪽 바닷가에 있는 백사장. 바다 기슭을 따라 흰 모래톱이 10리나 이어져 명사십리라고 한다. 이 일대에는 특히 해당화가 유명하다.

명인(名人) 어떤 기예에 뛰어나 유명한 사람. 달인.

명주실(明紬-) 누에고치에서 뽑아낸 실. 비단실.

명천(明川) 함경북도 남동부 동해 연안에 있는 군. 길주명천 지구대가 남북 방향으로 형성되어 있다.

모 성질이나 행동 등에서 특히 두드러지게 나타나는 점. 특징. 또는 사물을 보는 측면이나 각도. 면(面).

모더니즘(Modernism) 1920년대에 일어난 근대적인 감각을 나타내는 예술상의 여러 경향을 두루 일컫는 개념. 넓은 의미로는 교회의 권위나 봉건성에 반항해 과학이나 합리성을 중시하고 근대화를 지향하는 것을 말하지만, 좁은 의미로는 기계 문명과 도회적 감각을 중시해 현대풍을 추구하는 것을 뜻한다. 예술에서의 모더니즘은 20세기 초 표현주의, 미래파, 입체파, 다다이즘, 형식주의, 주지주의 등의 감각적·추상적·초현실적인 경향을 띤 여러 운동을 가리킨다.

모더니티(modernity) 현대성, 현대풍, 현대적인 것.

모던 걸(modern girl) 근대 여성을 가리키는 말이지만, '불량 소녀'라는 의미로 경멸적으로 쓰이기도 했다. 1920~1930년대 우리나라에서 주로 사용됨.

모래불 (북한) 바닷가나 강가에 모래가 널리 깔려 있는 곳. 모래톱. 모래사장.

모반(謀叛) 자기 나라를 배반하고 남의 나라 좇기를 꾀함.

목욕간(沐浴間) 목욕할 수 있도록 마련한 칸살.

목패(木牌) 나무로 만든 패. 목찰(木札).

몽유병(夢遊病) 잠을 자다가 자기도 모르게 일어나서 어떤 행동을 하다 다시 잠을 자는 병적인 증세. 깬 뒤에는 이 사실을 전혀 깨닫지 못함.

몽파르나스(Montparnasse) 프랑스 파리 남부에 있는 제14구의 일부. 1860년 파리에 편입된 뒤, 특히 '에콜 드 파리'의 중심지로 화가들이 모여들어 아틀리에를 차렸으며, 카페·샹송 극장·영화관 등이 즐비한 파리에서 손꼽히는 환락가.

무개차(無蓋車) 지붕이 없는 차.

무르녹다 (과일이나 삶은 음식이) 익을 대로 익어 흐무러지다. (무슨 일이) 한창 고비에 이르다.

무명(無明) 불교에서, 번뇌로 말미암아 진리에 어둡고 불법을 이해하지 못하는 마음의 상태를 뜻하는 말.

무미건조(無味乾燥) '맛이 없고 메마르다'라는 뜻으로, (글이나 그림 또는 분위기 따위가) 깔깔하거나 딱딱해서 운치나 재미가 없음.

무산(茂山) 함경북도 중부 내륙지대에 있는 군(郡). 대부분 지역이 해발 고도 1,000m 이상의 중산성(中山性) 산지로, 산림이 전체 면적의 약 90%이다.

「무서운 어린애」 장 콕토의 소설 「무서운 아이들」(Les enfants terribles, 1929)을 가리킨다. 콕토는 그가 문단에 데뷔시켜 준 천재 작가 라디게(Raymond Radiguet, 1903~1923)가 요절한 것을 슬퍼해 아편 중독자가 된 자신이 악습에서 빠져나오기 위해 이 소설을 썼다.

무심필(無心筆) 딴 털로 속을 박지 않은 붓.

무인지경(無人之境) 사람이 없는 지역. 아무것도 거칠 것이 없는 판.

무하유향(無何有鄕) '있는 것이란 아무것도 없는 곳'이라는 말로, 장자가 추구한 무위자연의 이상향을 뜻한다. 『장자』의 소요유(逍遙遊) 편·응제왕(應帝王) 편·지북유(知北遊) 편 등 여러 곳에 나오는 말이다. 서양에서 말하는 유토피아도 결국은 어느 곳에도 없는 땅(nowhere)이라는 의미이다.

묵객(墨客) 글씨를 쓰거나 그림을 그리는 사람, 또는 시문(詩文)에 능한 사람.

묵서가(墨西哥) 멕시코의 한자식 표기.

문운(文運) 학문이나 예술이 크게 일어나는 운세. 문인으로 성공할 운수.

문호(文豪) 크게 뛰어난 문학가.

물바퀴 (북한) 물의 힘으로 돌리는 물방아의 바퀴. 이 바퀴에 물이 고여 바퀴 전체가 돌아감.

물색(－色) 물의 빛깔과 같이 엷은 남색.

미래파→미래주의(未來主義, futurism) 20세기 초에 일어난 이탈리아의 전위 예술 운동. 전통을 부정하고 기계 문명이 가져온 도시의 약동감과 속도감을 새로운 미로써 표현하려고 했다. 이 경향은 전쟁이나 힘에 대한 성급한 찬미로 나타났는데, 결국 무솔리니의 파시즘과 연관되기도 했다.

미명(未明) 날이 채 밝지 않음, 또는 그런 때.

미심(未審) (일이 확실하지 않아) 마음을 놓을 수 없음.

미정고(未定稿) 아직 완성되지 않은 원고.

미켈란젤로(Michelangelo Buonarroti) 1475~1564. 이탈리아의 화가, 조각가, 건축가, 시인. 르네상스 말기에 활동했으며, 조각 작품은 약 40점, 회화로는 4면의 대벽화 등을 남겼다. 대표작으로 〈다비드〉, 〈최후의 심판〉 등이 있다.

민사령(民事令)→민사법(民事法) 민사에 관한 법률을 통틀어 이르는 말. 민법·상법과 그 절차법인 민사 소송법 따위. → 조선민사령(朝鮮民事令): 일제 강점기에 조선인의 민사에 관한 사항을 규정한 기본 법규. 1912년 3월 조선총독부 제령(制令) 제7호로서 공포된 법령. 이 법규는 1959년 1월 '구법령정리에 관한 특별조치법'에 의해 폐지되었다.

밀탐(密探) 은밀히 하는 정탐.

밀항(密航) 법을 어기고 몰래 해외로 항해함.

밀회(密會) 몰래 모이거나 만남, 또는 그러한 모임.

ㄱ ㄴ ㄷ ㄹ ㅁ **ㅂ** ㅅ ㅇ ㅈ ㅊ ㅋ ㅌ ㅍ ㅎ

바라 (옛말) 곁따라. 더불어. 원형은 '받다'.

바로미터(barometer) 사물을 아는 기준이나 척도가 되는 것.

바이런(George Gordon Byron) 1788~1824. 영국의 시인. 그리스 독립군에 참가했다가 말라리아에 걸려 병사했다. 셸리, 키츠와 더불어 3대 낭만파 시인으로 불린다.

박람회(博覽會) 산업이나 기술 따위의 발전을 위해 농업, 공업, 상업 등에 관한 물품을 모아 일정한 기간 동안 여러 사람에게 보이는 모임.

박래품(舶來品) 지난날 '서양에서 들여온 상품'을 이르던 말.

박명(薄命) 운명이 기구함. 목숨이 짧음.

박용철(朴龍喆) 1904~1938. 시인. 호는 용아(龍兒). 광주 광산(光山)에서 태어났으며, 1930년 김영랑과 함께 『시문학』을 창간하고, 그의 대표작 「떠나가는 배」 등을 발표했다.

박재륜(朴載崙) 1910~2001. 시인. 호는 국사(鞠史). 충북 충주에서 태어났으며, 1930년 『조선지광』과 『신여성』으로 등단했다. 이후 고향에 머물면서 『궤짝 속의 왕자』, 『메마른 언어』, 『천상에 서서』 등의 시집을 남겼다.

반달(Vandal) 게르만족에 속하는 루기족(族)을 중심으로 한 혼성 부족. 5세기 초 유럽의 민족 대이동 때 아프리카에 왕국을 세운 반달족은 지중해 연안에서 로마에 걸쳐 약탈과 파괴를 거듭함으로써 비문화적 야만 행위를 일컫는 '반달리즘'이라는 말이 유래했다.

반도호텔(半島Hotel) 1936년 일본인에 의해 문을 연 국내 최초의 본격적인 상용 호텔. 지금의 서울 중구 소공동 롯데호텔 자리에 있었는데, 1979년에 헐렸다.

반추(反芻) 어떤 일을 되풀이해서 음미하거나 생각하거나 하는 일.

발기 '발구'의 함경도 사투리. 산에서 말이나 소가 끄는 운반용 썰매. 대체로 얼음이 깔리거나 눈이 많이 쌓여 달구지를 이용할 수 없는 곳에서 쓴다.

발기(發起) 앞장서서 새로운 일을 꾸며 일으킴.

발호(跋扈) 함부로 세력을 휘두르거나 제멋대로 날뜀.

방천(防川) 둑을 쌓아 냇물이 넘쳐 들어오는 것을 막음, 또는 그 둑. 냇둑.

배(가) 맞다 서로 뜻이 통하다.

배기다 어려운 일을 잘 참고 견디다. 어떠한 경우든지 참고 지내다.

배알머리 경기도 하남시 배알미동에 있는 지명으로, 이곳에 팔당 댐이 있다. 남한 강과 북한강이 교차해 예로부터 교통과 상업의 근거지였다.

배좁다 자리가 몹시 좁다. '비좁다'의 작은 말.

백계노인(白系露人) 1917년 러시아에서 일어난 10월 혁명 뒤 소비에트 정권에 반대해 해외로 망명한 러시아 사람.

백동(白銅) '백통'의 본딧말. '백통'은 구리, 아연, 니켈의 합금. 은백색으로, 화폐나 장식품 등에 쓰임.

백동전(白銅錢) '백통전'의 본딧말. 동전의 한 가지로, 백통으로 만든 은빛의 주화.

백로지(白露紙) '갱지(更紙)'의 속된 말. '갱지'는 주로 신문지, 시험지 따위로 쓰이는 면이 좀 거칠고 빛깔이 약간 거무스름한 서양에서 들여온 종이.

백석(白石) 1912~1995. 시인. 본명은 기행(夔行). 평북 정주(定州)에서 태어나 1936년 시집 『사슴』을 간행하면서 문단에 데뷔했다. 해방 후에는 고향에 머물면서, 북한에서는 주로 아동 문학 분야에서 활동했다.

백양(白楊) 버드나뭇과의 낙엽 교목. 깊은 산이나 물가에 나는데, 높이는 15~20m. 4월경 잎이 나기 전에 적갈색 꽃이 늘어져 핀다.

번풍(蕃風) 오랑캐의 풍습.

범람(汎濫·氾濫) 바람직하지 못한 것들이 많이 나돎.

범인(凡人) 평범한 사람. 보통 사람. 범부(凡夫).

법의(法衣) (가사·장삼 따위) 승려가 입는 옷.

베데킨트(Frank Wedekind) 1864~1918. 독일의 극작가. 하노버에서 태어나 스위스에서 성장했다. 대표작으로 「판도라의 상자」 등이 있다.

베르사유(Versailles) 프랑스 일드프랑스 주 이블린 현의 중심 도시. 파리의 남서쪽 22km 지점에 있으며, 17세기 말~18세기에 부르봉 왕조의 궁전이 있던 곳으로 유명하다.

베를렌(Paul-Marie Verlaine) 1844~1896. 프랑스의 상징파 시인. 랭보와 동거하면서 벨기에를 방랑하다 랭보에게 권총을 쏘아 2년을 교도소에서 보냈다. 세기말을 대표하는 대시인.

베아트리체(Beatrice) 1266~1290. 단테에게 사랑과 문학의 원천이었던 여성. 이탈리아의 피렌체 사람으로, 단테는 9세 때(1274) 한 살 아래인 그녀와 만나 사랑과 찬미의 감정을 품었고, 9년 후에 우연히 길에서 다시 만나 그녀의 정중한 인사를 받자 지극한 행복을 느꼈으며, 그후로는 영원한 여성으로 그의 마음속에 살

아남았다.

베이스(bass) 저음(低音). 성악에서 남자의 가장 낮은 음역 또는 그 음역의 가수.

벨트(belt) 기계에서, 동력을 전달하기 위한 띠 모양의 물건.

벼래→벼루 강가나 바닷가의 낭떠러지.

변사(辯士) 무성 영화 시대에, 영화에 맞춰 그 줄거리나 대화 내용을 설명하던 사람.

병참(兵站) 군대에서, 군사 작전에 필요한 물자의 보급 관리 및 재산·영현(英顯: 죽은 사람의 영혼) 처리 등을 담당하는 병과. 여기서 병참 부대라고 함은 분원 유람(遊覽)에 필요한 음식 등의 물자를 준비해 온 사람들을 가리킨다.

병화(兵禍) 전쟁으로 말미암아 입는 재앙, 근심, 재난.

보드카(vodka) 러시아의 대표적인 증류주. 러시아어 '물'(Voda)에서 나온 말로, 14세기경에 제조된, 오랜 역사를 지닌 술이다. 매우 독한 술로 45~50도 정도의 것이 많다.

보들레르(Charles Pierre Baudelaire) 1821~1867. 프랑스의 시인, 미술 평론가. 파리에서 태어났으며, 대표작으로 『악의 꽃』·『파리의 우울』 등이 있다.

보루(堡壘) (적의 공격이나 접근을 막기 위해) 돌, 흙, 콘크리트 따위로 튼튼하게 쌓은 진지(陣地). '어떤 일을 하기 위한 튼튼한 발판'을 비유해서 이르는 말.

보스턴백(Boston bag) 바닥이 긴 네모꼴이고 가운데가 불룩한 여행용 가방.

보이(boy)→웨이터(waiter) 호텔이나 서양식 식당 등에서 음식 따위를 나르거나 손님의 시중을 드는 남자 종업원.

보통학교(普通學校) 1906년 보통학교령에 의해 설치된 초등 교육 기관. 한말 신학제 제정에 따라 설치된 소학교를 변경한 것으로, 수업 연한은 4년이고 8세부터 12세까지의 남녀를 입학시켰다. 1922년의 제2차 조선 교육령에서는 수업 연한을 6년으로, 입학 연령을 6세 이상으로 했다.

복사열(輻射熱) 복사선이 물체에 흡수되어 생기는 열.

본견(本絹) 명주실만으로 짠 비단. 순견(純絹). ↔ 인조견.

본정(本町) 1정목(町目) 지금의 충무로 1가를 말함. 구한말 이 근처에 일본 공사관이 들어선 뒤 1885년 무렵부터 일본인들이 이 부근에 터를 잡기 시작해 충무로 1~4가 일대에 이른바 혼마치(本町)라는 일본인촌이 형성되어 해방될 때까지 계속되었다. 당시에는 충무로를 본정통(本町通)이라 불렀는데, 1946년 이순신의 시호를 본떠 고쳤다.

볼가(Volga) 러시아 연방 서부를 흘러 카스피 해로 들어가는 유럽 최대의 강.

볼가강의 뱃노래 러시아의 민요. 볼가 강을 거슬러 올라가는 배의 닻줄을 끌어당기면서 부르는 사공들의 노래.

봉수산(烽燧山) '봉화가 설치되어 있는 산'을 통틀어 부르는 말. 여기서는 함경북도 학성군 학중면 임명동 북쪽 2km 떨어진 곳에, 임진왜란 당시 봉수대가 있던 산의 이름.

부득불(不得不) 아니할 수 없어. 마지못해 결국. 불가불.

부력(富力) 부(富)의 정도나, 부로 말미암아 얻는 힘. 재력(財力).

부로(父老) 한 동네에서 나이가 많은 어른을 높여 일컫는 말.

부르걷다 옷소매나 바짓가랑이를 걷어올리다.

부리다 (마소·수레·자동차·배 등에 실려 있는 짐을) 내려놓다.

부면(部面) (어떤 것을) 여러 부분으로 나눈 것 가운데 한 면.

부시운→부시다 '부수다'의 잘못. 조각이 나게 두드려 깨뜨리다.

부조(浮彫)→돋을새김 조각에서, 형상이 도드라지게 새기는 일. 또는 모양이나 형상을 주로 도드라지게 처리한 평면성 조각.

부평(富平) 인천 부평구 부평동 일대를 부르는 말. 영등포 공업 지대와 더불어 경인 공업 지대의 중심지이다.

『부활』(復活) 러시아의 작가 톨스토이의 장편 소설. 1898~1899년 작. 『전쟁과 평화』, 『안나 카레니나』와 더불어 그의 3대 작품 가운데 하나로 세계적으로 유명하다. 카추샤와 네플류도프는 이 작품의 주인공들이다.

북간도(北間島)→간도(間島)

북악산(北岳山) 경복궁 북쪽에 있는, 옛 서울의 진산(鎭山). 백악산(白岳山)이라고도 하며, 높이는 342m이다. 산의 남쪽 기슭에 청와대가 있다.

분류(奔流) 내달리듯이 세차게 빨리 흐름, 또는 그러한 흐름.

분수령(分水嶺) '일이 어떻게 될 것인가가 결정되는 고비'를 비유해서 이르는 말.

분원(分院) 조선 시대에 궁중 음식에 관한 일을 맡아보던 사옹원(司饔院)의 관영(官營) 사기 제조장. 15세기 후반부터 경기도 광주에 사옹원의 분원을 세워 관과 궁중에서 필요로 하는 도자기를 직접 충당했다.

분원 자기(分院磁器) 경기도 광주의 분원(分院)에서 만든 자기.

분칠(粉漆) 얼굴에 분을 바르는 일을 낮잡아 이르는 말.

불가해(不可解) 이해할 수 없음. 알 수 없음.

불모(不毛) 아무런 발전이나 결실이 없는 상태를 비유해서 이르는 말.

불문율(不文律) 은연중에 서로 이해해서 지키는 규칙.

불발(不拔) (아주 든든하여) 빠지지 아니함. (의지가 굳어) 흔들리지 아니함.

불소하다(不少—) 적지 아니하다.

불시에 뜻하지 아니한 때.

불온성(不穩性) 온당하지 않고 험악한 성질. 치안(治安)을 해칠 우려가 있음.

불평가(不平家) 불평이 많은 사람. 불평객.

붙이 가까운 겨레임을 나타내는 접미사. 그 물건에 딸린 같은 종류.

블란케트→블랭킷(blanket) 의복용의 흰 털 재료. 담요. 모포(毛布).

블록(block) 사방이 도로로 둘러싸인 도시의 한 구획.

비각(碑閣) 안에 비를 세워 놓은 집.

비기다 빗대어 말하다. 비유하다.

비끼다 비스듬히 놓이거나 늘어지다. 비스듬히 비치다.

비등(沸騰) 액체가 끓어오름. 물 끓듯 세차게 일어남.

비보(悲報) 슬픈 소식.

비요롱→바이올린(violin) 대표적인 현악기의 한 가지.

비행 중위(飛行中尉) 계급이 중위이자 비행기 조종사인 군인.

빛다르다→색다르다(色———) 종류가 다르다. 보통과는 달리 특이하다.

뿔통(—筒) 둥글고 길게 짐승의 뿔을 동강 낸, 속이 빈 물건.

ㄱ ㄴ ㄷ ㄹ ㅁ ㅂ **ㅅ** ㅇ ㅈ ㅊ ㅋ ㅌ ㅍ ㅎ

사기(邪氣) 한방에서, 몸에 병을 가져온다는 풍한서습(風寒暑濕) 따위의 나쁜 기운. 또는 요사스럽고 나쁜 기운.

사당(祠堂) 신주(神主)를 모신 집, 또는 신주를 모시기 위해 집처럼 작게 만든 것.

사면(斜面) 비스듬한 면. 비탈진 면.

사바귀춤 어떤 형태의 춤인지도 알 수 없고 이 용어가 정확한지도 알 수 없으나, 참고로 러시아의 여름 축제에 대해 살펴봄으로써 어느 정도 짐작해 볼 수 있기를 바란다. → 이반 쿠팔라(Ivan Kupala): 러시아력으로 하지(夏至)인 7월 7일(구력 6월 24일)에 기념되는 이 축제는 물과 이슬로 목욕하기와 모닥불 건너 뛰기라는 두 가지 상징적인 의례가 행해진다. 축제의 밤에는 젊은이들과 어른들이 숲과 강과 호수가 둔덕 빈터에 앉아서 모닥불을 피우는데 불은 비벼서 피워야 했으며, 모닥불 한 가운데 태양을 상징하는 불타는 바퀴를 가진 막대기를 세웠다. 불길이 타기 시작하면 사람들은 모닥불을 뛰어넘는 놀이를 즐겼다. 또 축제 전날부터 민간에서는 건강에 좋다고 생각되는 풀을 모으기도 했으며, 만나는 사람들과 옆에 있는 사람들에게 물을 퍼붓기도 하였다.

사옹원(司饔院) 조선 시대에 대궐 안의 음식 장만에 관한 일을 맡아보던 관아.

4월…… 잔인한 달 T. S. 엘리엇의 장시 「황무지」 제1부 '죽은 자의 매장' 에 나오는 구절. "4월은 가장 잔인한 달/죽은 땅에서 라일락을 키워 내고/추억과 욕정을 뒤섞고/잠든 뿌리를 봄비로 깨운다./겨울은 오히려 따뜻했다./잘 잊게 해 주는 눈으로 대지를 덮고/마른 구근(球根)으로 약간의 목숨을 대어 주었다." (이하 생략)

산모롱이(山---) 산모퉁이의 휘어져 돌아간 곳.

산반(算盤) 셈. 계산. 손익 계산. 수지타산.

산발(山-) (북한) 여러 갈래로 뻗은 산의 줄기.

산처(産處) 생산되는 곳. 산지(産地).

산천어(山川魚) 연어목 연어과의 민물고기. 몸길이는 20cm 내외이며, 송어가 바다로 내려가지 않고 강에 남아서 성숙한 것이 산천어이다. 하천의 상류, 물이 맑은 곳에서 산다.

산파(産婆) 어떤 일을 곁에서 잘 주선해 이루어지도록 힘쓰는 사람을 비유해서 이르는 말.

살로시니 나이두(Sarojini Naidu) 1879~1949. 인도의 시인, 사회 운동가, 정치가. 근대 인도의 열정적인 서정시인이자 인생 시인·종교 시인으로 알려졌다. 여성 해방 운동에 참여했으며, 조국의 독립과 자유를 위한 반영(反英) 민족 운동에서도 활약했다.

삼각주(三角洲) 강물에 떠내려 온 토사가 하구(河口)에 퇴적되어 이루어진 충적 평야의 한 가지. 대체로 삼각형을 이룸. 델타.

삽시간(囊時間) 아주 짧은 동안. 일순간.

삽화(揷話) 문장이나 연극 속에 끼워 넣은, 본 줄거리와는 직접 관계없는 이야기. 에피소드(episode).

상(箱)→ 이상(李箱)

상론(相論) 서로 의논함. 상의(相議).

상서롭다(祥瑞ㅡ) 복스럽고 길한 일이 있을 듯하다.

상선(商船) 삯을 받고 사람이나 짐을 나르는 데 쓰는 배.

상장(喪章) 상중(喪中)임을 나타내기 위해 옷가슴이나 소매에 다는 표.

상징주의(象徵主義) 19세기 말, 프랑스 시단을 중심으로 일어났던 문학·예술의 한 경향. 고답파의 객관주의에 반대하고, 분석에 의해 포착할 수 없는 주관적 정서를 상징적으로 형상화해 대상의 종합적인 이미지를 파악하려고 한 것이 그 주된 특징임. 표상주의(表象主義). 심벌리즘(symbolism).

상찬(賞讚) 훌륭한 점을 기림. 아름답게 여겨 칭찬함.

상해우다(傷ㅡ) 상하게 하다. '우'는 동사 어근에 붙어 주동사를 사동사로 만든다.

상허(尙虛)→ 이태준(李泰俊) 1904~?. '상허'는 이태준의 호. 강원도 철원에서 태어나 구인회에 가담했고 『문장』지를 주관했으며, 해방 후 '조선 문학가 동맹'에서 활동하다 월북했다. 한국 근대 단편 소설의 완성자로 평가되며, 문장론으로 『문장 강화』가 유명하다.

상허(尙虛)·지용(芝溶)·종명(鍾鳴)·구보(仇甫)·무영(無影)·유영(幽影) 1933년에 결성된 문인 단체인 구인회의 회원들로, 순서대로 본명은 이태준(李泰俊)·정지용·이종명·박태원(朴泰遠)·이무영·김유영.

상형 문자(象形文字) 물체의 모양을 본떠서 만든 글자.

새다→ 새우다 온밤을 자지 않고 뜬눈으로 밝히다.

샐러리맨(salaried man) 봉급 생활자. '봉급, 급료'를 의미하는 샐러리(salary)는 고대 로마에서 병사들의 급료로 지급된, '소금을 사기 위한 돈'에서 유래했다.

생령(生靈) 생명(生命). 산 사람의 영혼.

서니룸(sunny room) 햇빛이 잘 드는 방. 여기서는 일광욕실을 뜻한다.

서머 타임(summer time) 여름철에 일조 시간(日照時間)을 유효하게 이용하기 위해 표준 시간을 한 시간쯤 앞당기는 제도. 일광 절약 시간.

서울 운동장 일명 동대문 운동장(東大門運動場). 서울시 중구 을지로 7가에 있는 운동장. 1926년 3월에 준공한 한국 최초의 종합 경기장.

서원(署員) (경찰서·세무서·소방서 따위) '서(署)' 자가 붙은 관공서에서 근무하는 사람을 두루 이르는 말.

서푼짜리 가극(Die Dreigroschen-oper) 독일의 극작가 B. 브레히트의 희곡. 1928년에 베를린에서 초연(初演)되었다. 서곡과 3막 8장으로 된 음악극으로, 영국의 존 게이의 『거지 오페라』(Beggars Opera, 1728)를 모방한 것이다. 그러나 여기서는 '아주 형편없는 오페라'라는 의미로 사용됨. → 서푼: 아주 보잘것없는 적은 돈이나 값어치를 이르는 말. → 가극(歌劇): 가수의 가창을 중심으로 전개되는 연극. 오페라(opera).

석호정(石虎亭) 경기도 광주시 남종면 이석리(二石里)에 있는 정자로 짐작된다. 광주시청의 안내에 따르면, 이석리라는 이름이 1914년 행정 구역 개편 때 석림동(石林洞)과 이웃의 '석조정'(石潮亭)을 합해 생겨났다고 한다. 또 광주시 문화원 자료에 따르면, 석호동(石湖·石湖 洞)과 석림동을 합했다고 주장한다.

선→설다 서투르다. 익숙하지 않다. 낯익지 못해 서먹하거나 어색하다.

선로(線路) 레일(rail). 철길을 이루는 강재(鋼材).

선벽(船壁) 배의 벽체.

선창(船窓) 배의 창문.

섣달 음력으로 한 해의 마지막 달. 음력 12월.

설다 '섧다'의 잘못. 원통하고 슬프다. 서럽다.

설봉산(雪峰山) 함경북도 학성군과 길주군 경계에 있는 산. 해발 658m.

설의식(薛義植) 1900~1954. 평론가, 언론인. 호는 소오(小悟). 함경남도 서천에서 태어났으며, 1922년 동아일보 사회부 기자로 입사했으나, 1936년 일장기 말소 사건으로 사퇴했다.

성자(姓字) 성(姓)을 나타내는 글자.

성장(盛裝) 옷을 화려하게 차려입음, 또는 그러한 차림.

성진(城津) 함경북도의 남쪽 끝에 있는 항구 도시(현 김책시).

세기말(世紀末) 한 세기의 끝. 병적·퇴폐적인 풍조가 나타났던 유럽, 특히 프랑스의 19세기 끝 무렵, 또는 그런 경향이 일어나는 어떤 사회의 몰락기(沒落期).

세기말 문학 프랑스에서 시작해 1890년대 유럽 여러 나라에 퍼진 인간 정신의 퇴폐적 경향을 나타내는 문학으로, 당시의 회의주의·염세주의·향락주의 등을 가리킨다.

세심암(洗心岩)→오심암(吾心岩)

세인트헬레나(Saint Helena) 남대서양에 있는 영국령 화산섬. 나폴레옹의 유배지로 유명하다.

세평(世評) 세상 사람들의 비평.

센다이(仙臺) 일본 미야기 현(宮城縣)의 현청 소재지. 도호쿠(東北) 지방 최대의 도시. 당시 김기림은 이곳에 있는 도호쿠제국대학 영문과에 다녔다.

센서블(sensible) 분별 있는. 양식(良識)을 갖춘. 지각 있는. (행동 등이) 현명한.

센티멘털(sentimental) 감상(感傷)적인. 정에 호소하는. 향수 어린. 감정적인.

센티멘털 로맨티시즘(sentimental romanticism) 감상적 낭만주의. 어떤 사물이나 사실에 쉽게 감동하고 그 감정을 억제하지 못해 일종의 병적인 상태에 빠져 버리는 경향.

셰익스피어(William Shakespeare) 1564~1616. 영국의 시인, 극작가. 영국이 낳은 세계 최고 극작가로, 희·비극을 포함한 37편의 희곡과 여러 권의 시집 및 소네트집을 냈다. 대표작으로는 4대 비극 「햄릿」, 「오셀로」, 「리어왕」, 「맥베스」가 있다.

셰퍼드(shepherd) 독일이 원산지인 개의 한 품종. 몸은 늑대와 비슷하며 매우 영리함. 특히 용맹하고 후각이 예민해 경찰견이나 군용견 등으로 이용됨.

셸리(Percy Bysshe Shelley) 1792~1822. 영국의 낭만파 시인. 작품이나 생애가 권력이나 폭력, 인습에 대한 반항, 이상주의적인 사랑과 자유에 대한 동경으로 일관해 바이런과 함께 낭만주의 시대의 가장 인기 있는 작가였다.

소(沼) 땅바닥이 우묵하게 뭉텅 빠지고 물이 깊게 괴어 있는 곳. 늪.

소오(小梧)→설의식

소운(素雲)→김소운 1907~1981. 시인, 수필가. 소운은 필명이고, 호는 삼오당(三

誤堂)이며, 본명은 교중(敎重)이다. 13세 때 일본으로 건너가 20세 전후부터 일본 시단에서 활약했다. 말년에는 '소운'(巢雲)이라는 필명을 사용했다.

소월(素月)→ 김소월(金素月) 1902~1934. 시인. 본명은 김정식(金廷湜), '소월'은 호. 평안북도 구성(龜城)에서 태어났으며, 1925년에 시집 『진달래꽃』을 간행했으나 33세에 음독 자살했다.

속견(俗見) 속된 견해. 속인(俗人)의 견문과 학식. 시시한 생각.

속무(俗務) 세속적인 잡무(雜務).

손시계 회중시계. 몸시계. 호주머니에 넣고 다닐 수 있게 만든 시계.

솔로몬(Solomon) 이스라엘 왕국 제3대 왕(재위 B.C. 971~B.C. 932). '지혜의 왕'으로 알려졌다. 반대파를 누르고 대외 평화에 힘을 쏟아 왕국의 전성기를 이룩함으로써 후세 '솔로몬의 영화(榮華)'로 일컬어지는 융성을 이루어 냈다. 그러나 그가 세상을 떠난 후, 왕국이 남북으로 분열했다.

송계월(宋桂月) ?~1933. 일제 시대에 활동한 여류 작가, 기자. 함경남도 북청군에서 태어나 경성여자상업학교를 졸업했다. 개벽사와 삼천리사 기자를 지냈으며, 단편 소설 「공장 소식」 등이 있다. 광주 학생 운동에 적극 참여하다 투옥된 뒤 1933년 6월에 병사했다.

쇠잔(衰殘) 쇠하여 힘이나 세력이 점점 약해짐.

수려(秀麗) (경치나 용모가) 빼어나게 아름다움.

수분(數分) '분'이 1/10이므로, '수분'은 열(10) 가운데 몇이라는 의미.

수상(隨想) 사물을 대할 때의 느낌이나 그때 그때 떠오르는 생각. 수필(隨筆).

수성천(輸城川) 함경북도 회령, 청진 구조곡(構造谷)을 남류해 동해로 흘러드는 하천.

수성평야(輸城平野) 함경북도 부령군 수성천 유역의 일부와 청진시 북부 지역에 있는 평야.

수세(水勢) 물이 흘러내리는 힘이나 형세.

수수끼다 '수수끔하다'의 잘못으로 보임. '수수끔하다'는 북한 말로 '제격에 어울리게 수수하다, 수수한 데가 있다'는 뜻이다.

수수된 내용상으로 '수척된'의 잘못으로 보임. '수척(瘦瘠)하다'는 몸이 마르고 파리하다.

수신 교과서(修身敎科書) 오늘날의 도덕이나 윤리 과목의 교과서. 1906년 9월 휘문의숙에서 편찬한 중등학교 저학년용 교과서. 내용은 학생들이 갖추어야 할 기본적인 마음가짐과 도리를 폭넓게 다루었다.

수역(水域) 강이나 바다 따위 수면의 일정한 구역.

수원숭이 원숭이의 수컷.

수투목→수투전(數鬪牋) 사람, 물고기, 새, 꿩, 노루, 뱀, 말, 토끼를 그린 여든 장의 투전. 팔대가(八大家). 팔목(八目).

술기 '수레'의 함경도 사투리.

쉬르레알리스트→초현실파→초현실주의(超現實主義, surrealism) 프로이트의 정신 분석의 영향을 받아, 무의식의 세계 내지는 꿈의 세계를 표현하고자 하는 20세기의 문학예술 사조.

쉬페르비엘(Jules Supervielle) 1884~1960. 프랑스의 시인, 소설가, 극작가. 우루과이 몬테비데오에서 태어났으며, 1919년 상징파의 영향을 받은 시집 『슬픈 유머』를 발표해 주목을 끌었다. 그의 시의 특징은 광대한 우주적 공간 감각이다.

슈베르트(Franz Peter Schubert) 1797~1828. 오스트리아의 작곡가. 가곡을 비롯해 관현악곡·실내악·피아노곡 등 우수한 작품을 남겼으며, 독일 낭만파 초기를 대표한다. 대표작으로 〈아름다운 물방앗간의 처녀〉, 〈겨울 나그네〉, 〈미완성 교향곡〉 등이 있다.

스탕달(Stendhal) 1783~1842. 프랑스의 소설가. 본명은 마리 앙리 벨(Marie Henri Beyle). 대표작으로 『적과 흑』·『파르므의 수도원』 등이 있으며, 발자크와 함께 19세기 프랑스 소설가의 2대 거장으로 평가된다.

시름없다 근심과 걱정으로 맥이 없다.

시먼즈(John Addington Symonds) 1840~1893. 영국의 시인, 수필가, 문학사가.

시몬의 노래 이는 구르몽의 시 「눈」을 가리키는 듯함. "시몬, 눈은 그대 목처럼 희다./시몬, 눈은 그대 무릎처럼 희다.//시몬, 그대 손은 눈처럼 차갑다./시몬, 그대 마음은 눈처럼 차갑다.//눈은 불꽃의 입맞춤으로 받아 녹는다./그대 마음은 이별의 입맞춤에 녹는다.//눈은 소나무 가지 위에 쌓여서 슬프다./그대 이마는 밤색 머리칼 아래 슬프다.//시몬, 그대 동생인 눈은 안뜰에서 잠잔다./시몬, 그대는 나의 눈, 또한 내 사랑이다."

시절가(時節歌)   시절을 읊은 속요(俗謠). 시조(時調).

시클라멘(cyclamen)   앵초과의 다년초. 관상용 식물로, 높이는 15∼20cm. 겨울
부터 봄에 걸쳐 빨강, 하양, 분홍 따위의 꽃이 핌.

시필(詩筆)   '시를 쓰는 붓'이라는 의미로, 여기서 '시필을 내던졌다'는 말은 시 쓰
기를 그만두었다는 뜻이다.

시하(侍下)   부모나 조부모처럼 받들어야 할 윗사람이 있어 모시는 처지.

신겐부구로(しんげん-ぶくろ, 信玄袋)   일본어. 휴대용 자루의 하나. 아가리를 끈으
로 묶게 되어 있다.

신당리(新堂里)→신당동   서울시 중구에 있는 동.

『신동아』(新東亞)   1931년 동아일보사에서 창간한 시사 월간지. 1936년 통권 59호로
폐간되었다가 1964년 9월에 복간되었다. 우리 잡지사상 가장 오래된 종합 잡지.

신들메   '들메끈'의 잘못. 벗어지지 않게 신발을 단단히 조여 매는 끈.

신문학(新文學)   갑오개혁(1894) 이후의 개화기에 서구 문학의 영향을 받아 일어난
새로운 형식과 내용을 가진 문학으로 신체시·신소설 등을 가리키며, 고전 문학
과 현대 문학 사이의 다리 구실을 한 과도기 문학.

신산(辛酸)   (맛이) 맵고 심. 힘들고 고생스러운 세상살이를 비유해서 이르는 말.

신석정(辛夕汀)   1907∼1974. 시인. 본명은 석정(錫正). 전북 부안에서 태어나 목
가풍의 전원적인 서정시를 발표함으로써 독보적인 위치를 굳혔다. 시집으로 『촛
불』, 『슬픈 목가』, 『빙하』, 『산의 서곡』, 『대바람 소리』 등이 있다.

신장군(申將軍)   경기도 광주시 문화원 자료에 따르면, 확실한 증거는 없지만 광주
시 남종면 이석리(二石里)에 임진왜란 때 충주 남한강에서 순절한 신립(申砬) 장
군의 집터가 있었다고 하는 것으로 보아, '신장군'은 아마 '신립'이 아닐까 추정
된다. 인근 실촌읍 신대리에 신립 장군 묘가 있는 것으로 보아도 어느 정도 짐작
이 간다.

신창(新昌)   함경남도 북청군 남부에 있는 읍.

신체시(新體詩)   한국의 신문학 초창기에 쓰여진 새로운 형태의 시가(詩歌). 대표작
으로는 최남선의 「해(海)에게서 소년에게」(『소년』 창간호, 1908. 11.)가 있다.

신춘사(新春辭)   신문에서 새해 첫 호에 쓰는 새봄을 알리는 글.

실러블(syllable)   음절.

심리주의(心理主義) 1910~1920년대에 영국과 프랑스를 중심으로 일어난 문예상의 한 유파. 프로이트의 정신 분석학과 베르그송 철학의 영향을 받아 '의식의 흐름'과 '내면의 독백' 등의 수법으로 씌어진 문학을 말한다. 대표 작가로는 제임스 조이스, 토마스 울프, 마르셀 프루스트, 슈테판 츠바이크 등이 있다.

심산유곡(深山幽谷) 깊은 산속의 으슥한 골짜기. 심산궁곡.

심연(深淵) 깊은 못. 또는 '헤어나기 어려운 깊은 구렁'을 비유해서 이르는 말.

싱싱히 본래의 생기를 지니게. 원기 왕성하게.

싸리 콩과의 낙엽 활엽 관목. 산과 들에 흔히 나는데, 키는 2m 가량 자란다. 땔감으로 주로 사용하며, 비나 울타리 등에 많이 이용한다.

쏘다니다 분주하게 여기저기 마구 돌아다니다.

쓸어들다 한꺼번에 몰려들다.

ㄱ ㄴ ㄷ ㄹ ㅁ ㅂ ㅅ **ㅇ** ㅈ ㅊ ㅋ ㅌ ㅍ ㅎ

아드리아→아드리아 해(Adriatic Sea) 지중해 북부 이탈리아 반도와 발칸 반도 사이에 있는 좁고 긴 해역.

『아르네』(Arne) 노르웨이의 작가 비외른손(B. M. Bjønson, 1832~1910)이 1858년에 쓴 소설, 혹은 그 주인공을 가리킨다. 북유럽의 아름다운 자연을 배경으로 아르네의 성장을 중심으로 농민 생활을 사실적으로 그린 중편 소설이다.

아리스토텔레스(Aristoteles) B.C. 384~B.C. 322. 고대 그리스의 철학자.

아무러하다 '아무 모양, 아무 형편, 아무 정도' 또는 '아무 조건으로' 등의 뜻을 나타냄. 주로 '아무러한', '아무러하면', '아무러하든' 등의 꼴로 쓰임. '아무렇다'는 준말.

아미리가(亞米利加) 아메리카(America)의 일본식 한자음 표기. 보통 아메리카라고 하면 남북 아메리카 대륙 전체를 가리키지만, 좁은 뜻으로는 아메리카 합중국, 즉 미국을 가리킨다.

아방튀르(aventure) 사랑의 모험. 연애 사건.

아서원(雅敍園)　일제 시대에 경성부 황금정(지금의 서울 을지로 입구 근처)에 있던 중국 요릿집.

아유(阿諛)　아첨(阿諂). 남에게 잘 보이려고 알랑거리며 비위를 맞춤, 또는 그렇게 하는 짓. 아부(阿附).

아이러니(irony)　비꼬는 말 또는 반어(反語)를 말하며, 낱말이 문장에서 겉으로 드러나는 뜻과 반대로 표현되는 용법이다.

아청(鴉靑)　검은빛을 띤 푸른빛. 야청.

아케이드(arcade)　기둥 위에 아치(arch)를 연속으로 설치한 구조물, 또는 반원형의 천장을 가진 통로. 도로 위에 지붕 같은 덮개를 씌운 상점가.

아크등(arc燈)　아크 방전을 이용한 전등. 마주 보는 두 탄소봉에 전류를 흘려 보내면, 그 사이에 아치 모양의 백열광을 냄. 호광등. 호등(弧燈).

아폴로(Apollo)　로마 신화에 나오는 신. 그리스 신화에 나오는 태양·예언·궁술·의술·음악·시의 신으로, 제우스와 레토의 아들.

『악의 꽃』　프랑스의 시인 보들레르의 시집(1857). 근대시의 최대 걸작 가운데 하나로 꼽는다. 서시 외에 100편의 시를 수록했는데, 출판 직후 종교와 풍속을 해친다는 이유로 기소되기도 했다.

악착(齷齪)　도량이 좁고 고집스러움. 잔인하고 끔찍스러움.

안공(眼孔)　눈구멍. 눈알이 박힌 구멍.

안데르센(Hans Christian Andersen)　1805~1875. 덴마크의 동화 작가. 그의 동화의 특색은 서정적인 정서와 아름다운 환상의 세계, 따스한 휴머니즘에 있다. 대표작으로 「인어 공주」, 「미운 오리 새끼」, 「벌거숭이 임금님」 등이 있다.

알롱달롱　여러 빛깔의 작고 또렷한 점이나 줄 따위가 고르지 않고 촘촘하게 무늬를 이룬 모양.

알토(alto)　여자 목소리 가운데 가장 낮은 음역(音域), 또는 그 음역의 가수.

암만해도　이러저러하게 애를 쓰거나 노력을 들여도. 이리저리 생각해 보아도.

암야(暗夜)　어두운 밤.

앙양(昻揚)　정신이나 사기 따위를 드높이고 북돋움.

애기씨 배기씨　'아기씨'의 잘못. '아기씨'는 시집갈 나이가 된 처녀를 대접해서 부르는 말이고, '배기씨'는 아무런 의미 없이 '애기씨'에 덧붙인 말이다.

애란(愛蘭)→아일랜드(Ireland) 북대서양 북동부 아일랜드 섬의 대부분을 차지하는 나라. 면적은 7만 285㎢, 인구는 392만 6,000명(2002)이다. 수도는 더블린.

애비뉴(avenue) (도시의) 큰 가로, 대로(大路).

액자필(額字筆) 동양화를 그릴 때 사용하는 붓의 하나. 주로 서예나 현판용으로 쓰인다.

야수파(野獸派, fauvisme) 20세기 초 프랑스에서 일어난 미술 운동. 명확한 이념이나 목표를 갖지 않으면서도 포괄적이고 개성적인 자아를 나타내는 공통점을 지니는 야수파 운동은 1905년부터 1907년에 이루어졌다. 대표적인 화가로는 앙리 마티스, 알베르 마르케, 조르주 루오, 앙리 망갱, 라울 뒤피, 모리스 드 블라맹크, 앙드레 드랭, 키스 반 동겐 등이 있다.

야차(夜叉) 민간에서 이르는, 모질고 사나운 귀신의 하나. 불교에서, 얼굴 모습이나 몸의 생김새가 괴상하고 사나운 귀신을 이르는 말.

양수(兩水) 행정적으로는 경기도 양평군 양서면 양수리(兩水里)로, 북한강과 남한강의 두 물이 합쳐지는 곳이다.

양자론(量子論) 물리학 이론의 한 갈래. 물질의 미시적 구조나 기능을 양자의 관점에서 해명하는 이론.

양직(洋織) 서양에서 짠 직물(織物). 또는 그런 방식으로 짠 직물.

어리꾸지다 '어리궂다'의 잘못. '어리궂다'는 북한 말로 매우 어리광스럽다.

어족(魚族) 물고기의 종족.

얼싸 휘어싸 안고 '얼싸안고'와 '휘어싸안고'를 멋부려 한 말. '얼싸안다'는 두 팔을 벌려 껴안다, '휘어싸안다'는 '휩싸 안다'의 잘못이다. '휩싸다'는 '휘휘 둘러 감아서 싸다'라는 의미이다.

엉클다 실이나 줄 따위가 한데 얽혀 덩이가 되게 하다. 물건을 한데 뒤섞어 어지럽게 하다.

에나멜(enamel) 금속이나 도기 따위의 표면에 바르는 유리질의 유약.

에다 칼로 도려내다. 마음을 아프게 하다.

에로 에로티시즘(eroticism)에서 온 말로, 성적인 자극이 있는 것을 포괄적으로 일컫는다. 1930년대에 우리나라에서 '에로·그로'라는 말이 유행했는데, '에로'가 성적 향락과 관련된 것이라면, '그로'는 괴기스러움을 뜻하는 그로테스크

(grotesque)에 해당한다.

에로티시즘(eroticism) 남녀간의 애정이나 욕심, 관능적인 사랑 또는 그것을 강조하는 경향.

에밀 베르아랭(Emile Verhaeren) 1855~1916. 벨기에의 상징주의 시인, 극작가.

에폭(epoch) (중요한 사건이 일어났던) 시대(period). 또는 중요한 사건, 획기적인 일.

엘리엇(Thomas Stearns Eliot) 1888~1965. 영국의 시인, 평론가, 극작가. 미국의 미주리 주 세인트루이스에서 태어나 1927년에 영국에 귀화했다. 1948년 노벨 문학상을 수상했다.

엘먼(Elman, Mischa) 1891~1967. 러시아 출신의 미국 바이올린 연주자.

여고 4년 일제는 1922년 2월 조선 교육령을 개정했다. 2차 조선 교육령은 문화 정치의 한 부분으로 실시한 것인데, 고등 보통학교는 5년으로, 여자 고등 보통학교는 4년으로 연장했다.

여명기(黎明期) 바야흐로 새로운 시대나 새로운 문화 운동 등이 시작되려는 시기.

여울 강이나 바다의 바닥이 얕거나 폭이 좁거나 해서, 물살이 세차게 흐르는 곳.

여음(餘音) 소리가 그친 다음에도 귀에 남아 있는 어렴풋한 울림. 여운(餘韻). 여향(餘響).

역부(驛夫) 지난날, 역에 딸려 심부름하던 사람. 역졸(驛卒).

역서(曆書) 책력(冊曆), 곧 천체를 측정해서 해와 달의 움직임과 절기(節氣)를 적어 놓은 책. 달력.

연(鉛) 납. 금속 원소의 한 가지. 청백색이며 무겁고 연함. 잘 펴지는 성질이 강하며 열에 녹기 쉬움. 용도는 아주 넓으나 독성이 있음.

연맹극(聯盟劇) 제1차 세계대전이 끝나고 1920년 국제 연맹이 성립되어 국제 평화와 안전을 위해 순조롭게 운영되었으나, 1930년대 들어 독일·이탈리아·일본·소련 등의 침략 행위에 대해 적절한 대처 능력을 갖지 못한 채 점차 약화되었다. 미국의 불참, 영국·프랑스의 갈등도 국제 연맹을 표류케 했는데, 이러한 국제 연맹의 무능이 빚어낸 혼란한 세계 질서를 일종의 연극에 비유해서 풍자한 말이 아닐까 싶다. '국제 연맹'(國際聯盟, League of Nations)은 1920년에 설립된 국제 평화 기구로, 국제 연합(UN)의 전신이며, 본부는 스위스 제네바에 있었다. 제2차 세계대전이 일어나면서 스스로 붕괴되었다.

연미복(燕尾服) 검은 모직물로 지은 남자용 서양식 예복. 저고리의 뒷자락이 제비 꼬리처럼 길게 갈라져 있음.

연선(沿線) (철도 따위의) 선로를 따라 그 옆에 있는 지역.

연연하다(涓涓—) 시냇물이나 소리의 흐름 또는 숨 따위가 잔잔하고 약하다.

연옥(煉獄) 가톨릭에서 죄를 범한 사람의 영혼이 천국에 들어가기 전, 불에 의한 고통을 받음으로써 그 죄가 씻어진다는 곳. 천국과 지옥 사이에 있다고 함.

연지(臙脂) 자주와 빨강의 중간색. 잇꽃의 꽃잎에서 뽑아낸 붉은 안료. 볼과 입술 을 붉은 색조로 치장하는 화장품.

연하다(連—) 잇다. 잇닿다.

열석(列席) (회의나 의식 따위에) 다른 사람과 함께 출석함.

영(嶺) 재. 길이 나 있는 높은 산의 고개.

영기(靈氣) 사람이 헤아릴 수 없을 만큼 신비스러운 기운.

영양(令孃) 영애(令愛). '남의 딸'을 높여 일컫는 말. ※영식(令息): 남의 아들.

영화막(映畵幕) 영사막(映寫幕). 스크린.

예단(豫斷) 미리 짐작해서 판단함.

예루살렘(Jerusalem) 이스라엘의 정치적인 수도. 유대교, 그리스도교, 이슬람 교의 성지.

예봉산(禮峯山) 경기도 남양주시 와부읍 팔당리와 조안리 경계에 있는 산.

예의(例—) 여느 때와 같은.

예이츠(William Butler Yeats) 1865~1939. 아일랜드의 시인, 극작가. 아일 랜드 문예 부흥의 지도자로 활동했으며, 1923년에 노벨 문학상을 수상했다.

오라기 동강 난 조각. 또는 동강 난 조각을 세는 단위. 오리.

오랑캐 여기서는 '오랑캐꽃'(=제비꽃)을 가리킨다.

오스카 와일드(Oscar Wilde) 1854~1900. 아일랜드의 시인, 소설가, 극작가, 평론가. '예술을 위한 예술'을 표어로 하는 탐미주의를 주창했다. 대표작으로 장 편 소설 『도리언 그레이의 초상』, 희극 『윈더미어 부인의 부채』·『살로메』 등이 있다.

오심암(吾心岩) / 세심암(洗心岩)　원래 바위 이름의 고유 명사이나, 여기서는 '내 마음의 바위'와 '마음을 씻는 바위'라는 의미로 쓰였다.

오아시스(oasis)　사막 가운데서 샘이 흐르고 초목이 자라는 곳. 또는 '삶의 위안이 되는 장소'를 비유해서 이르는 말.

오장환(吳章煥)　1918~?. 시인. 충북 보은에서 태어났으며, 『낭만』·『시인부락』·『자오선』등의 동인으로 활동했다. 시집으로 『성벽』, 『헌사』, 『병든 서울』, 『나 사는 곳』등 4권이 있다. 해방 후에는 조선 문학가 동맹에 가담했으며, 1948년 월북했다.

오지(奧地)　해안이나 도시에서 멀리 떨어진 내륙에 있는 땅.

오필리아(Ophelia)　셰익스피어의 「햄릿」에 나오는 여주인공 이름. 햄릿에게 살해된 재상 폴로니어스의 딸로, 햄릿이 가장 사랑하는 연인이었으나 결국 미쳐서 죽는다.

옥지옥지　사전에는 나오지 않지만, '마마(천연두)를 앓아 그 부스럼 자국이 남아 얼굴이 얽은 모양'을 형용하는 의태어. 여기에 인용된 노래는 가마 타고 시집오는 색시의 얼굴을 들여다보니 곰보더라는 내용의 민요이다.

온보(溫堡)→주을 온보

올더스 헉슬리(Aldous Leonard Huxley)　1894~1963. 영국의 소설가, 비평가. 소설 『연애 대위법』(1928)으로 20세기 대표 작가의 한 사람이 되었다.

올딩턴(Richard Aldington)　1892~1962. 영국의 소설가, 시인. 1913년 에즈라 파운드를 중심으로 하는 이미지즘 시운동의 한 주요 인물로 나타났다.

올리브(olive)　물푸레나뭇과의 상록 교목. 높이 5~10m. 열매는 길둥근 모양이며 암녹색으로 익음. 소아시아가 원산지로 지중해 연안과 미국에서 많이 재배함.

옹색(壅塞)　아주 비좁음.

와석(臥席)　병석에 누움.

완롱(玩弄)　장난감이나 놀림감으로 삼음.

왈츠(waltz)　4분의 3박자의 경쾌한 춤곡, 또는 그 춤. 원무곡(圓舞曲).

왕후(王侯)　제왕(帝王)과 제후(諸侯).

외　오직 하나만임.

외모(外侮)　외부에서 받는 모욕.

외통(−通) 오직 하나로만 통함.

요(窯) 기와나 자기를 굽는 가마.

요기(妖氣) 요사스러운 기운.

요람(搖籃) 젖먹이를 눕히거나 앉히고 흔들어서 즐겁게 하거나 잠재우는 채롱.

요리사 요렇게도. '요리'는 (상태·모양·성질 따위가) 요러한 모양을 나타내며 '사'는 '야, 라야'의 옛말이다.

용담(龍潭) 용이 산다는 연못. 여기서는 주을온천 근처에 있는 용연 폭포 아래 형성된 소(沼)를 가리키는 고유 명사이겠으나, 우리나라에 있는 경치 좋은 계곡의 소들에는 어디나 대부분 이런 이름이 붙으므로 아주 흔하다고 하겠다.

용현(龍峴) 해수욕장 함경북도 경성군 주을읍 용현동에 있는 해수욕장.

용훼(容喙) 말참견을 함.

우김새 자신의 주장이나 의견을 고집하는 모양새나 정도.

우단(羽緞) 거죽에 고운 털이 돋게 짠 비단. 벨벳.

우수(雨水) 24절기의 하나. 입춘(立春)과 경칩(驚蟄) 사이로, 2월 19일께. 이 무렵에 생물을 소생시키는 봄비가 내리기 시작한다고 함.

우수리 강(Ussuri River, 烏蘇里江) 러시아와 중국의 경계를 이루며 흐르는 강.

우중에 우환에. 그렇게 언짢은 위에 또. 제 꼴에.

운길산(雲吉山) 경기도 남양주시 조안면에 있는 산. 높이 610.2m. 북한강과 남한강이 만나는 양수리 북서쪽 지점에 솟아 있다.

운위(云謂) 일러 말함. 운운(云云).

울성(鬱盛) (나무가) 빽빽이 우거지고 성함.

움 땅을 파고 위를 거적 따위로 덮어서 추위나 비바람을 막게 한 곳. 흔히 겨울철에 화초나 채소 따위를 넣어 둠.

움집 움을 파고 지은 집. 굴집. 토막.

웅기(雄基) 두만강을 경계로 중국 및 러시아와 접한 함경북도 경흥군(慶興郡)에 있는 읍으로, 군 소재지였다. 1981년 10월 선봉군이 되었고, 웅기읍이 선봉읍으로 이름을 고쳤다.

원근법(遠近法) 미술에서, 화면에 멀고 가까움을 나타내어 그림의 현실감이나 입체감을 강하게 하는 기법.

원동(遠東)→극동(極東) 아시아 대륙의 동쪽에 있는 지역. 유럽을 기준으로 우리나라, 일본, 중국, 필리핀 등을 이름.

원산(元山) 함경남도 남단에 있는 항구 도시. 1880년 일본의 강제에 따라 부산, 제물포와 함께 개항했다.

원생고려국(願生高麗國) 일견금강산(一見金剛山) "고려국에 태어나서 금강산 한 번 구경하는 것이 소원이다"라는 뜻으로, 중국 북송의 문인 소동파(蘇東坡)가 썼다고 전해진다.

월레스(Henry A. Wallace) 1888~1965. 미국의 정치인. 루스벨트 대통령 시절 농무 장관 및 부통령을 지냈다. 1948년 트루먼 정부의 외교정책을 비판하여 탈당한 뒤, 진보당을 만들어 입후보하기도 했다.

월미도(月尾島) 인천광역시 중구 북성동(北城洞)에 있는 뭍과 잘록하게 이어진 모래섬. 원래 인천역에서 서쪽으로 1km 거리에 있는 면적 0.66km²의 섬이었으나, 1920년대 초 돌축대를 쌓아 내륙과 연결되었다.

월봉(月俸) 월급(月給). (일한 데 대한 삯으로) 다달이 받는 일정한 돈.

웨이브(wave) 물결 무늬의 머리카락 모양.

위에 없다 (두 가지 사물을 비교할 때 다른 한쪽이) 그것보다 정도가 더하거나 위라는 의미를 나타냄. 더 낫다. 더 좋다. 가장 낫다. 가장 좋다.

윌리엄 모리스(William Morris) 1834~1896. 영국의 시인, 공예가, 사상가. 근대 디자인의 아버지라 불린다. 그는 사회주의 실천가일 뿐만 아니라, 동료들과 함께 길드를 조직함으로써 디자인을 통해 그의 사상을 실현하고 실천했다. 그것은 미술 공예 운동(Arts and Crafts Movement)으로 나타났다.

유고(遺稿) 죽은 사람이 남긴 원고.

유니크(unique) 특이한, 독특한. 유일무이한 사람(물건).

유다르다(類一) 다른 것과 몹시 다르다. 특별하다. 유별나다.

유달산(儒達山) 전라남도 목포시 남서부에 있는 산. 높이 228m. 산정에서는 목포시와 다도해를 한눈에 바라볼 수 있다.

유량(瀏亮) 맑고 밝은 모양, 명랑한 모양.

유산동(硫酸銅) 황산동(黃酸銅), 황산구리. 구리의 황산염. 청색의 안료와 구충제, 방부제 따위를 제조하는 데 쓰인다.

유서(由緒) (사물이) 전해 오는 까닭과 내력.

유성(流星) 우주의 먼지가 지구의 대기권에 들어와 공기의 압축과 마찰로 빛을 내는 것. 별똥. 별똥별.

유약(釉藥) 잿물. 도자기의 몸에 덧씌우는 약.

유지(有志) 마을이나 지역에서 이름과 덕이 높고 영향력을 가진 사람.

『유토피아』(utopia) 1516년에 토마스 모어가 쓴 정치적 공상 소설. '유토피아'라는 말은 본래 그리스어에서 유래한 것으로 '아무 데도 없는 나라'라는 뜻이었으나, 이 작품을 계기로 '이상향(理想鄕)이라는 뜻을 갖게 되었다.

유형(流刑) 죄인을 외딴 곳으로 보내어 그곳을 떠나지 못하게 하는 형벌. 귀양.

육색(肉色) 살갗의 빛깔. 또는 사람의 살빛처럼 불그스름한 빛깔.

윤선(輪船) 화륜선(火輪船)의 준말. 예전에 '기선'(汽船)을 이르던 말.

으레 당연히. 두말할 것 없이. 거의 틀림없이.

음분(淫奔) 음란한 짓을 함.

음산하다(陰散—) 분위기 따위가 을씨년스럽고 썰렁하다.

음성(淫性) 음탕한 성질.

음수(音數) 음수율(音數律). 시가에서, 음절의 수를 일정하게 배치함으로써 이루어지는 운율. 3·4조, 4·4조, 7·5조 따위. 자수율.

음해질(陰害-) 남을 넌지시 해치거나 모함하는 짓.

의연히(依然-) 전과 다름 없이.

의음(擬音) 어떤 소리를 흉내 내어 인공적으로 만드는 소리. 흔히 연극, 영화, 방송극 등에 쓰임. 효과음(效果音).

이니스프리(Innisfree) 아일랜드의 시인이자 극작가인 예이츠의 대표적인 서정시 「이니스프리의 호도」(1892)에 나오는, 아일랜드의 슬라이고(Sligo) 지방 근처에 있는 호수 속의 작은 섬.

이다 물건을 머리 위에 얹다.

이등도로(二等道路) '지방도'(地方道)를 가리키는 옛 용어. '지방도'란 도지사의 관할 아래 있는 도로를 말한다.

이랑 갈아*놓은 논밭의 한 두둑과 한 고랑을 아울러 이르는 말. '고랑'은 두둑의 사이.

이마주　이미지(image). 마음속에 그려지는 사물의 감각적 영상(映像). 심상(心象).

이마지스트(imagist)　사상파(寫象派). 이미지스트. 이미지즘(imagism).

이방(異邦)　다른 나라. 타국(他國).

이붕수(李鵬壽)　1548∼1593. 조선 중기의 의병장. 자는 중항(仲恒), 본관은 공주(公州). 임진왜란 때 왜장 가토 기요마사가 관북 지방을 침범하자 북평사 정문부, 종성 부사 정현룡 등과 함께 의병을 일으켰다가 전사했다.

이상(李箱)　1910∼1937. 시인, 소설가, 건축기사. 본명은 김해경(金海卿)이며, 서울에서 태어났다. 1934년에 시 「오감도」를 『조선중앙일보』에 연재했으나 난해하다는 이유로 독자들의 항의를 받고 중단했다. 초현실주의적이고 실험적인 시와 심리주의적 경향이 짙은 독백체의 소설을 써서 문단의 주목을 받았다. 주요 소설로는 「날개」, 「종생기」, 「지주회시」 등이 있다.

이완(弛緩)　바짝 조였던 정신이 풀려 늦춰짐.

이채(異彩)　남다름. 뛰어남.

이태백(李太白) → 이백(李白)　701∼762. 중국 성당기(盛唐期)의 시인. 태백(太白)은 그의 자이고, 호는 청련 거사(靑蓮居士)이다. 두보(杜甫)와 더불어 중국 최대의 시인이며, 시선(詩仙)이라 불린다. 1,100여 편의 작품이 현존한다.

이하윤(異河潤)　1906∼1974. 시인. 강원도 이천에서 태어났으며, 해외 문학파의 대표적인 문인이다. 시집 『물레방아』 등이 있고, 많은 시를 번역했다.

인곡(仁谷) → 박창수(朴昌洙)　1895∼1961. 인곡은 박창수의 법명. 현대의 선승(禪僧).

인다 → 일다　(어떤 상태가) 새로 생기다.

인도주의(人道主義)　모든 인류의 공존과 복지를 실현하려는 박애 사상. 휴머니즘.

인목(人目)　보는 사람의 눈. 남의 눈길.

인방(隣邦)　이웃 나라. 인국(隣國).

인상파(印象派)　1860∼1880년대에 프랑스에서 일어난, 회화를 중심으로 한 예술 운동의 한 유파. 이들이 지향한 것은 자연을 하나의 색채 현상으로 보고, 빛과 함께 시시각각 움직이는 색채의 미묘한 변화 속에서 자연을 묘사하는 데 있었다. 이 유파의 대표적인 화가는 마네, 모네, 르누아르, 피사로, 시슬레, 드가, 모리조, 기요맹, 고갱, 세잔 등이다.

인자(因子)　어떤 결과의 원인이 되는 낱낱의 요소.

인조견(人造絹) 인조 건사로 짠 비단.

인처 유인(人妻誘引) 남의 여자를 꾀어내는 범죄.

인텔리 '인텔리겐치아'(←intelligentsia)의 준말. 지식 계급.

일곱 바다 칠대양(七大洋). 일곱 군데의 큰 바다. 북태평양, 남태평양, 북대서양, 남대서양, 인도양, 남극해, 북극해.

일단(一團) 한 덩어리. 또는 하나의 집단. 한 무리.

일단(一端) 한 끝. 또는 (사물의) 한 부분.

일루(一縷) '한 오리의 실'이라는 뜻으로, '몹시 약해서 겨우 유지되는 상태'를 비유해서 이르는 말.

일루미네이션(illumination) 전구나 네온관을 이용해서 조명한 장식이나 광고. 전식 광고(電飾廣告)

일맥상통(一脈相通) (처지·성질·생각 등이) 어떤 면에서 한 가지로 서로 통함.

일문 신문(日文新聞) 일본어로 제작된 신문.

일순(一瞬) 눈 깜짝할 사이. 아주 짧은 시간 동안. 일순간. 삽시간(霎時間).

일신(一新) 아주 새롭게 함.

일언반구(一言半句) '한마디의 말과 한 구(句)의 반'이라는 뜻으로, 아주 짧은 말.

일조(一朝)에 하루아침에. 어느 날 아침에.

임리(淋漓) 피, 땀, 물 따위가 흥건하게 흐르거나 뚝뚝 떨어지는 모양.

임명(臨溟) 함경북도 학성군 학중면에 있는 마을. 임명천 하류 연안에 있으며, 동쪽에는 황새 번식지인 설봉산이 있다. 김기림이 태어나서 자란 곳이다.

임업 시험장(林業試驗場) 임업 및 임학(林學)에 관한 시험, 연구를 맡고 있는 산림청 직속 국립 연구 기관. → 임업 연구원(林業研究院): 1922년에 창설된 조선 임업 시험장이 1987년 12월 임업 연구원으로 이름이 바뀌었다.

입체시→입체파(Cubism) 1907년부터 1914년 사이에 걸쳐 파리에서 일어나 유럽 전지역에 파급된 미술 혁신 운동. 큐브(cube)란 정6면체라는 뜻으로, 1908년 브라크가 그린 〈레스타크(L'Estaque) 풍경〉이라는 연작을 본 당시 심사 위원 마티스가 '조그만 입체(큐브) 덩어리'라고 비평한 데서 유래한 명칭이다. 큐비즘은 피카소가 1907년 〈아비뇽의 처녀들〉을 제작하면서부터 본격적으로 시작되었는데, 그 방법은 대상을 해체해 여러 각도에서 본 것을 동시에 표현하는 것이다.

입춘(立春) 24절기의 하나. 대한(大寒)과 우수(雨水) 사이로, 2월 4일경. 이 무렵에 봄이 시작된다고 함.

입춘대길(立春大吉) '입춘을 맞이하여 크게 길함'을 뜻하는 입춘방의 하나.

입춘방(立春榜) 입춘 때, 대문이나 문지방에 써 붙이는 한문 글귀.

ㄱ ㄴ ㄷ ㄹ ㅁ ㅂ ㅅ ㅇ **ㅈ ㅊ** ㅋ ㅌ ㅍ ㅎ

자기공(磁器工) 자기를 굽는 사람.

자력갱생(自力更生) 남에게 의지하지 않고 스스로의 힘으로 생활을 개선해 나가는 일.

자복(自服) 친고죄(親告罪)에서, 고소권을 가진 피해자에게 자발적으로 자신의 범죄 사실을 고백하는 일. 자수(自首).

『자본론』(資本論, Das Kapital) 칼 마르크스(1818~1883)의 대표적인 저서. 시민 사회와 자본주의 사회에 대한 내재적 비판을 의도한 것으로, '사회주의의 바이블'로 평가된다.

자전거수(自轉車手) 자전거를 타는 사람.

자주(紫紬) 자줏빛 나는 명주(明紬).

자코모 레오파르디(Giacomo Leopardi) 1798~1837. 이탈리아의 염세(세상을 괴롭고 귀찮은 것으로 여겨 비관함)적인 시인. 레마르케 주(州) 레카나티의 백작 집안에서 태어났다.

자하문(紫霞門) 창의문(彰義門). 서울 종로구 청운동에 있는 성문. 북문(北門)이라고도 한다. 1396년 서울의 성곽을 쌓을 때 세운 사소문(四小門) 가운데 하나로 창건되었다. 사소문 중에 유일하게 온전히 남아 있다.

작가 대회 1935년 6월 프랑스 파리에서 열린 국제 작가 대회. 당시 유럽에서 파시즘이 세력을 떨치자, 이에 반대해 문화 옹호와 휴머니즘 제창을 내걸고 작가 대회가 열렸다.

작약(雀躍) 팔딱팔딱 뛰면서 기뻐함. 환호작약(歡呼雀躍).

잡답(雜沓) 사람이 많이 몰려 붐빔. 혼잡.

장구〔←**장고**(仗鼓·長鼓)〕 국악(國樂)에서 쓰는 타악기의 한 가지.

장만영(張萬榮) 1914~1975. 시인. 호는 초애(草涯)이며, 황해도 연백에서 태어났다. 그는 모더니즘의 영향을 받았으면서도 도시 대신 농촌, 문명 대신 자연을 소재로 전원적인 정서를 현대적 감성으로 읊었다. 시집으로 『양』, 『축제』, 『유년송』, 『유엔 묘지』 등이 있다.

장명등(長明燈) (처마 끝이나 마당의 기둥에 달아 놓고) 밤새도록 켜 두는 등.

장미 전쟁(薔薇戰爭) 1455~1485년에 있었던 영국 귀족들 간의 내란.

장백산맥(長白山脈) 중국 랴오닝 성, 지린 성과 한반도와의 경계를 이루는 산맥. 남북 길이는 1,300km이고, 동서 길이는 400km이다. 주봉은 백두산으로 높이가 2,744m이다.

장안(長安) '서울'을 수도라는 뜻으로 이르는 말.

장안사(長安寺) 강원도 회양군 내금강면 금강산 장경봉 아래 있는 사찰.

장일(葬日) 장사 지내는 날.

장정(裝幀·裝訂) 제본에서, 책을 매어 표지를 붙임. 책의 모양새 전반에 걸친 의장(意匠)을 함. 또는 그 의장. 책치레.

장 콕토 → 콕토

장해물(障害物) 장해가 되는 사물.

재래(在來) 전부터 있어 내려온 것. 이제까지 해 오던 일.

재서(載瑞) → 최재서(崔載瑞) 1908~1964. 영문학자, 문학 평론가. 호는 석경우(石耕牛)이며, 황해도 해주에서 태어났다. 1934년부터 문학 평론을 시작해 주지주의 비평을 도입했으나, 1939년 『인문평론』을 창간한 뒤 친일적인 글을 썼다.

재즈(jazz) 미국에서 나타난 경쾌하고 활기 넘치는 리듬의 대중음악. 20세기 초 흑인 민속 음악을 바탕으로 발달한 무도곡으로 즉흥 연주를 중시한다.

잭 런던(Jack London) 1876~1916. 미국의 소설가. 대표작으로 『황야의 절규』, 『바다의 이리』, 『강철 군화』, 『마틴 이든』 등이 있다. 1904년에 종군 기자로 조선에 오기도 했으며, 그때의 경험을 『조선 사람 엿보기』라는 책으로 출판했다.

저물음 해가 져서 어두워짐. 황혼녘. 한 해가 거의 다 감.

저해(沮害) 막아서 못하도록 해침.

적확(的確) (벗어남이 없이) 정확함. 틀림이 없음.

전령(傳令) 전해 보내는 훈령(訓令)이나 고시(告示: 글로 써서 게시해 널리 알림). 명령을 전함, 또는 그 명령을 전하는 사람.

전송(餞送) 서운해서 잔치를 베풀어 작별하여 보냄. 배웅.

전위 부대(前衛部隊) 부대가 전진할 때, 적의 뜻하지 않은 습격을 경계하기 위해 본대 앞에 서서 나가는 부대. 전위대.

전주곡(前奏曲) 어떤 일이 본격화되거나 겉으로 드러나기 전의 조짐이나 암시가 되는 일을 비유해서 이르는 말.

절거(切去) 잘라 없앰.

절경(絶景) 더할 나위 없이 훌륭한 경치.

절렁거리다 자꾸 절렁절렁하다. '절렁'은 엷은 쇠붙이나 방울 따위가 함께 흔들려서 나는 소리.

절승(絶勝) 경치가 빼어나게 아름다움, 또는 그 경치.

점두(店頭) 가게 앞, 또는 가게의 앞쪽.

정다산→정약용(丁若鏞) 1762~1836. 조선 후기의 학자, 문신. 본관은 나주이며, 호는 다산(茶山)·여유당(與猶堂)으로, 경기도 광주에서 태어났다. 그의 학문 체계는 유형원과 이익을 잇는 실학의 중농주의적 학풍을 계승한 것이며, 또 북학파의 기술 도입론을 받아들여 실학을 집대성한 것이었다. 대표 저서로는 『목민심서』, 『경세유표』, 『흠흠신서』 등이 있다.

정령(精靈) 죽은 사람의 넋. 만물의 근원이 된다고 하는 불가사의한 기운.

정릉리(貞陵里)→정릉동 서울시 성북구에 속한 동.

정묘(精妙) 정교(精巧)하고도 아주 묘함.

정말(丁抹) 덴마크(Denmark)의 한자식 표기.

정밀(靜謐) 고요하고 편안함.

정사(精舍) 학문을 가르치려고 지은 집. 정신을 수양하는 곳. 승려가 불도(佛道)를 닦는 곳.

정자옥(丁字屋) 1922년에 건립된 백화점. 훗날 미도파 백화점으로 바뀜. 현재는 롯데미도파가 됨(2002).

정조(情操) 진리, 아름다움, 선행, 신성한 것을 대했을 때 일어나는 고차원적인 복잡한 감정. 지적·도덕적·미적 정조 따위로 나눈다.

정지용(鄭芝溶)   1902~?. 시인. 충북 옥천(沃川)에서 태어났으며, 독실한 가톨릭 신자로 순수 시인이었으나, 광복 후 조선문학가동맹에 관계하기도 했다. 6·25전쟁 때 북한군에 끌려가다 미군이 쏜 기관총에 맞아 사망한 것으로 알려졌다.

정하다(淨 ─)   맑고 깨끗하다. (精 ─) 거칠지 않고 썩 곱다.

정회(町會)   '동회'(洞會)의 일본식 명칭. 일본식 지명이던 '정'은 해방 후인 1946년 '동'으로 바뀌었다. '동회'는 이전에 '동사무소'를 일컫는 말이다.

제네바(Geneva)   스위스 주네브 주의 중심 도시. 제네바는 영어식 이름이고, 불어식으로는 '주네브'이다. 스위스 제3의 도시. 관광지인 동시에 각종 국제기관이 모여 있어 국제회의가 자주 열린다.

제비   부유한 남의 여자를 유혹해 사기를 치는 남자를 가리키는 속어.

제비   미리 정해 놓은 글자나 기호를 종이나 나무쪽 따위에 적어 놓고, 그 가운데 어느 하나를 골라잡게 하여 승부·차례 또는 경품 탈 사람 등을 가리는 방법. 또는 그때 쓰이는 종이나 나무쪽 따위의 물건. 제비뽑기.

제우스(Zeus)   그리스 신화에 나오는 최고의 신. 제우스라는 이름은 천공(天空)을 의미.

제우스 신상   그리스 엘리스 지방 올림피아에 있던 제우스 신상. B.C. 457년에 건설한 제우스 신전에 안치된 신상으로, 고대 그리스의 조각가 피디아스가 8년 동안 작업을 해서 완성했다. 당시 파르테논 신전의 아테네 여신상과 함께 피디아스의 2대 걸작으로 평가되었다고 전하나, 오늘날에는 남아 있지 않다.

제정(帝政)   황제가 다스리는 정치, 또는 그런 국가의 통치 형태.

『조광』(朝光)   1935년 11월에 창간된 월간 종합 잡지. 조선일보사 창간, 국판, 400쪽 내외.

조단   조를 베어 묶어 놓은 단(묶음).

조밥   좁쌀로만 짓거나 입쌀에 좁쌀을 많이 섞어 지은 밥. 속반(粟飯).

조선(祖先)   조상(祖上). 선조(先祖).

조야(粗野)   (말이나 행동 따위가) 거칠고 천함.

조영출(趙靈出)   1913~1993. 시인, 작사가, 극작가. 호는 명암(鳴岩)이며, 충남 아산에서 태어났다. 1934년에 등단해 모더니즘 시를 주로 썼으나, 해방 후에는 조선문학가동맹에 가입했고, 1948년에 월북했다. 〈낙화유수〉, 〈꿈꾸는 백마강〉 등 대중가요 33곡의 작사가로 유명했던 그는, 특히 북한에서 교육문화성 부상, 평양 가무단 단장 등 고위직을 지냈다.

조용만(趙容萬) 1909~1995. 소설가, 영문학자. 1932년 경성제대 영문과를 졸업 하고, 1930년 『비판』지에 단편 소설을 발표함으로써 등단했다.

조음(噪音) 시끄러운 소리. 소음(騷音).

조이스(James Augustine Aloysius Joyce) 1882~1941. 아일랜드의 소 설가, 시인. 20세기 문학에 커다란 변혁을 초래한 세계적인 작가이다. 대표작으 로는 『더블린 사람들』·『젊은 예술가의 초상』·『율리시스』 등이 있으며, 특히 '의 식의 흐름' 수법으로 유명하다.

조제(調製) 주문에 따라 물건을 만듦. 취향에 따라 만듦.

조지안(Georgian) 조지언 시인들(Georgian Poets). 영국의 조지 5세 시대 초기 (1910년대)에 활약한 시인군. 허식과 현학(衒學)을 배격하고 고요한 서정성을 특 징으로 하며, 전원 풍경을 많이 노래했다.

조헌(趙憲) 1544~1592. 조선 중기의 문신, 의병장. 본관은 백천(白川), 자는 여식 (汝式), 호는 중봉(重峯)·도원(陶原)·후율(後栗)로, 이이와 성혼의 문하생이었다. 임진왜란이 일어나자 충북 옥천에서 1,700여 명을 모아 의병을 일으켜 영규(靈 圭) 등 승병과 합세함으로써 청주를 빼앗았으나, 금산 싸움에서 전사했다.

조화(造花) 종이나 헝겊 따위로 만든 꽃.

졸저(拙著) 보잘것없는 저서. '자기의 저서'를 겸손하게 이르는 말.

종단항(終端港) (철도나 도로 등이 끝나는) 맨 끝에 있는 항구.

종도(宗徒) 교도(敎徒). 종교를 믿는 사람. 신도.

주도(周到) 주의(注意)가 두루 미쳐서 빈틈이 없음.

주영섭(朱永涉) 극작가 겸 연출가. 평양에서 태어났다는 것 외에는 자세히 알려진 바가 없다. 1939년에 귀국했으나 '동경 학생예술좌 사건' (좌익 연극단 사건)에 관 련되어 실형을 선고받고 집행 유예로 풀려났다. 해방 직후 월북한 것으로 보인다.

주유천하(周遊天下) 천하를 두루 다니며 구경함.

주을 온보(朱乙溫堡) 함경북도 경성군 주을읍에 있는 작은 성책. 길이 323m. 높이 2m. 주변에 온천이 많아 '온보'라는 명칭이 붙은 듯함.

주을 온천(朱乙溫泉) 함경북도 경성군 주을읍 온보리(溫堡里)에 있는 온천. 북한 명승지 제18호. 주을은 모두 25개의 온천이 있는 온천 고장으로, '주을 온천 휴양 지구'로 지정된 외국인 대상 온천 관광 지구이다. 주을은 옛 여진어 '줄'에서 유래한 말로, '따뜻한 물', 즉 온천을 뜻한다.

주장(主掌) 책임지고 맡아서 함. (부사) 주로.

주저주저(躊躇躊躇) 머뭇머뭇하고 망설이는 모양.

주회(周回 · 周廻) (지면 등의) 둘레. 둘레를 돎.

죽지 새의 날개가 몸에 붙은 부분.

준순(逡巡) 수유(須臾) 둘 다 '잠시, 잠시 동안'의 의미를 가진 말로, 아주 작은 단위의 숫자를 의미한다. 준순은 10의 -14승이고, 수유는 10의 -15승이다.

중동(中東) 유럽을 기준으로 극동과 근동의 중간 지역. 서남아시아 및 이집트를 포함한 지역.

중등 교원(中等敎員) 중학교와 고등학교의 교사.

『중앙일보』(中央日報) 일제 치하 민간 3대 신문의 하나. 1931년 6월 19일 『중외일보』가 종간되자, 김찬성이 『중앙일보』로 제목을 바꿔 발행했다. 1933년 2월 여운형이 사장에 취임해 제호를 '조선중앙일보'로 고쳤다.

중품(中品) 품질이 중질인 물건. 중간치. 중간쯤 되는 곳.

중화(中和) (성격이나 감정이) 치우침이 없이 올바른 상태.

지기(知己) '지기지우'(知己之友)의 준말. 자기를 잘 알아주는 친구. 자기를 잘 이해해 주는 참다운 친구. 지음(知音).

지나(支那) 중국(中國)을 달리 부르는 말.

지동(地動) 치다 어떤 소리나 울림이 지진이 일어날 때처럼 요란하다.

지드(André Gide) 1869~1951. 프랑스의 작가. 대표작으로 『배덕자』, 『좁은 문』, 『전원 교향악』, 『사전(私錢)꾼들』, 『콩고 기행』, 『소련 기행』 등이 있다. 1947년에 노벨 문학상을 받았다.

지리멸렬(支離滅裂) 갈가리 흩어지고 찢겨 갈피를 잡을 수 없어짐.

지리하다(支離一) '지루하다'의 잘못.

지맥(支脈) (산맥 따위의) 원줄기에서 갈라져 나간 줄기.

지신제(地神祭) 땅을 맡아 다스린다는 신령에게 올리는 제사.

지용(芝溶) → 정지용(鄭芝溶)

지전(紙錢) 지폐(紙幣). 종이에 돈의 값과 내용을 박아 만든 화폐.

지치벅 사전에는 없는 말이나, 물체가 서로 부딪치며 내는 소리를 나타내는 의성어.

직재(直裁) 직접 결재함. 지체 없이 옳고 그름을 가려 결정함.

진고개〔泥峴〕 서울 중구 충무로 2가 중국 대사관 뒤편에서 세종호텔 뒷길에 이르
는 고개의 이름. 지금은 없어졌지만, 예전에는 비만 왔다 하면 사람이 다니기 어
려울 정도로 땅이 질어서 '진고개' 라 불렀다고 한다.

–짝 (일부 명사 뒤에 붙어) 얕잡아 이르는 뜻을 나타내는 접미사.

쪽배 통나무를 쪼개어 속을 파서 만든 작은 배.

찌 '똥' 을 가리키는 유아(乳兒)의 말.

ㄱ ㄴ ㄷ ㄹ ㅁ ㅂ ㅅ ㅇ ㅈ **ㅊ** ㅋ ㅌ ㅍ ㅎ

차이코프스키(Pyotr Il'ich Chaikovskii) 1840∼1893. 러시아의 작곡가. 러
시아 고전주 음악의 완성자. 대표작으로 〈비창〉, 〈백조의 호수〉, 〈호두까기 인
형〉 등이 있다.

참참하다 (북한) 아주 참하다. '참하다' 는 얌전하고 곱다, 또는 나무랄 데 없이 좋
다는 의미이다.

창경원(昌慶苑) 창경궁(昌慶宮). 서울 종로구 와룡동에 있는 조선 시대의 궁궐. 사
적 제123호. 1907년 이곳에 동물원과 식물원을 꾸며 오락장으로 삼았는데, 1910
년 이름을 창경원(昌慶苑)으로 고치고 벚꽃 나무를 심어 휴식처로 공개해 오다
1983년에 창경궁으로 복귀했다.

창기(娼妓) 지난날 몸을 팔던 천한 기생.

창황(蒼黃·蒼皇) 어찌할 겨를 없이 매우 급함.

책망(責望) 잘못을 꾸짖거나 나무라며 못마땅하게 여김.

책보(冊褓) 책을 싸는 보자기.

처칠(Winston Leonard Spencer Churchill) 1874∼1965. 영국의 정치

가. 1940년 수상에 취임해 제2차 세계대전 중에 전쟁의 최고 정책을 지도했다. 1953년 전쟁 기록물 『제2차 세계대전』으로 노벨 문학상을 받았다.

척(尺) 자. '자'는 척관법(尺貫法)의 길이의 단위. '치'의 10배. 약 30.3cm에 해당함.

척(隻) 배의 수효를 세는 단위.

천공(天空) 한없이 넓은 하늘.

천기 예보 일기 예보(日氣豫報). 일정한 지역에서 나타나는 얼마 동안의 기상 상태를 미리 알리는 일. '천기'(天氣)는 하늘에 나타난 조짐. 날씨.

천마산(天摩山, 天馬山) 함경북도 청진시 포항동 및 신암동에 있는 낮은 산으로, 해발 102m에 불과하다.

천재일우(千載一遇) '천 년에 한 번 만난다'라는 뜻으로, 좀처럼 얻기 어려운 좋은 기회를 이르는 말.

천정(天井) '천장(天障)'의 잘못. '천장'은 보꾹, 곧 지붕의 안쪽을 말한다.

천험(天險) (땅 모양이) 천연적으로 험함.

철석(鐵石) ('쇠와 돌'이라는 뜻으로) 굳고 단단함을 비유해서 이르는 말.

첨예(尖銳) (사상이나 행동이) 급진적이고 과격함.

청교도(淸敎徒, Puritan) 16~17세기 영국 및 미국 뉴잉글랜드에서 칼뱅주의의 흐름을 이어받은 프로테스탄트 개혁파를 일컫는 말.

청량제(淸凉劑) 먹으면 기분이 상쾌해지는 약제. (답답한 마음이나 세상사를) '시원히 풀어 주는 구실을 함'을 비유해서 이르는 말.

청신(淸新) 맑고 새로움. 깨끗하고 산뜻함.

청정(靑汀) → 이여성(李如星) 1901~?. 청정은 이여성의 호. 독립 운동가, 학자. 경북 김천에서 태어나 사회주의 사상 단체인 북성회(北星會)에 가담했고, 1936년 이후에는 미술·전통·예능·역도 등을 연구했으며, 특히 한국의 미술사와 복식사에 선구적인 업적을 남겼다. 해방 후 여운형의 조선 인민당 정치위원으로 활동하다 6·25 때 월북했다.

청진(淸津) 함경북도 북동부에 있는 항구 도시. 경성만(鏡城灣) 북단에 발달한 북동 제일의 무역항으로, 1908년 개항한 후부터 급성장했다.

체코(Czech) 유럽 중부에 있는 나라. 수도는 프라하. 1993년 체코슬로바키아가

체코와 슬로바키아 2개 공화국으로 분리, 독립했다.

초극(超克) 어려움을 이겨 냄.

초롱불(-籠-) 초롱에 켜 놓은 불. '초롱'은 불을 켠 초나 호롱을 담아 한데 내다 걸거나 들고 다닐 수 있도록 해서 어둠을 밝히던 기구.

초승(←初生) 음력 매월 초의 며칠 동안.

초파일(←初八日) 음력 4월 8일. 파일. 석가 탄생일인 음력 사월 초여드렛날.

초현실파→쉬르레알리스트

촉수(觸手) (무척추동물의 입 언저리에 있는) 촉각을 맡고 먹이를 잡는 역할을 하는 기관.

총(을) 놓다 총알 따위를 밖으로 나가게 하다. 발사하다.

총아(寵兒) '총애받는 아이' 라는 뜻으로, 인기가 좋은 사람. 시대의 운을 타고 출세한 사람.

총총(悤悤) 몹시 급하고 바쁜 모양.

추근하다→추근거리다 '치근거리다' 의 잘못. '치근거리다' 는 성가실 정도로 은근히 자꾸 귀찮게 굴다.

추기다 (가만히 있는 사람을) 꾀어서 무엇을 하도록 끌어내다. 부추기다. 또는 추어올리다. 즉, 위로 끌어올리다. 위로 솟구다.

축쇄(縮刷) 인쇄에서, 글이나 그림 따위의 원형을 줄여서 박는 일.

축항(築港) 항구(港口)를 구축함.

춘원(春園)→이광수(李光洙) 1892~1950. 소설가. 춘원은 이광수의 호. 평안북도 정주(定州)에서 태어났다. 1917년 한국 최초의 근대 장편 소설 『무정』을 썼으며, 한국 전쟁 때 납북되어 병으로 세상을 떠났다.

출영(出迎) 마중 나감. 또는 나가서 맞음.

취체(取締) 규칙, 법령, 명령 따위를 지키도록 통제하거나 단속함.

측광(側光) 옆에서 비치는 빛.

측후소(測候所) 이전에 '기상대'(氣象臺)를 일컫는 말.

층층대(層層臺) 층층다리. 높은 곳에 층층이 딛고 오르내릴 수 있도록 만든 시설.

치 '이' 의 속된 말. '사람' 이나 '사물(것)' 을 뜻함.

치르다 (끼니를 나타내는 말과 어울려서) 먹다.

친면(親面) 친한 사이. 서로 얼굴을 아는 친분.

칠백 의사(義士)→ 칠백의총(七百義塚) 임진왜란 때 순절한 의병장 조헌(趙憲) 등 700의사의 유골을 안치한 묘소. 사적 제105호. 충남 금산군 금성면 의총리 소재. 1592년 8월 18일의 제2차 금산 싸움에서 조헌, 승장(僧將) 영규(靈圭) 등 700의 사가 장렬하게 전사하자 이곳에 유골을 모아 큰 무덤을 만들고 '칠백의총'이라 했다.

7월 14일적 돌진 7월 14일은 프랑스 혁명의 기폭제가 되었던 바스티유 감옥 습격 사건이 있던 날이다.

칠피(漆皮) 에나멜을 칠한 가죽. '에나멜'은 안료를 포함한 도료를 통틀어 이르는 말.

칠흑(漆黑) 칠처럼 검고 광택이 있음, 또는 그런 빛깔.

침노(侵擄) (남의 나라를) 불법으로 쳐들어감.

ㄱ ㄴ ㄷ ㄹ ㅁ ㅂ ㅅ ㅇ ㅈ ㅊ **ㅋ** ㅌ ㅍ ㅎ

카나리아(canaria) 되샛과의 새. 카나리아 섬이 원산지인 자그마한 애완용 새. 털빛은 노란 빛깔의 것이 흔하며, 다양한 품종이 있다. 우는 소리가 아름다워 관상용으로 많이 기른다.

카인(Cain) 구약 성서 '창세기'에 나오는 아담과 이브가 낳은 맏아들의 이름. 여호와가 동생 아벨의 제물은 받고 자기 제물은 거절하자, 이를 분하게 여겨 동생을 죽였다.

캄플→ 캠퍼(camphor) 의약품으로 쓰이는 정제한 장뇌(樟腦). '캠퍼 주사'의 준말. '장뇌'란 휘발성과 방향(芳香)이 있는 무색 반투명의 결정체로 녹나무의 잎·줄기·뿌리 따위를 증류·냉각시켜 얻으며, 방충·방취제나 필름을 만드는 데 쓰인다.

캔버스(canvas) 유화(油畫)를 그릴 때 쓰는 천.

컨베이어(conveyor) (제품 공장 등에서) 재료나 제품 등을 자동적·연속적으로

운반하는 기계 장치.

코로나도(Francisco Vazquez de Coronado) 1510~1554. 1540~42년 뉴멕시코와 미국 남서부 일대를 탐험했던 스페인 원정대의 정복자. 그는 '기볼라'(Cibola: 지금의 미국 뉴멕시코주 서부 지역)라는 황금의 도시를 찾아 나섰으나 거기에는 황금은커녕 인디언 마을만이 있었다. 또 그는 인디언들로부터 '퀴비라'(Quivira: '그란퀴벨라'를 지칭하는 듯)라는 부유한 마을에 대한 소문을 듣고 찾아 나섰다. 그러나 퀴비라(지금의 미국 캔자스 주 린드버그 인근 지역)까지 갔으나, 역시 다른 인디언 종족들만 만났을 뿐이었다. 황금을 향한 그의 탐험은 결국 완전 실패로 끝나고, 1544년 은퇴하였다. 그러나 그 탐험으로 인해 그는 그랜드캐니언(Grand Canyon)을 발견한 최초의 유럽인이 되었다. → 본문에서 "인도인의 안내자에게 속아서"라는 대목에서, 인도인은 지금의 인도 사람이 아니라 아메리카 인디언(Indian)을 말한다.

코티(Coty) 미국의 화장품 회사로, 1900년에 프랑스 파리에서 향수 제조업자인 F.M.J.S. 코티(1874~1935)에 의해 창립되었다. 이 회사가 제조한 향수는 발매와 동시에 파리 사교계에서 유행했고, 순식간에 전세계에 퍼져 나갔다. 여기에서는 '코티 화장품'을 가리키는 것으로 보인다.

콕토(Jean Cocteau) 1889~1963. 프랑스의 작가. 시, 평론, 소설, 희곡, 발레 극본, 시나리오를 비롯해 화가·영화감독 등 다채로운 예술 활동을 펼쳤다.

콤비네이션(combination) 결합. 짝맞춤. 배합(配合).

쾌청(快晴) 하늘이 활짝 개어 맑음.

ㄱ ㄴ ㄷ ㄹ ㅁ ㅂ ㅅ ㅇ ㅈ ㅊ ㅋ **ㅌ** ㅍ ㅎ

타고르 1861~1941. 인도의 시인, 철학자, 극작가, 작곡가. 캘커타에서 태어난 뱅골 명문가의 자손으로 11세경부터 시를 썼고, 1877년 영국에 유학해 법률을 공부했다. 시집 『기탄잘리』로 1913년 아시아인으로는 최초로 노벨 문학상을 받았다.

타기(唾棄) (업신여기거나 더럽게 생각해) 침을 뱉듯이 버리고 돌아보지 않음.

타히티(Tahiti) 남태평양 중부 프랑스령 폴리네시아에 속하는 소시에테 제도의 주도(主島).

탄탄대로(坦坦大路) 높낮이가 없이 넓고 평평하게 죽 뻗친 큰길. '앞이 훤히 트여 순탄하게 앞으로 나아갈 수 있는 상황'을 비유해서 이르는 말.

탈선(脫線) 말이나 행동 따위가 나쁜 방향으로 빗나감. 목적 이외의 딴 길로 빠짐.

「탈출기」(脫出記) 1925년『조선문단』지에 발표한 최서해의 단편 소설. 작자의 자전적 요소가 강한 소설로, 나는 왜 가정을 탈출했는가 하는 이유를 김군에게 보내는 서한체로 서술했다. 빈궁 문학(貧窮文學)의 대표작이다.

탐상(耽賞) 무엇에 탐닉해 즐김.

탐승(探勝) 경치 좋은 곳을 찾아다님.

태연자약(泰然自若) (마음에 무슨 충동을 받을 만한 일이 있어도) 태연하고 천연스러움.

테너(tenor) 남자의 가장 높은 음역(音域), 또는 그 음역의 남자 가수.

테일라이트(taillight) (열차나 자동차 따위의) 뒤에 있는 등. 미등(尾燈).

토마스 모어(Thomas More) 1477~1535. 영국의 정치가, 인문주의자. 1534년 반역죄로 런던탑에 갇혔다가 이듬해에 단두대의 이슬로 사라졌다. 1516년에 유럽 사회를 풍자한 소설『유퇴피아』를 발표했다.

톨스토이(Lev Nikolaevich Tolstoi) 1828~1910. 러시아의 소설가, 사상가. 도스토예프스키와 함께 19세기 러시아 문학을 대표하는 세계적인 문호이며, 동시에 문명 비평가·사상가로도 위대한 존재였다. 대표작으로『전쟁과 평화』, 『안나 까레니나』, 『부활』등이 있다.

통견(洞見) 앞을 환히 내다봄. 속까지 꿰뚫어 봄.

통용(通用) 일반적으로 두루 쓰임.

퇴물(退物) 윗사람이 쓰다 물려준 물건.

투르게네프(Ivan Sergeevich Turgenev) 1818~1883. 러시아의 소설가. 농노제를 혐오해 1850년 말 지주였던 어머니가 세상을 떠나자 곧바로 농노를 해방시켰다. 대표작으로는『루딘』, 『그 전날 밤』, 『아버지와 아들』, 『처녀지』, 『첫사랑』등이 있다.

튜리스트 뷔로(tourist bureau) 여행사.

티기(-氣) 먼지가 낀 듯한 느낌이나 기색. 자그마한 흠집이라도 있을 듯한 기색.

ㄱ ㄴ ㄷ ㄹ ㅁ ㅂ ㅅ ㅇ ㅈ ㅊ ㅋ ㅌ **ㅍ** ㅎ

파르낫상 → 파르나시앵(parnassien) 고답파(高踏派).

파쟁(派爭) 파벌 싸움.

판(Pan) 그리스 신화에 나오는 목신(牧神). 허리에서 위쪽은 사람의 모습이나 염소의 다리와 뿔을 가지고 있으며, 산과 들에 살면서 가축을 지킨다고 생각했다. 로마 신화의 파우누스(Faunus)에 해당한다.

패(牌) 몇 사람이 어울린 동아리. 패거리.

패러독스(paradox) 역설(逆說). 표현 구조상으로나 상식적으로는 모순되는 말이지만, 실질적인 내용은 진리를 나타내는 표현.

패장(牌張) 화투패나 투전패 따위의 낱장. 영어의 card에 해당하는 말로, '방책'(方策)의 의미를 가진다.

페리클레스(Perikles) B.C. 495?~B.C. 429. 고대 아테네의 정치가, 군인. 고대 그리스 민주 정치의 기초를 마련했으나, 사실은 1인 지배라 할 만큼 페리클레스의 시대를 누렸으며, 또 이것은 아테네의 황금 시대이기도 했다.

페미니스트(feminist) 여권 신장 또는 남녀평등을 주장하는 사람.

페이브먼트(pavement) 포장도로. → 포도(鋪道)

편내용주의(偏內容主意) 문학을 내용과 형식으로 나누어 바라볼 때, 지나치게 내용을 중시하는 경향을 말한다.

폐물(幣物) 선물. 또는 신랑 신부가 혼례에서 주고받는 기념품, 곧 예물.

포(Edgar Allan Poe) 1809~1849. 미국의 시인, 소설가, 비평가. 그의 문학은 보들레르, 말라르메, 발레리 등 프랑스 상징주의자들에게 깊은 영향을 주었으며, 또한 추리 소설 장르를 개척했다. 대표작으로 「갈가마귀」, 「어셔가의 몰락」, 「모르그가(街)의 살인 사건」, 「검은 고양이」 등이 있다.

포도(鋪道) '포장도로'의 준말.

포만(飽滿) 일정한 용량에 넘치도록 가득 참.

포브(fauve) 야수파 화가.

포술(砲術) 대포를 쏘는 기술. 대포를 이용한 전술.

포연(砲煙) 총포를 쏠 때 나는 연기.

포플러(poplar) 버드나뭇과의 낙엽 교목. 분류학상으로는 사시나무 속(屬)에 딸린 식물을 통틀어 이르는 말. 미루나무.

폭스트롯(foxtrot) '여우 걸음과 같은 춤' 이라는 뜻으로, 미국에서 생겨난 사교 댄스의 하나. 또는 그런 스텝이나 리듬. (준말) 트롯.

폴 포르(Paul Fort) 1872~1960. 프랑스의 후기 상징파 시인, 극작가.

표랑(漂浪) 물 위에 떠돌아다님. 정처 없이 떠돌아다님.

표방(標榜) 어떤 명목을 붙여 주의나 주장 또는 처지를 앞에 내세움.

표상(標像) 표시하는 형상. 겉으로 나타내는 모양.

표장(表裝) 장황(裝潢·粧潢). (서책·서화첩 따위를) 보기 좋게 꾸며 만듦.

표정하다 이 말은 거의 사용된 예가 없으나, 문맥상 '나타나다', '드러나다' 정도의 의미.

표징(表徵) 겉으로 드러나는 특징.

풀다 (매어 둔 소를) 풀어 놓다. (전축이나 라디오를) 틀어 소리가 나오게 하다.

풍치(風致) 훌륭하고 멋스러운 경치.

프락시텔레스(Praxiteles) 고대 그리스의 조각가. 아테네에서 태어났으며, B.C. 370~B.C. 330년 무렵에 활약했다. 고전 후기(B.C. 4세기)의 '우미 양식' 을 창조했으며, 주요 작품으로 〈크니도스의 아프로디테〉, 〈헤르메스〉 등이 있다.

프랑코(Francisco Franco) 1892~1975. 에스파냐의 군인, 정치가. 1936년 인민 전선 정부가 수립되자 반정부 군사 쿠데타를 일으켰으며, 1939년 독일·이탈리아 파시즘 진영의 지지를 얻어 내란에 승리함으로써 팔랑헤당의 당수 및 국가주석이 되어 파시즘 국가를 세웠다.

프루스트(Marcel Proust) 1871~1922. 프랑스의 소설가. 20세기 전반의 소설 가운데 최고작으로 일컬어지는 『잃어버린 시간을 찾아서』의 작자이다.

플라톤(Platon) B.C. 429?~B.C. 347. 고대 그리스의 철학자, 형이상학 수립자. 아테네에서 태어나 젊을 때 소크라테스에게서 배우고 많은 영향을 받았다. 주요 저서로는 『소크라테스의 변명』, 『향연』, 『국가론』 등이 있다.

플라티나(platina ← platinum) 백금. 기호 Pt. 번호 78.

플래퍼(flapper) '말괄량이' 라는 뜻을 지닌 말로, 1920년대에 자유를 찾아 복장이나 행동 등에서 관습을 깨뜨린 여성을 통틀어 부르는 말. 이들은 유행에 열중해 빨간 연지에 단발머리, 깃 없고 소매 없는 드레스 등을 즐겼다. 1920년대 패션의 주요한 경향이기도 한 이것은 젊고 진보적이며 반항적인 사고방식을 가진 여성들을 가리킨다.

피디아스 → 페이디아스(Pheidias) 고대 그리스의 조각가. B.C. 5세기 고전 전기의 숭고 양식을 대표하는 거장. 아테네에서 태어났으며, 우수한 많은 신상(神像)을 제작함으로써 당시 '신들의 상 제작자' 로 칭송받았다.

필적(匹敵) 능력이나 세력이 엇비슷해서 서로 맞섬.

필하다(畢一) 끝내다. 일을 마치다.

ㄱ ㄴ ㄷ ㄹ ㅁ ㅂ ㅅ ㅇ ㅈ ㅊ ㅋ ㅌ ㅍ **ㅎ**

하꼬방(はこ房, 箱房) 판잣집(板子一). 널빤지로 허술하게 지은 집.

하렘(harem) '출입을 금하는 처소' 라는 뜻의 아랍어로, 이슬람 사회에서 가까운 친척 외에 일반 남자들의 출입이 금지된, 부인이 거처하는 방.

하상(河床) 하천의 바닥. 강바닥.

하얼빈(哈爾濱, Harbin) 중국 헤이룽장 성(黑龍江省)의 성도.

하이드 파크(Hyde Park) 영국 런던 시내 한가운데 있는 대규모의 공원. 원래 웨스트민스터 사원이 소유한 것으로 헨리 8세가 개인 사냥터로 사용한 뒤 1637년 일반에게 공개된 런던 시민의 휴식처이다.

학예란(學藝欄) 신문이나 잡지 따위에서, 학예에 관한 기사나 작품을 싣는 난.

한강 철교(漢江鐵橋) 서울시 용산구 이촌동과 동작구 노량진동을 연결하는 철도교. 4개선으로 이루어졌다.

한길 사람이 많이 다니는 넓은 길. 행로(行路).

한대(寒帶) 위도상 남북으로 각각 66.33 양 극점까지의 지대. 기온이 가장 높은 달의 평균 기온이 10℃ 이하이다. 그것은 다시 툰드라 지역과 빙설 지역으로 나뉜다.

한명(限命) (하늘이 정한) 한정된 목숨.

한천(韓泉) 생몰연대뿐만 아니라 그에 대해서는 현재 알려진 바가 거의 없다. 1935년 창간된 종합 문예 동인지 『창작』(創作)의 제2호 편집 겸 발행인으로 알려져 있다. 이 잡지는 문학의 창작과 그 질적 향상에 뜻을 가진 학생들이 만든 동인지로, 제1, 2호가 도쿄에서 발행된 것으로 보아 당시 일본 유학 중인 것으로 추정된다. 그 주요 동인은 주영섭·신백수(申百秀)·한천·한적선(韓笛仙)·황순원·김일영(金一英) 등이다.

할로(hallo) 주의를 끌기 위해 지르는 큰 소리. 어이 하고 불러서 남의 주의를 끄는 말.

함경선(咸鏡線) 함경남도 원산과 함경북도 청진을 잇는 철도. 길이 666.9km. 1914년에 착공해서 1928년에 개통되었다.

함축(含蓄) 겉으로 드러나지 않고 속으로 간직함.

합수(合水) (두 갈래 이상의) 물이 한데 모여 흐름, 또는 그 물.

해동(海東) 중국에서 '발해(渤海)의 동쪽에 있는 나라'라는 뜻으로, '우리나라'를 달리 이르던 말.

해삼위(海蔘威) 블라디보스토크의 한자식 표기. '블라디보스토크'는 러시아의 시베리아 남동부(연해주)에 있는 항구 도시로, 소련 극동 함대의 근거지였으며, 시베리아 철도의 종점이다.

해어지다 (옷이나 신 따위가) 닳아서 구멍이 나거나 찢어지다. 떨어지다.

해오라기 왜가리과의 새. 몸길이가 56~61cm. 몸은 뚱뚱하고 다리는 짧음. 주로 야행성으로, 물고기·새우·개구리·뱀·곤충·쥐 등을 잡아먹음. 여름새.

행각(行脚) (주로 부정적인 의미로 쓰여) 어떤 목적으로 여기저기 돌아다님.

행장(行裝) 여행할 때 쓰이는 물건.

행중(行中) 길을 함께 가는 모든 사람.

행차(行次) '웃어른이 길을 감'을 높여 이르는 말.

허공다리→허궁다리 (북한) 마주 선 벼랑 턱 같은 데 쇠줄, 쇠사슬 같은 것을 양쪽으로 늘이고 발판을 놓아 만든 다리. 공중에 높이 달린 다리. 구름다리. 출렁다리.

헨리 무어(Henry Moore) 1898~1986. 영국의 조각가. 1930년대에 초현실주의의 영향 아래 전위적인 작가로 세계적인 명성을 떨쳤다.

현학(衒學) 학식이 있음을 자랑하여 뽐냄.

혈로(血路) 어려운 경지를 극복하는 길.

혈조(血潮) 바닷물이 피처럼 붉게 보임.

협곡(峽谷) 좁고 험한 골짜기.

형승(形勝) 지형이나 경치가 뛰어남.

호도(糊塗) (풀을 바른다는 뜻으로) 근본적인 조처를 하지 않고 일시적으로 얼버무려 넘김. 어물쩍하게 넘겨 버림.

호롱대 호롱을 얹어 세워 두는 기구. 호롱은 석유등(石油燈)의 석유를 담는 그릇. 이는 인용된 민요의 앞 구절에 있는 '꼬꼬대'와 운(韻)을 맞춘 것으로, 내용상 별 의미가 없다.

호위(護衛) 따라다니면서 신변을 경호함. 또는 그 사람.

혹서(酷暑) 몹시 심한 더위. 폭서(暴暑). 반대말은 혹한(酷寒).

혼탁(混濁·渾濁) 불순물이 섞여 깨끗하지 못하고 흐림.

홍진(紅塵) '붉은 먼지'라는 의미로, 번거로운 세상을 비유해서 이르는 말.

화백(畫伯) '화가'를 높여 일컫는 말.

화상(花商) 꽃을 파는 상인. 꽃집.

화상(畫像) 그림으로 그린 초상.

화술(話術) 말재주.

화전놀이(花煎ーー) 화전(花煎: 진달래나 국화 따위 꽃잎을 붙여 지진 부꾸미)을 부쳐 먹으며 노는 부녀자들의 봄놀이.

화제(畫題) 그림의 이름 또는 제목.

화죽(花竹) 꽃이 핀 대나무. 대나무의 개화 시기는 오래 걸리지만, 한 그루가 개화하면 주변도 한꺼번에 개화하고 결국 죽는다. 한 번 꽃이 피면 2~3년 계속하다 죽는다.

화첩(畫帖) 그림을 모아서 엮은 책. 또는 그림을 그리기 위해 여러 장의 종이를 엮은 책.

환영(幻影) 감각 따위의 착오로, 사실이 아닌 것을 사실로 보는 일.

환쟁이 화가(畵家)를 낮추어 이르는 말.

황금광 시대(黃金狂時代) 황금(돈)에 미쳐 그것을 좇는 세태를 빗댄 말. '골드러시' (goldrush)는 19세기 미국에서 금광이 발견된 지역으로 사람들이 몰려든 현상을 말하며, 찰리 채플린(Charlie Chaplin)이 제작·감독·각본·주연 등 1인 4역을 맡은 영화 '황금광 시대'(1925)는 이런 현상에 대한 풍자적인 작품이다.

황금정(黃金町) 지금의 서울시 을지로를 가리키던 일제 시대 때의 지역명. 조선 시대 때는 '구리개'라고 불리던 곳이었으나, 1914년부터 황금정(黃金町)으로 고쳤다.

황망(惶忙) 바빠서 어리둥절함.

「황무지」(荒蕪地, The Waste Land) 영국의 시인 T. S. 엘리엇의 장시로, 1922년에 발표했다. 제1차 세계대전 후 유럽에 신앙이 없는 것과 정신적 황폐를 상징적으로 표현한 작품으로, 현대 문명의 불모성을 암시한다.

황황하다(煌煌—·晃晃—) 번쩍번쩍하고 환하다.

회중품(懷中品) 몸에 지니는 물건.

회칠(灰漆) 석회(石灰)를 바르는 일.

횡령(橫領) 남의 재물을 불법으로 가로챔.

후리다 갑자기 잡아채서 빼앗다. 그럴싸한 방법으로 남의 정신을 어지럽게 해서 꾀어 내다.

『훌륭한 새 세계』 영국의 소설가 헉슬리의 미래 소설 『멋진 신세계』(Brave New World)를 가리킨다. 1932년에 출판되었으며, 문명이 극도로 발달해 과학이 모든 것을 지배하게 된 세계를 그린 반(反)유토피아적 풍자 소설이다.

훤소(喧騷) 왁자하게 떠들어 소란스러움.

휘장(揮帳) 여러 폭의 천을 이어서 만든, 둘러치는 막.

휴대 범행(携帶犯行) 흉기나 기타 위험한 물건을 가지고 죄를 범하는 일.

흘수선(吃水線) (잔잔한 물에 떠 있는 배의) 선체가 물에 잠기는 한계선.

희대(稀代) 희세(稀世). 세상에 드문 일.

미적 근대성을 꿈꾸었던 한국 모더니즘의 기수

굴곡진 한국 현대사 속에 명멸해 간 비극적 모더니스트

김기림은 1930년대에 한국 모더니즘 문학을 도입한 가장 대표적인 시인이자 비평가입니다. 그는 일본 도호쿠東北제국대학에서 영문학을 전공했고, 해방 후에는 서울대·중앙대 등에서 영문학을 가르친 영문학자이기도 합니다. 주로 영미 계통의 주지주의 및 이미지즘을 중심으로 한국 현대 문학계에 모더니즘 문학 이론을 소개하고 그것을 창작 면에서 실천했으며, 또 비평을 통해 모더니즘 계열의 문인과 문학을 옹호하는 데 앞장섰습니다. 즉 한국 문학에서 처음으로 '근대성'(modernity)을 의식적으로 추구했던 인물입니다.

그는 1930년에 니혼日本대학 문학예술과를 졸업하고 귀국한 뒤 『조선일보』에 입사하여 기자가 되었습니다. 그리고 『조선일보』에 「오후와 무명작가들」이란 글을 통해 지면紙面에 처음 이름을 알렸고, 또 G.W.라는 필명으로 「가거라 새로운 생활로」라는 시를 발표했습니다. 「문단불참기」란 글에서도 밝히고 있듯이, 그는 기자로서 "신문 학예란에 출장 갔던 기행문을 쓰기 시작"함으로써 문단에 참여했던 것이고 "별다른 동기는 없었다"고 합니다. 그저 "문학을 한다는 것만은 스스로 결심"하여, 그는 1933년 '구인회'九人會의 결성에 가담했던 것입니다. 잘 알려진 바처럼 구인회는 어떤 정치적 이념을 추구하던 문인 집단이 아니었습니다. 일제의 감시와 탄압을 피해 탈정치적이고 탈이념적인 순수 문학을 추구하던 단체였지요.

일제 말 우리말조차 사용을 금지하던 상황 속에서 1940년 『조선일보』가 폐간되자 그는 낙향하여 해방될 때까지 고향 근처의 경성鏡城중학교에서 영어와 수학을 가르치는 교사가 됩니다. 그래서 적지 않은 문인들이 좋든 싫든 친일親日로 나아갈 때, 그는 부일附日 협력으로부터 비교적 자유로운 문인이 될 수 있었습니다.

해방이 되자 다시 서울로 올라온 그는 구인회의 핵심 멤버들과 더불어, 순수 문학을 내세우던 이전과는 다른 길을 걷습니다. 일제 강점기에 계급 문학을 표방했던 카프KAPF의 중심인물 임화·김남천 등이 해방 직후에 결성한 좌파적 성향의 '조선문학가동맹'에 참여한 것입니다. 소설가 상허 이태준과 구보 박태원은 월북하여 북한에서 상당한 대우를 받기도 했습니다. 정지용과 김기림도 현실 비판적인 글을 발표하고 조선문학가동맹의 간부로 활동합니다. 이 두 사람은 월북은 하지 않고 남한 측에서 좌파들을 전향하도록 가입시킨 '보도연맹'에 들어갔습니다만, 1950년 한국전쟁이 터지자 그만 납북되고 말았습니다. 소문에 의하면 정지용은 북으로 끌려가던 중 동두천 부근에서 미군의 기총 소사로 사망했다고 하고, 김기림은 북의 수용소에 갇혀 이리저리 옮겨 다녔다고 합니다. 아마 북에서도 핍박과 감시 속에 쓸쓸한 최후를 맞이했을 거라고 추측됩니다.

　그는 시인으로서 적지 않은 시집을 남겼는데, 『기상도』(1936)·『태양의 풍속』(1939)·『바다와 나비』(1946)·『새노래』(1948) 등 네 권이 있습니다. 그러나 그는 시보다는 비평과 이론에 더 뛰어난 면모를 보였는 바, 『문학개론』(1946)·『시론』(1947)·『시의 이해』(1950)·『문장론신강』(1950) 등을 썼습니다. 그리고 수필집으로는 『바다와 육체』(1948)가 있습니다. 여기서는 독자의 이해를 돕기 위해서 이 책의 구성에 맞추어 김기림의 생애와 그의 문학의 특징에 대해 좀 더 자세히 살펴보도록 하겠습니다.

바다와 여행 — 근대성(modernity)을 향한 도정道程

이 책의 제1부는 주로 여행과 바다에 관련된 내용을 실었습니다. 김기림의 문학에서 '여행'의 의미는 매우 중요합니다. 그의 시나 수필은 대체로 '여행'과 관련되어 있습니다. 그에게서 여행은 "다만 떠나기 위해서 떠나는" 것에 불과합니다. 여행의 목적이나 목적지가 따로 없습니다. 여행은 일상의 찌든 삶으로부터 가벼운 마음으로 잠시 떠나 생활의 피로를 씻고 자연의 아름다움에 취해 내일을 위한 재충전을 하기 위한 것입니다. 별다른 목적이 있는 것이 아니고, 산이나 바다나 어디로든 가면 되는 것입니다. 그는 다만 "예기하지도 않았던 신기한 감격이나 인상이나 사색의 단서를" 얻을 수 있다면 그 것은 여행에서 얻은 부수적인 소득이라 생각했습니다. 즉 여행은 일상으로부터 탈출하는 것 말고는 그 어떤 것도 추구하지 않는 것이며, 그러하기에 자칫하면 현실 도피로 빠질 우려가 있기도 합니다. "만연히 여행을 하는 사람은 그러니까 다소간은 도망자다"라고 김기림이 말한 것도 이런 맥락에서였을 것입니다. 그 도망 가운데서 그가 추구하고자 한 것은 새로운 것, 신기한 것이었습니다.

그의 문학에서 '바다'나 '기차'·'기선'과 같은 어휘들이 빈번하게 나타나는 것은 그래서 그리 놀랄 일은 아닙니다. 그것들은 새로움을 추구하기 위해 세계로 향하는 통로, 즉 여행의 수단이자 출발지이고 또한 도착지이기도 한 것입니다. 그 세계는 다름 아닌 근대적인 것(modernity)입니다. 그에게 '바다'의 이미지는 모더니티를 향해 나아가고자 할 때 반드시 통과해야만 하는 곳이지요. 교과서에 곧잘 나오는 그의 대표 시 「바다와 나비」에서 '흰나비'가 건너고자 한 '바다'는 그런 곳이었습니다. 따라서 그것은 잘 모를 때는 무섭지 않았으나 "어린 날개가 물결에 절어서/공주처럼 돌아"올 만큼 잔혹한 세계였던 것입니다. 새로운 문명을 배우러 바다 건너 일본으로 간 젊은 유학생(흰나비)들은 처음에는 겁 없이 세상에 맞설 만큼 용감했고 또 그 문명의 달콤한 향기에 취했지만, 점차 그 문명의 모순과 위기를 깨우치게 되면서 세파의 쓴맛과 공포를 느끼게 되는 것이지요. 근대성(modernity)은 이처럼 양면적입니다. 한편 달콤하고 한편 쓴 것이지요.

김기림이 1930년대에 한국 현대 문학에서 처음으로 모더니즘을 도입하고 주창한 것도 근대성의 양면성을 누구보다도 잘 알고 있었기 때문입니다. 역시 그 유명한 평론 「모더니즘의 역사적 위치」란 글도 이런 측면에서 읽어 보면 어느 정도 이해가 될 것입니다. 이 글에서 그는 모더니즘이 "오늘의 문명 속에서 나서 신선한 감각으로써 문명이 던지는 인상을 붙잡았다. (…) 바꾸어 말하면 우리 신시 사상에 비로소 도회의 아들이 탄생했던 것이다. (…) 문명 속에서 형성되어 가는 새로운 감각·정서·사고가 나타났다"고 규정합니다. 여기서의 문명은 물론 합리적 이성(logos)에 기초한 근대의 과학 기술 문명을 말합니다. 문명에 대한 그의 태도는 이 책의 제3부에서 자세히 나오므로, 그때 더 언급하기로 하겠습니다.

함경선 '기차'에 실려 떠나간 그리운 고향 성진항

제2부는 고향에 대한 추억과 그리움, 즉 향수(Nostalgia)를 주제로 한 수필들을 주로 묶었습니다. 마침 수필 「앨범에 붙여 둔 노스탤지어」가 내용에 딱 부합하여 2부의 제목으로 삼았습니다. 김기림이 태어난 곳은 함경북도 학성군 학중면 임명동입니다. 그곳은 조선 시대에는 길주에 속한 곳으로, 임진왜란 당시 왜군을 물리친 의병 장수 정문부 등을 추모하는 북관대첩비가 세워졌던 유서 깊은 동네입니다. 지금은 김책시로 이름이 바뀌었지만, 학성군의 가운데에 위치한 항구 도시 성진시가 바로 그 옆에 붙어 있습니다. 그가 「나의 항구」라고 한 곳이 바로 성진항이고, 거기에는 부끄러워하면서도 그리워하던 「망양정」이 있습니다. 1899년에 군산·마산과 함께 개항된 성진은 대對일본 수출항으로, 항구를 통해 일찍이 근대 문명이 들어온 곳입니다.

장백산맥 아래로 주먹만 한 「마천령의 눈보라」가 픽픽 휘날리는 함경도의 고적한 마을에서 그의 집은 농장과 무곡원武谷園이라는 과수원을 경영했다고 하니, 꽤 풍족한 지주 집안이었던 듯합니다. 그의 고향에는 임명천臨溟川을 중심으로 제법 너른 성진평야가 펼쳐져 있습니다. 그의 아이 적 이름은 인손寅

孫이고, 호는 편석촌片石村입니다. 「나의 항구」에 나오듯이, 그가 일곱 살 때 어머니가 돌아가셨다고 합니다. 성진에서 농학교를 다녔던 그는 15세에 함경선 열차를 타고 서울로 올라와 보성고보에 들어갔습니다. 그러나 이내 중퇴하고 일본으로 건너가서, 리쿄立教중학을 마치고 니혼대학에 입학했습니다.

향수를 담고 있는 2부의 글에서는 '기차'에 대한 언급이 자주 나옵니다. 물론 여행을 말하는 1부에서도 몇 번 나오지요. 기차는 단순히 여행과 수송을 위한 편의 시설이지만은 않습니다. 기차는 모더니티를 표상하는 대표적인 상징물입니다(그의 수필에 역시 자주 나오는 '바다'를 항해하는 '기선'도 마찬가지입니다). 잘 알다시피 기차는 1814년 영국의 G. 스티븐슨이 증기 기관차의 시작에 성공함으로써 고안된 것입니다. 그리고 기차를 통한 물자의 운송으로 영국의 산업혁명은 더욱 가속화됩니다. 기차가 내뿜는 시커먼 연기와 기적 소리는 철로 위를 괴물같이 달려서 근대의 문명 건설을 알리는 힘찬 신호가 되었습니다. 우리나라에서도 1896년 제물포~노량진 사이에 철도(경인선)가 부설된 이후 많은 철도가 놓이면서, 그 철길을 따라 개화의 물결이 물밀듯 밀려 들어왔지요. 잘 알려진 최남선의 「경부철도가」(1908)는 철도 개통을 찬양하고 개화를 부르짖는 계몽적인 창가唱歌입니다.

김기림이 자주 타고 다녔을 함경선은 1914년에 착공되어 1928년에 완전 개통됩니다. 이 책의 맨 처음에 나오는 글 「바다의 환상」은 함경선에 대한 감각적인 정보를 우리에게 던져 줍니다. 성진의 개항, 함경선의 개통은 식민지적 수탈의 현장이면서 동시에 고요한 산촌이 근대 문명과 만나는 접점이라 할 수 있지요. 이런 영향 때문에 김기림은 어려서부터 도시와 문명에 대한 감각을 배울 수 있었을 지도 모릅니다. 또 비교적 이른 나이에 서울과 일본으로 유학한 것도 그에게 모더니티에 대한 예민한 감성을 자극했을 성싶기도 합니다.

자본주의적 근대 도시 문명의 비판과 미적 근대성의 추구

제3부는 도시 풍경을 소묘한 글과 문명 비판적인 글을 중심으로 엮었습니다. 김기림이 주창했던 모더니즘은 무엇보다도 도시 문명과 매우 밀접한 관계를 지닙니다. 그는 모더니즘이 "문명에 대한 일정한 감수感受를 기초로 한"다고 말했습니다. 그리고 '도회의 아들'이라고도 했습니다.

이 책 3부의 첫머리에 「도시 풍경」이란 글을 배치한 것도 이러한 편집 의도에서 나온 것입니다. 그 글은 '데파트먼트'(백화점)의 풍경으로 시작합니다. 현란한 조명, 빛에 반사되는 유리창, 엘리베이터, 인공 정원을 가진 거대한 건물, 백화점 식당에서 일하는 웨이트리스의 복숭앗빛 감촉과, 비단 양말에 싸인 미끈한 다리와 높은 에나멜 구두를 신은 여자 고객, 그것을 넋 잃고 쳐다보는 남자 고객 간에 벌어질지도 모를 불륜 가능성의 위태로운 현장, 소비가 미덕이 되는 향락의 괴물이 바로 근대적 상징으로서의 백화점인 것입니다. 그곳은 '에로'와 '그로'가 범람하는 근대적 뭇 범죄의 온상입니다. 이처럼 도시를 매춘부에 비유한 보들레르로부터 그 출발을 잡는 모더니즘은 얼핏 보면 도시와 문명의 예찬론 같아 보이지만, 실은 그것의 비판이자 극복의 정신인 것입니다.

「밤거리의 우울」은 한 걸음 더 나아가 소설적 구성을 취하고 있는 문명 비판론입니다. 작품 속의 주인공은 연애 사건을 취재하러 퇴폐와 향락에 젖은 도시의 밤거리를 순례하면서 자신의 가난한 주머니를 걱정하고 취직을 못한 친구의 낙향 길을 배웅합니다. 겉으로는 화려해 보이는 근대 도시 문명의 어두운 뒷면을 그는 우울한 마음으로 응시하며 한편 조롱하고 있습니다. 이러한 문명 비판은 자본주의의 본질을 폭로하는 「어머니와 자본」과 「황금 행진곡」에 이르면 더욱 강도가 높아집니다.

그러나 그는 근대 문명을 일방적으로 비판하지는 않습니다. 가령 「미스코리아여 단발하시오」에서는 '단발'短髪을 주장함으로써 여성들에게 유교적 인습에서 벗어나 여성 특유의 건강하고 신선한 미를 추구하라고 외칩니다. 단편적이나마 여성 해방에 대한 선각적인 인식을 드러내고 있는 이 글에서, 그러나 그는 겉만 현대풍으로 바꾼 '모던 걸'의 낡은 정신에 대해서는 가차 없는 혐오감을 드러냅니다. 근대성의 두 얼굴에 대해 앞에서 잠깐 지적한 바 있습니다만, 전쟁과 침탈, 기술의 진보와 물질적 풍요만을 추구하는 자본주의의 폭력적인 근대화에 맞서 신분 해방이라든가 휴머니즘의 옹호라든가 평화의 추구와 같은 인간적이고 미적인 근대성을 추구하고자 한 것이 김기림의 정신적 지향이라 하겠습니다. 그가 추구한 진정한 근대성 안에는 「가정론」에서 말하고 있듯이 남녀평등의 가치 또한 담겨져 있는 것입니다.

시대의 혼돈을 돌파하려는 지성의 고투

제4부에서는 비평가 및 이론가로서의 김기림의 지적 교양 수준을 가늠해 볼 수 있는 글들을 주로 담았습니다. 그는 당시 모더니즘 계열 시인들에 대한 시

집 서평을 몇 편 남겼는데, 여기에 서평으로 실린 시인은 정지용·신석정·백석·오장환 등 네 사람입니다. 이들은 모더니즘과 관련하어 한국 현대 시사에서 매우 중요한 위치를 점하고 있는 시인들입니다.

김기림과 그가 '최초의 모더니스트'라고 불렀던 정지용은 1933년부터 구인회—해방 후 조선문학가동맹—보도연맹을 함께하며 한국전쟁 때도 함께 납북되어, 우리 문학사에서 실종되어 버린 모더니즘의 대표적 시인(정지용)과 비평가(김기림)가 되었습니다. 1950년부터 이들의 작품이 해금되는 1988년까지 40년의 세월 동안 그들은 남과 북 양쪽으로부터 버림받은 신세였습니다. 이처럼 뛰어난 시인과 우수한 비평가를 한동안 우리 문학사의 페이지에서 지워 버려야 했던 상처투성이의 한국 현대사 속에서, 그들의 비극적 생애는 정치 이데올로기의 희생물이었던 것입니다. 물론 백석과 오장환 역시 그러한 희생자였지요.

그리고 김기림은 이상에 대해 두 편의 글을 남겨 놓았습니다. 이상은 특히 그가 가장 애정을 가지고 지지했던 문인으로서, 그는 이상에 대해 "가장 우수한 최후의 모더니스트"라고 평가했습니다. 이상의 죽음을 향한 그의 애틋한 마음이 두 편의 글 속에 잘 드러나 있습니다. 이상 역시 자신을 인정해 주던 거의 유일한 문우 김기림에게 남다른 신뢰를 나타냈습니다. 이상이 도쿄병원에서 폐병으로 죽어 가면서 마지막까지 보고 싶어 했던 인물이 바로 김기림이었습니다. 당시 김기림은 일본 동북 지방의 중심지인 센다이仙臺에 있는 도호쿠제국대학에 재학 중이어서, 간혹 도쿄에 와 이상의 병실을 들르기도 했지만 임종만은 지키지 못했습니다.

끝으로 일제 말기 민족의 운명이 그 길을 잃어버린 '혼미'의 암울한 상황 속에서, 모더니즘 문학이 나아갈 방향을 놓고 뼈아프게 성찰하는 김기림의 정신적 고투가 고스란히 담긴 평론 「모더니즘의 역사적 위치」를 읽어 보시기를 권합니다. 다소 어려운 내용일 수도 있으나, 1930년대 한국 모더니즘 문학의 좌표와 의미를 이해하는 데 매우 중요한 글입니다.